古典文獻研究輯刊

四　編

曾永義　主編

第 3 冊

齊梁竟陵八友之交遊與文學

劉慧珠　著

國家圖書館出版品預行編目資料

齊梁竟陵八友之交遊與文學／劉慧珠 著—初版—新北市：
花木蘭文化出版社，2012〔民101〕
目 2+178 面；19×26 公分
（古典文學研究輯刊 四編；第 3 冊）
ISBN：978-986-254-752-6（精裝）
1. 南北朝文學 2. 文學評論
820.8   101001728

ISBN-978-986-254-752-6

9 789862 547526

古典文學研究輯刊
四 編 第 三 冊   ISBN：978-986-254-752-6

齊梁竟陵八友之交遊與文學

作　　者　劉慧珠
主　　編　曾永義
總 編 輯　杜潔祥
出　　版　花木蘭文化出版社
發 行 所　花木蘭文化出版社
發 行 人　高小娟
聯絡地址　新北市永和區中正路五九五號七樓
　　　　　電話：02-2923-1455／傳眞：02-2923-1452
網　　址　http://www.huamulan.tw 信箱 sut81518@ms59.hinet.net
印　　刷　普羅文化出版廣告事業
初　　版　2012 年 3 月
定　　價　四編 32 冊（精裝）新台幣 52,000 元

齊梁竟陵八友之交遊與文學

劉慧珠　著

作者簡介

劉慧珠，修平科技大學應用中文系副教授。東海大學文學博士，政治大學文學碩士，中興大學中文學士。研究領域由古典跨入現當代文學。碩論：《齊梁竟陵八友之研究》（1992 年）、博論：《在介入與隱遁之間——七等生文學中的沙河象徵》（2008 年）。出版：《畫顏巧語——台灣傑出藝術家林憲茂的異想世界》（2011 年）。曾發表：〈大地農殤曲——試論莫言《天堂蒜台之歌》〉、〈沙河的真實與夢幻——七等生的在地書寫〉、〈「中年之愛」的敘事演繹——朱天心《初夏荷花的愛情》初探〉等論文。目前教授：文藝創作及習作、文案企劃及習作、專題編採及習作、傳記文學等課程。受《今時代神聖啟示的先見——倪柝聲》、《基督與召會——李常受先生行誼訪談錄》等書之啟發，看見主的恢復，好得無比，現階段有心致力於傳記文學的整理與建構。

提　　要

　　竟陵八友活躍於文壇期間，正值聲律理論盛行，文學形式被極端重視之齊梁二代，故文學史論及永明文學（齊武帝年號），總不免提及竟陵八友，蓋其與「永明體」關係極為密切所致。然歷來論者僅對其中部分成就較高者，如沈約、謝朓、蕭衍諸人作過研究，鮮從群體角度去探索八友之文學。故本書之研究重點，以八友之群體關係為主，範圍鎖定與文學有關之論題，探討八友之形成、交遊、文學觀念與成就。

　　本書主要並採宏觀之歷史研究法與微觀之文學研究法，分八章進行：第一章緒論，敘述本書之研究動機及方法。第二章論述八友之時代背景，說明其具有地理、經濟、文化上之所以利於貴遊文學集團之組成及發展，並察考此期間政治之詭譎多變，影響其遭遇。第三章分述八友之生平及著作。第四章論析八友之遇合、交遊、文學活動，知其聚合，實因於竟陵王之恩寵、彼此交情深厚，以及思想相近等，而政治意圖，卻為其契合不可輕忽之要素。第五章探討八友之文學觀念與主張，以沈約為首之聲律論為「永明體」之重要主張；其於聲律講求之嚴密，實有助於唐詩律體之成立。第六章探究八友詩文之內涵與形式，其題材包括遊仙、玄言、山水、行旅、詠物、宮體、贈答、傷別等八類；其形式則有體製模擬、五言律化、詩賦合流等特色，此足以反映當時貴遊文學之風氣，以及永明文學之特色。第七章探析八友詩文之技巧運用，分儷辭巧對、藻彩穠麗、四聲制韻、雙聲疊韻、練字度句、用典繁富等特點，以見其藝術風貌。第八章結論，乃總結並評述研究所得。

　　本書在於經由八友此一貴遊文學集團彼此互動關係之考察，分析其與當時文學現象之關連與影響，得以釐清後人對「竟陵八友」四字之模糊印象，並賦予其文學史上之價值與意義。

目

次

第一章　緒　論

第一節　研究動機與目的

　　「八友」之名，出於《梁書·武帝本紀》：

　　　　竟陵王子良開西邸，招文學，高祖與沈約、謝朓、王融、蕭琛、范
　　　　雲、任昉、陸倕等並遊焉，號曰八友。〔註1〕

故竟陵八友，是指沈約、范雲、任昉、蕭衍、謝朓、王融、陸倕、蕭琛等八
人，以其遊於齊竟陵王蕭子良之門下而得名。又《南史·陸厥傳》曰：

　　　　（永明末）時盛爲文章，吳興沈約、陳郡謝朓、琅邪王融以氣類相
　　　　推轂，汝南周顒善識聲韻。約等爲文皆用宮商，將平上去入四聲，
　　　　以此制韻，有平頭、上尾、蜂腰、鶴膝。五字之中，音韻悉異，兩
　　　　句之內，角徵不同，不可增減。世呼爲「永明體」。〔註2〕

因八友活躍文壇期間，正值聲律理論盛行，文學形式被極爲重視之齊梁二代，
故文學史論及永明（齊武帝年號）文學，總不免提及竟陵八友，因其幾與「永
明體」畫上等號。〔註3〕然王瑤以爲，「建安七子」、「竟陵八友」、「唐初四傑」、
「大曆十才子」等一類名詞，只是時代之產物，爲一種簡便取巧之說。〔註4〕

〔註1〕見《梁書》卷一，頁2；鼎文書局，民國69年。
〔註2〕見《南史·陸厥傳》卷五二，頁1195。
〔註3〕參葉慶炳《中國文學史》，頁210；學生書局，民國76年。及劉大杰《中國文
　　　　學發展史》，頁296；華正書局，民國73年。
〔註4〕見王瑤《中古文學風貌·曹氏父子與建安七子》：「照中國文學史發展的情況説，
　　　　同時代的文人們常常在生活和作風上，都形成一個集團，所以作品風格間的差

此乃針對建安七子而言，認爲七子之代表性，已有缺憾；把孔融列入，更不調和。因「是七子並列，孔融較其餘六人顯爲長者，並非同儕。」〔註5〕類似於竟陵八友中，沈約年長其餘七人數十歲不等。見劉漢初《蕭統兄弟的文學集團》：

> 蕭子良於建元四年（西元482年）封竟陵王，永明五年（西元487年）移居雞籠山西邸，集學士撰四部要略，其時沈約四十七歲，謝朓與武帝並爲二十四歲，王融二十一歲，蕭琛八歲，范雲三十七歲，任昉二十八歲，陸倕十八歲。但王融卒於永明十一年（西元493年），最小的蕭琛才十四歲。八人遊西邸或有先後，所以稱爲八友者，疑是好事者所捏造，與所謂「竹林七賢」的情形相同。〔註6〕

此亦對八友之代表性提出質疑。則關於文學史每論及永明文學，即恆舉「八友」，或以「八友」並論之說，是否有其問題存在？

其實後人所謂「建安七子」，即源於曹丕《典論・論文》，〔註7〕因曹丕此文在文學史上有重要意義，且其時鄴下文風又十分興盛，以致建安文學呈現「彬彬之盛，大備於時」（詩品序語）之貌，而「建安七子」恰可表示當時文風之盛況，故「七子」之名不逕而走。但王氏以爲，當時著名文士，並不在此限，所以代表性不夠。〔註8〕然依江建俊所言：「曹丕標舉七子之

異，也是時代的因素遠超過作者個性的因素；因爲如此，所以傳統的這些建安七子，竟陵八友，唐初四傑，大曆十才子等的名稱，實在是一種最方便和最簡單取巧的辦法。它有它存在的根據，如上所說；但也自然有它的毛病，因爲歷史畢竟不是數學，選出幾個人很難代表了當時文人的全部；而這幾個人當中也常常情形各不相同。」頁5。上海：棠棣出版社，1953年5月六版。

〔註5〕見王瑤《中古文學風貌・曹氏父子與建安七子》，頁6。

〔註6〕見劉漢初《蕭統兄弟的文學集團》第一章附註1，頁31；臺大中文碩士論文，民國64年。

〔註7〕如其曰：「今之文人，魯國孔融文舉，廣陵陳琳孔璋，山陽王粲仲宣，北海徐幹偉長，陳留阮瑀元瑜，汝南應瑒德璉，東平劉楨公幹。斯七子者，於學無所遺，於辭無所假，咸以自騁驥騄於千里，以此相服，亦良難矣。」

〔註8〕如《文心雕龍・時序篇》所評列之建安文士，除七子外尚有「文蔚休伯之儔，于叔德祖之侶」二句，意指路粹、繁欽、邯鄲淳、楊修四人。而《魏志・王粲傳》亦有「自潁川邯鄲淳，繁欽，陳留路粹，沛國丁儀丁廙，弘農楊修，河內荀緯等，亦有文采，而不在此七人之列」之言。依此，王氏認爲「七子」作爲建安文學之代表，確有所缺憾。見《中古文學風貌・曹氏父子與建安七子》，頁7。

原因，很明顯的是七子各有專擅之文體，且有獨特之風格。如王粲之辭賦、陳琳之符檄、阮瑀之書記、劉楨之詩、孔融之議、徐幹之論、應瑒之文，皆一時之選，在其專長之文體中，於當時尚不作第二人想。故七子之稱，在標舉各種文體之佼佼者。」〔註9〕可見「七子」仍有相當代表性。而關於八友，有所謂「謝朓、沈約之詩，任昉、陸倕之筆，斯實文章之冠冕，述作之楷模」〔註10〕之語，因此或可推論，八友之於文學史，自有其不可抹煞之意義與價值。

何寄澎曾言，國內學者對古典文學之研究，長久以來似多偏向以個人為對象，其實就文學現象而言，「群體之研究」更為重要。〔註11〕其於文中，則肯定並論述唐代古文運動中，蕭、李、韓、柳等文學集團所產生之作用。在此前後，國內有關文學集團研究之論文著作，如劉漢初《蕭統兄弟的文學集團》，主要介紹蕭統、蕭綱、蕭繹三集團內部之文學發展概況；何啓民之《竹林七賢研究》，以各別方式作思想性之探討；〔註12〕柯金虎之《建安文學研究》，以曹氏父子為主，闡述當時辭賦、詩歌及散文特色；〔註13〕江建俊之《建安七子學述》，則分別論述七子之學述特性；而俞紹初輯校之《建安七子集》，已將七子之詩文全部作校輯，並附七子之佚文存目考及年譜等，〔註14〕至此七子之研究已幾近於全面。

反觀竟陵八友之研究，除張蓓蓓〈齊竟陵王蕭子良「西邸」文士集團考略〉，偏重於西邸文士之考證；〔註15〕呂光華《南朝貴遊文學集團研究》，從集團群體性之角度，觀察當時貴遊文學現象及文學發展，對竟陵王之集團活動稍作述及外，〔註16〕國內學者多針對其中部分成就較高者，進行各別研究（詳下節），而鮮從群體角度去探索八友之文學。故在此所下功夫及重視程度，則遠不如鄰邦日本。日本學者森野繁夫《六朝詩の研究──「集團の文學」と「個人の文學」──》及〈梁初の文學集團〉，很早即注意文學群體性

〔註9〕見江建俊《建安七子學術》，頁14；文史哲出版社，民71年。
〔註10〕見蕭綱〈與湘東王書〉。見《梁書・庾肩吾傳》卷四九，頁691。
〔註11〕參何寄澎〈簡論唐代古文運動中的文學集團〉，頁312；《古典文學》第六集，學生書局，民國73年。
〔註12〕參何寄澎《竹林七賢研究》，中國學術著作獎助委員會出版，民國55年。
〔註13〕參柯金虎《建安文學研究》，文史哲出版社，民65年。
〔註14〕參俞紹初《建安七子集》，文史哲出版社，民79年。
〔註15〕張蓓蓓此文收入《毛子水先生九五壽慶論文集》，幼獅文化事業公司出版，民國76年。
〔註16〕參呂光華《南朝貴遊文學集團研究》，政大中文博士論文，民國79年。

之問題，〔註 17〕另網祐次亦對齊竟陵王蕭子良之文學活動與八友之關係，有過深入探討。〔註 18〕

基於對文學群體現象之關心，筆者選擇南朝眾多文學集團中，此一文學史上經常提及，然卻又蜻蜓點水式之「竟陵八友」作爲專題。希望能對八友之時代背景，彼此之交遊狀況，有關之文學觀念與主張，及其詩文成就等作一探究，以見此一貴遊文學集團與當時文學現象彼此間之影響與關連；並盼藉此釐清後人對「竟陵八友」四字之模糊印象，使之更具實質意義，此正爲本書所努力以赴之目標。

第二節 研究範圍與方法

關於「竟陵八友」之各別研究，以沈約、謝朓二人之論著最多，因一般提及「永明體」者，多以沈約、謝朓爲代表，且沈約於學術亦有所貢獻。〔註 19〕其次研究蕭衍者亦不少，因其爲帝四十八載，爲史學家之所好。〔註 20〕任昉，文學批評史偶而提及，而王融、范雲、陸倕、蕭琛，於文學史則多點到爲止。本書之研究重點，以八友之群體關係爲主，範圍鎖定與文學有關之論題，探討八友之形成、交遊、文學觀念與成就。故雖不作各別研究，然卻不能屏棄各別研究之基礎與功夫。因此凡與八友有關之史料、文集、詩集爲本書之基本素材，如《宋書》、《南齊書》、《梁書》、《南史》及明張溥編《漢魏六朝一百三家集》、丁福保編《全漢三國晉南北朝詩》、逯欽立輯校《先秦漢魏晉南北朝詩》等，其次後人之注本、文學史、文學批評史、史學著作等，則不可或缺，再者有關八友之各別或集體論著，更是行文論述之幫助。

本書因是針對群體之研究，正如何寄澎所言：

> 在「群體的研究」中，歷史研究法勢必扮演更重要的角色。如果對時代的各個背景不能有正確的了解，對人與人之關係不能有充分的

〔註 17〕前篇見於《第一學習社，1976 年；後篇見於《中國文學報》二十一，1966 年。

〔註 18〕參網祐次〈南齊竟陵王蕭子良の文學活動について〉，《東方學論集》二，1954 年及〈南齊竟陵王の八友に就いて〉，《お茶の水女子大學人文科學紀要》四卷，1953 年。

〔註 19〕如姚振黎《沈約及其學術探究》，文史哲出版社，民國 78 年；郭德根《謝玄暉詩研究》，台大中文碩士論文，民國 74 年。

〔註 20〕如顏尚文《梁武帝「皇帝菩薩」理念的形成與政策的推展》，師大歷史博士論文，民國 78 年。

掌握，則將無成績可言。〔註23〕

除對時代背景及「人脈」關係必須掌握外，八友對文學之貢獻及成就，亦爲筆者所關注。故本書主要並探宏觀之歷史研究法與微觀之文學研究法，分八章進行，期能循序漸進，作全面性之觀照。如：

第一章敘述本書之研究動機及方法。

第二章探討竟陵八友之時代背景、從地理、政治、經濟、文化、文學各層面入手，找出歷史與文學交互衝擊之因素，以奠定研究之基礎。

第三章則分述竟陵八友之生平及著作，勾勒其各別輪廓，有助於研究之推展。

第四章論述竟陵八友之交遊，析其聚合因緣、交遊經歷，以及文學活動。此前半部偏重於歷史之考察。

第五章探究竟陵八友之文學觀念與主張，見其對文學發展之影響。

第六章闡述八友詩文之內涵與形式，以明其風格與特色。

第七章論析八友詩文之技巧運用，以見其藝術風貌。此後半部純粹爲文學之研究，使八友此一貫遊文學作綜合性之呈顯。

第八章則總結並評述研究之成果。

經此方法步驟，可掌握竟陵八友之時代背景與文學全貌，並可見其於時代文學風氣中，所產生之互動與影響。

〔註21〕見何寄澎〈簡論唐代古文運動中的文學集團〉，頁312。

第二章　竟陵八友之時代背景

　　竟陵八友，自最年長者沈約生於宋文帝元嘉十八年（西元 441 年）起，至梁武帝卒於梁太清三年（西元 549 年）止，時歷宋、齊、梁三朝，約一百多年。其以齊永明年間為主要活動期，然大多由齊入梁。齊自高祖蕭道成立國（西元 479 年），歷七主，至蕭衍代之，享國二十三年；梁自武帝建國（西元 502 年），歷四主，至為陳霸先所滅（西元 557 年），享國五十五年。八友即處於此一時局之改朝換代及政治之動盪不安之背景下。其形成，或為時代環境所孕育，或由社會風氣所促成，總之，其必與當時之地理形勢、政治局勢、文化風尚及經濟形態等因素有關。茲分偏安江左之形勢、詭譎多變之政局、豪族園宅之經營、崇文好佛之風尚、聲律理論之形成五部分述之。

第一節　偏安江左之形勢

　　自北方胡戎交侵，永嘉喪亂，晉室即偏安江左，中原衣冠文物，亦隨之南移，劉宋承祚，此勢未歇，故南方益形蕃盛。〔註1〕如《宋書·沈曇慶傳論》曰：

> 江南之為國盛矣，雖南包象浦，西括邛山，至於外奉貢賦，內充府實，止於荊揚二州，……自義熙十一年司馬休之外奔，至於元嘉末，三十有九載，兵車勿用，民不外勞，役寬務簡，氓庶繁息，至餘糧栖畝，戶不夜扃，蓋東西之極盛也。〔註2〕

〔註 1〕　參周誠明《南北朝樂府詩研究》，第三章〈南北朝樂府詩之產生〉，頁 15；文大中文碩士論文，民國 60 年。

〔註 2〕　見《宋書》卷五四，頁 1540。

蓋南朝歷都於建康，文物稱盛，自古即有「江南佳麗地，金陵帝王州」之稱。
〔註3〕又因此地為政治重地，故王公貴族自然集中於此，凝聚而成細緻優雅之
貴族文化。其建康都城之地理形勢，東望鍾山，南枕秦淮河，東北緊臨玄武
湖、覆舟山，北有雞籠山。雖山川環繞，但其實並不險峻，未能發揮屏障都
城之作用。因此建康最重要之防禦線不在其本身，而是長江沿岸幾個重要據
點，或抗江北之敵，或禦上游之兵。其據點，自東北以迄西南，為京口、白
下、石頭、新亭、板橋、采石、姑孰、梁山等。〔註4〕有此依侍，遂使南朝內
部雖亂逆紛乘、同室誅殺，〔註5〕然其間亦出現幾個小康治世。如宋武帝、文
帝時代，《南史》稱：

> 宋武起自匹庶，知人事艱難，及登庸作宰，留心吏職。而王略外舉，
> 未遑內務，奉師之費，日耗千金。播茲寬簡，雖所未暇，而點己屏
> 欲，以儉御身，左右無幸謁之私，閨房無文綺之飾。故能戎車歲駕，
> 邦甸不擾。文帝幼而寬仁，入纂大業，及難興陝服，六戎薄伐，興
> 師命將，動在濟時。費由府實，事無外擾。自此方內晏安，旰庶蕃
> 息，奉上供徭，止於歲賦，晨出暮歸，自事而已。守宰之職以六朝
> 為斷，雖沒世不徙，未及曩時，而人有所係，使無苟得，家給人足，
> 即事雖難，轉死溝渠，於時可免。凡百戶之鄉，有市之邑，歌謠舞
> 蹈，觸處成群，蓋宋室之極盛也。〔註6〕

文帝在位三十年，文治武功，尚稱可觀，號為小康。及至齊武帝立，嚴明有
斷，留心吏治，十餘年間，百姓豐樂，盜賊屏息，號稱永明治世。《南齊書》
曰：

> 世祖南面嗣業，功參寶命，雖為繼體，事實艱難。御哀垂旒，深存
> 政典，文武授任，不革舊章，明罰厚恩，皆由上出，義兼長遠，莫
> 不肅然。外表無塵，內朝多豫，機事平理，職貢有恆，府藏內充，
> 民鮮勞役，宮室苑囿，未足以傷財，安樂延年，眾庶同幸。〔註7〕

〔註3〕 此詩句出自謝朓〈入朝曲〉（隋王鼓吹曲十首之一）。又劉淑芬《六朝時代的
建康》前言云：「戰國時代的金陵一地，六朝時稱建業或建康，傳說此地山川
毓秀，王氣所鍾。」頁1；台大歷史博士論文，民國71年。

〔註4〕 見劉淑芬《六朝時代的建康》，頁60～61。

〔註5〕 參張仁青《魏晉南北朝文學思想史》，頁3～5。

〔註6〕 見《南史》卷七○〈循吏傳序〉，頁1695～1696。

〔註7〕 見《南齊書》卷三〈武帝本紀〉，頁63。

又曰：

> 永明之世，十許年間，百姓無雞鳴犬吠之警，都邑之盛，士女富逸，
> 歌聲舞節，袨服華粧，桃花綠水之間，秋月春風之下，蓋以百數。

〔註8〕

竟陵王蕭子良即於此時大招文士於西邸，位於建康城北雞籠山，其地風景秀麗，園池佳美，自吸引不少文士賓客，沈約、謝朓、王融、蕭衍、任昉、陸倕、蕭琛等，乘地利之便，〔註9〕經常出入此所，當世遂並爲美談。

梁武帝時代，勤政愛民，爲南朝君主之佼佼者，見《梁書‧武帝本紀》云：

> 高祖英武睿哲，義起樊、鄧，杖旗建號，濡足救焚，總蒼兒之師，
> 翼龍豹之陣，雲驤雷駭，翦暴夷凶，萬邦樂推，三靈改卜。於是御
> 鳳曆，握龍圖，闢四門弘招賢之路，納十亂引諒直之規。興文學，
> 脩郊祀，治五禮，定六律，四聰既達，萬機斯理，治定功成，遠安
> 邇肅。加以天祥地瑞，無絕歲時。征賦所及之鄉，文軌傍通之地，
> 南超萬里，西拓五千。其中璝財皇寶，千夫百族，莫不充牣王府，
> 蹴角闕庭。三四十年，斯爲盛矣。自魏晉以降，未或有焉。〔註10〕

當初遊於竟陵王門下之文士，至此遂爲武帝所延攬，此時文學，承繼竟陵王時之盛況，猶有甚焉。及至陳宣帝時：

> 初，高宗委政於喜，喜亦勤心納忠，多所匡益，數有諫諍，事並見
> 從。由是十餘年間，江東狹小，遂稱全盛。〔註11〕

亦有一小段全盛期。知南朝此類小康治世，「有如地理上的精華區，是培育作物，聚集人口的良好環境，這些精華區的存在，爲南朝社會的整體的文化發展，提供了更爲有利的條件。」〔註12〕南朝之文學集團，則大部分集中於此一時期：如宋臨川王義慶集團、始興王濬集團，皆活躍於文帝元嘉時期；齊文惠太子長懋集團及上述竟陵王子良集團、隋郡王子隆集團等，皆活躍於武帝永明時期；梁昭明太子統集團、簡文帝（晉安王）綱集團、元帝（湘東王）

〔註8〕見《南齊書》，卷五三〈良政傳序〉，頁913。

〔註9〕沈約原籍浙江，蕭衍、陸倕、蕭琛原籍江蘇，謝朓、王融爲北方南渡之世家大族，亦定居於江蘇一帶，因此所在之地多屬都城附近。參見註4所揭書，頁299，〈魏晉南北朝文學家地域分布簡表〉。

〔註10〕見《梁書》卷三，頁97。

〔註11〕見《陳書》卷二九〈毛喜傳〉，頁390。

〔註12〕見呂光華《南朝貴遊文學集團研究》，頁66；政大中文博士論文，民國79年。

繹集團等，皆活躍於梁武帝時期；陳後主叔寶集團，開始活躍於宣帝時期。可見小康治世之存在與貴遊文學集團之形成，二者關係密切。〔註13〕故知南朝之偏安江左，實是孕育小康治世之良好環境，亦為造就貴遊文學集團之最佳時機。竟陵八友即此一背景下，文采突出者之代表。

第二節　詭譎多變之政局

在中國歷史上，亂源之起，多半來自內部之權力鬥爭，或是兄弟鬩牆。南朝亦不例外。南朝立國一百六十九年，江山易姓者四次，君主更迭者二十四次，其間得善終者不及半數，君弒其君者有之，子弒其父者有之，弟弒其兄者有之，其政局之混亂，西晉為尤甚。亂起之因，多半由於君位之篡奪，因此南朝遂為中國君主弒殺最多之時期。〔註14〕趙翼《二十二史箚記》云：

> 古來只有禪讓征誅二局，其權臣奪國，則名篡弒，常相戒而不敢犯。
> 王莽不得已，託於周公輔成王，以攝政踐祚，然周公未嘗有天下也。
> 至曹魏則既欲移漢之天下，又不肯居篡弒之名，於是假禪讓為攘奪。
> 自此例一開，而晉、宋、齊、梁、北齊、後周以及陳、隋皆效之。
> 此外尚有司馬倫、桓玄之徒，亦援以為例。……劉裕則身為晉輔，
> 而即移晉祚，自後齊梁以下諸君，莫不皆然。此又一變局也。……
> 自劉裕篡大位，而即戕故君，以後齊、梁、陳、隋、北齊、後周亦
> 無不皆然。此又一變局也。

蓋南朝自劉宋以下，內亂遂無止息，可見當時篡奪相尋，為禍慘烈之一斑。亦可想見其對委身其間之文士所造成之影響。茲從政局變亂及文士心理兩方面，略述當時政局詭譎多變之概況。

一、亂綱敗紀、屠戮大行

齊梁二代，除齊武帝、梁武帝尚稱賢君外，行為荒誕乖戾之君，則比比皆是，其中尤以齊鬱林、東昏侯、梁元帝為最。〔註15〕如《南齊書・鬱林王本紀》：

> 自入纂鴻業，長惡滋甚。居喪無一日之哀，緦絰為歡宴之服。昏酗

〔註13〕見呂光華《南朝貴遊文學集團研究》，頁67。
〔註14〕參張仁青《魏晉南北朝文學思想史》，頁32及180。
〔註15〕參李嘉玲《齊梁詠物賦研究》，頁12；政大中文碩士論文，民國77年。

長夜，萬機斯壅，發號施令，莫知所從。閹豎徐龍駒專總樞密，奉
叔、珍之互執權柄，自以爲任得其人，表裏緝穆。……於是恣情肆
意，罔顧天顯，二帝姬嬪，並充寵御，二宮遺服，皆納玩府。内外
混漫，男女無別，……〔註16〕

《南齊書・東昏侯本紀》：

帝在東宮便好弄，不喜書學，……嘗夜捕鼠達旦，以爲笑樂。高祖
臨崩，屬以後事，以隆昌爲戒，曰：「作事不可在人後！」故委任群
小，誅諸宰臣，無不如意。〔註17〕

《南史・梁元帝本紀》：

性好矯飾，多猜忌，於名無所假人。微有勝己者，必加毀害。帝姑
義興昭長公主子王銓兄弟八九人有勝名。帝妒害其美，遂改寵姬王
氏兄王珩名琳以同其父名。忌劉之遴學，使人鴆之。如此者眾，雖
骨肉亦遍被其禍。〔註18〕

人君殘暴昏瞶如此，朝廷綱紀早已蕩然無存。及如梁武帝，在位四十八年期
間，初期頗能勤政愛民，國内安定，蔚爲江表盛世。及其晚年，爲政寬緩不
一，致有「陛下爲法，急於黎庶，緩於權貴」之諫，〔註19〕然或因耽於佛法，
因之刑典廢弛，紀綱不立，不僅皇室驕縱不法，官吏類多貪殘，政治遂日漸
腐敗。終致養寇自患，侯景叛亂，使江南蒙受空前之浩劫。〔註20〕如張仁青
言，南朝政風之頹敗，以梁代爲最甚。〔註21〕錢穆亦云：

史稱梁武尚稱文雅，疏簡刑法，優假士人太過，牧守多侵漁百姓。
又謂其好親任小人。王偉爲侯景草檄，謂梁自近歲以來，權倖用事，
割剝齊民，以供嗜欲。如曰不然，公等試觀今日國家池苑，王公第
宅，僧尼寺塔，及在位庶僚，姬姜百室，僕從數千，不耕不織，錦
衣玉食，不奪百姓，何從得之。此可見當時之政俗矣。〔註22〕

〔註16〕見《南齊書》卷四，頁72。
〔註17〕見《南齊書》卷七，頁102。
〔註18〕見《南史》卷八，頁243。
〔註19〕見《隋書》卷二五〈刑法志〉：「後帝親謁南郊，秣陵老人遮帝曰：『陛下爲法，
　　　　急於黎庶，緩於權貴，非長久之術。誠能反是，天下幸甚。』帝於是思有以
　　　　寬之」頁700～701。
〔註20〕參王次澄《南朝詩研究》，頁2：東吳中文博士論文，民國71年。此據東吳學
　　　　術獎助委員會叢書之版本，民73年。
〔註21〕見張仁青《魏晉南北朝文學思想史》，頁186。
〔註22〕見錢穆《國史大綱》第十六章。

政綱敗壞至此，政治亦充滿詭譎變幻氣氛，非僅君位嬗遞源於篡奪，即如文士亦每遭屠戮之殃。有以才貌召禍者，如《南齊書·隨郡王子隆傳》云：

> （蕭鸞）高宗輔政，謀害諸王，世祖諸子中，子隆最以才貌見憚，故與鄱陽王鏘同夜先見殺。〔註23〕

在此之前，王融因擁立子良不成業已遭害，不久，鬱林王又以暴虐被殺。之後，謝朓亦因牽連政爭致死，其本傳云：

> 東昏失德，江祏欲立江夏王寶玄，……遙光又遣親人劉渢密致意於朓，欲以為肺腑。朓自以為受恩高宗，非渢所言，不肯答。……遙光大怒，乃稱敕朓，仍回車付廷尉，與徐孝嗣、祏、暄等連名啟誅朓……下獄死。〔註24〕

又《南史·王懿傳》云：

> 時東昏肆虐，茹法珍、王咺之等執政，宿臣舊將，並見誅夷。懿既勳高，獨居朝右，深為法珍等所憚，乃說東昏，將加酷害，……尋見留省賜藥，與弟融俱殞。〔註25〕

政局如此詭變，文士動輒得咎，其心理之衝擊，可想而知。

二、逞才取寵、紛競仕途

朝廷既綱紀敗亂，政治亦詭譎多變，上有好者，下必甚焉。不僅為官者緣飾姦諂；一般文士甚至趨羶附勢，紛競仕途。生當其時之賀琛，曾痛心上奏：

> 斗筲之人，藻梲之子，既得伏奏帷扆，便欲詭競求進，不說國之大體，……但務吹毛求疵，擘肌分理，連掎摭之智，徼分外之求，以深刻為能，以繩逐為務，跡雖似於奉公，事更成其威福。犯罪者多，巧避滋甚，曠官廢職，長弊增姦，實由於此。〔註26〕

亦難怪宋大樽會指名斥之曰：

> 齊之王儉、韓蘭英先仕宋，劉繪後仕梁。梁之范雲、丘遲、任昉、張率、柳惲、周捨、徐勉先仕齊，庾信後仕北周，江淹、沈約先仕宋齊。……偶指數之，皆詩人名級故高者也。嗟夫嗟夫，群言之長

〔註23〕見《南齊書》，卷四〇，頁710。
〔註24〕見《南齊書》，卷四七，頁827。
〔註25〕見《南史》，卷五一，1266。
〔註26〕見《梁書》卷三八〈賀琛傳〉，頁545。

德言也，女事二夫，男仕二姓，尚何言乎。〔註27〕

然其訶責未免太過。此雖為當時普遍之現象，以上被指名之八友：范雲、任昉、沈約，亦的確如其言歷仕數代，尤其沈約，更為宋、齊、梁三朝元老。但此並非個人之罪，實因政局之詭譎多變而不得不然，否則，其下場便如王融之擁立子良失敗被殺；謝朓捲入政爭死於非命；而一國之君蕭衍因侯景之亂身陷臺城；即如子良，亦於政變中，憂鬱以終。

當時貴遊文學集團盛行，除文學上之相互吸引外，一現實因素，乃居上位者，欲以此擴張聲勢，提昇政治地位，而一般文士，則或存有藉此躍登龍門、開展仕途之意。帝王宗室之愛好，配合文人士族之政治企圖，自然容易形成一強有力之集團組織，但亦易造成政爭與叛變。當然，竟陵王子良對文學之愛好勝於其政治野心，然武帝蕭衍之廢帝自立，沈約與范雲則提供相當之謀略，尤其沈約，曾一再勸蕭衍早登帝位。〔註28〕初與蕭衍同遊於西邸之好友，至其為帝時，亦轉加入其文學集團，因此或以為八友名稱之出於《梁書·武帝本紀》，並將武帝置於八友之首，乃出於梁史官之立場，正如〈沈約傳〉「時竟陵王亦招士，約與蘭陵蕭琛，琅邪王融、陳郡謝朓、南鄉范雲、樂安任昉等皆遊焉，當世號為得人。」並未提及蕭衍之名，而知武帝當時於西邸之地位其實並不重要；〔註29〕其遊西邸，或早為代齊作準備。其餘文士之心理，則或多或少存有政治之考量。故賦詩投權貴所好，便為當時文士之所趨，《梁書》頗多為例，如〈任昉傳〉云：

昉立於士大夫間，多所汲引，有善己者，則厚其聲名。〔註30〕

〈張率傳〉曰：

（率）直文德待詔省，……又侍宴賦詩，高祖乃別賜率詩曰：「東南有才子，故能服官政，余雖慚古昔，得人今為盛。」率奉詔，往返數首，其年遷秘書省。〔註31〕

〈劉孝綽傳〉云：

〔註27〕見清宋大樽《茗香詩論》，頁543；叢書集成新編七九冊，新文豐出版公司。

〔註28〕參方北辰《魏晉南朝江東世家大族述論》，頁89；文津出版社，民國80年1月初版。

〔註29〕參網祐次〈南齊竟陵王蕭子良の文學活動について〉，頁120；《東方學論集》二，1954年3月。

〔註30〕見《梁書》卷一四，頁254。

〔註31〕見《梁書》，卷三三，頁475。

> 孝綽免職後，高祖數使僕射徐勉宣旨慰撫之，每朝宴常引與焉。及
> 高祖爲〈藉田詩〉，又使勉先示孝綽。時奉詔作者數十人，高祖以孝
> 綽尤工，即日有敕，起爲西中郎湘東諮議。〔註32〕

此亦促成貴遊文學集團產生之動力。然因政風之頹敗與政局之詭譎，致使文
士或紛競仕途，而身陷囹圄；或韜光斂芒，以明哲保身；或才足用事，統攬
大權，但終究爲叛逆所害，竟陵八友即爲最佳之寫照。

第三節　豪族園宅之經營

　　自漢朝以降，中國之農業型態，便朝向大土地制之經營方式，漢代之官
僚豪族即已廣置田園。〔註33〕除帝王之苑囿外，公卿列侯，皇親近臣，已開
始經營個人之私屬園林，甚至庶民百姓亦起而效之。〔註34〕王侯公卿始出現
之私人園林，如：

> 梁孝王好營宮室苑囿之樂，作曜華之宮，築兔園，園中有百靈山，
> 山有膚寸石、落猿巖、棲龍岫。又有雁池，池間有鶴州、鳧渚。其
> 諸宮觀相連，延亙數十里。奇果異樹、瑰禽怪獸畢備，王日與宮人
> 賓客弋釣其中。〔註35〕

梁孝王之兔園爲歷史著名之文客聚集之所，從「王日與宮人賓客弋釣其
中」，或如枚乘〈梁王兔園賦〉所言「邯鄲襄國易涿之麗人，及燕汾之遊子，
相與雜遝而往款焉」，〔註36〕知此園乃半開放性質，以娛樂交際爲最主要功
能。〔註37〕然亦從事文學性之活動。如《西京雜記》載：

> 梁孝王遊於忘憂之館，集諸遊士各使爲賦。枚乘爲柳賦，其辭
> 曰……。路喬如爲鶴賦，其詞曰……。公孫詭爲文鹿賦，其詞曰……。
> 鄒陽爲酒賦，其詞曰……。公孫乘爲月賦，共其詞曰……。羊勝爲
> 屏風賦，其詞曰……。韓安國作几賦，不成，鄒陽代作，其辭曰……。

〔註32〕見《梁書》，卷三三，頁 482。
〔註33〕參劉淑芬《六朝時代的建康》，頁 283。
〔註34〕參侯迺慧《唐代文人的園林生活──以全唐詩文的呈現爲主》，頁 25；政大中
　　　　文博士論文，民國 79 年。
〔註35〕見晉葛洪《西京雜記》卷二，頁 6；《古今逸史》一二，宋元明叢書十種，王
　　　　雲五主編。
〔註36〕見《全漢文》卷二○。
〔註37〕參侯迺慧《唐代文人的園林生活──以全唐詩文的呈現爲主》，頁 29。

鄒陽、安國罰酒三升，賜枚乘、路喬如絹人五。〔註38〕

可見王侯之假藉苑囿飲酒賦詩，大大提高文學之趣味性，同時亦展現其經濟之發達與財力之雄厚。而平民園宅之起，《西京雜記》描述漢時茂陵富民袁廣漢之園林云：

> 茂陵富民袁廣漢，藏鏹巨萬，家僮八、九百人。於北邙山下築園，東西四里，南北五里，激流水注其內。構石爲山，高十餘丈，連延數里。養白鸚鵡、紫鴛鴦，牦牛青兕，奇獸怪禽，委積其間。積沙爲洲嶼，激水爲波潮。其中致江鷗海鶴，孕雛產鷇，延漫林池；奇樹異草，靡不具植。屋皆徘徊連屬，重閣脩郎，行之移晷不能遍也。
> 〔註39〕

此爲平民私人園林之首次記載，主要是積石爲山，激水爲流之人工園林建築。雖其園宅面積及格局尚不如帝王貴族，然卻在構築上極盡巧思，尤其是假山之造設，極富開創性。

　　兩晉以來，由於都市之繁榮，經濟之發展，使王公貴族豎於安息之餘，遊樂興趣從自然山水擴及庭園石泉，如西晉時，北有石崇洛陽金谷園（河陽別業），南有王羲之會稽蘭亭。其間設計之考究，建造之精美，直如鬼斧神工，令人眞偽莫辨。〔註40〕而石崇金谷園中，除一些人工開鑿之池沼外，亦多爲天然之景致，如石崇〈金谷詩序〉云：

> 有別廬去城十里，或高或下，有清泉、茂林、眾果、竹柏、藥草之屬；金田十畝，羊二百口，雞、豬、鵝、鴨之類，莫不畢備。又有水碓、魚池、土窟。其爲娛目歡心之物備矣。

而劉宋謝靈運之莊園別業，則傍山帶江，極盡幽居之美，已爲田地與園宅之結合，同具經濟生產與娛樂遊息之功能。〔註41〕李嘉玲以爲，此股營構之風，漫及齊梁，反較前爲盛。因避處江南，以北伐無望，政局膠著，又久處秀山碧水之間，一般富豪，早耽溺於享樂，王侯世族，更豪侈揮霍無度。故江南京城附近，貴人王公之居宅遍佈，其宅第不僅有堂構輝煌之華屋，更包括精心設計之園林，此種園林特別集中於王公貴族聚集之建康。〔註42〕如齊文惠

〔註38〕見晉葛洪《西京雜記》，卷四，頁3～5。
〔註39〕見晉葛洪《西京雜記》，卷三，頁2～3。
〔註40〕參李嘉玲《齊梁詠物賦研究》，頁39。
〔註41〕參侯迺慧《唐代文人的園林生活——以全唐詩文的呈現爲主》，頁33～35。
〔註42〕參劉淑芬《六朝時代的建康》，頁125。

太子之玄圃園：「其中樓觀塔宇，多聚奇石，妙極山水」，〔註43〕又其東田小苑「彌亙華遠，壯麗極目」。〔註44〕

園林之建築，除貴族展現其富厚之經濟力外，亦受到魏晉以來，社會希企隱逸風氣之影響，〔註45〕於是一些崇尚自然樸實風格（莊園式）之園林，不但成為文人士子聚集遊宴、行酒賦詩之藝地，其園中之陳設構築，更一一成為文人筆端吟詠之題材，如謝朓之賦作：

> 提於巖以群茂，臨於水而宗生。……懷風陰而送聲，當月露而留影。
> 既芊眠而廣閴，亦迢遞於孤嶺。……（高松賦奉竟陵王教作）

而竟陵王西邸，其地處山林，泉石幽絕，因子良潛心佛法，於邸內建寺清修，〔註46〕其建築已有寺院園林之傾向。〔註47〕且當時盛行以壁畫作為建築之裝飾，因此邸內壁上亦有許多文人才俊之畫像，如：

> 齊竟陵王開西邸，延才俊，以為士林館，使工圖其像，（王）高亦預焉。〔註48〕

又子良於此「集學士抄五經、百家，依《皇覽》例為《四部要略》千卷。招致名僧講語佛法，造經唄新聲」，故往來之文士賓客及善聲沙門絡繹不絕。此時園宅不僅提供娛樂遊息，更發揮誦經講道、著書文藝等功能。八友即於此時成為座上佳賓。此外，八友之沈約、武帝、謝朓、范雲等，亦皆有私人之園宅，如沈約鍾山下之東田，〔註49〕其〈郊居賦〉云：

> 紫蓮夜發，紅荷曉舒。輕風微動，其芳襲余。風騷屑於園樹，月籠
> 連於池竹。蔓長柯於簷桂，發黃華於庭菊。水懸堦而帶坻，雪縈松
> 而被埊。鴨屯飛而不散，雁高翔而欲下。〔註50〕

可見園內景致之優雅宜人。而謝朓宅第「南望平野極目，而環宅皆流泉奇石，青林文篠，真佳處也」。〔註51〕故知豪族園宅之經營，從展現個人經濟財力之

〔註43〕 見《南齊書》卷二一，文惠太子傳，頁401。

〔註44〕 見《南齊書》，傳曰：「後上幸豫章王宅，還過太子東田，見其彌亙華遠，壯麗極目，於是大怒」，知其建築當異常華麗。

〔註45〕 見《南齊書》，頁126。

〔註46〕 參本書四章三節〈三、考文審音〉。

〔註47〕 參侯迺慧《唐代文人的園林生活——以全唐詩文的呈現為主》，頁37～38。

〔註48〕 見《南史》，卷二三〈王誕傳附王亮傳〉，頁623。

〔註49〕 參劉淑芬《六朝時代的建康》，頁136。

〔註50〕 見《百三家集·沈隱侯集》，頁2896。

〔註51〕 此出於陸放翁〈入蜀記〉，為唐李白〈謝公宅〉詩，王琦注引。見瞿蛻園等校注《李白詩校注》第二冊，頁1318；里仁書局，民國73年3月。雖放翁所見

目的起，至提供文人士子之遊集，乃至豐富個人家居生活，提昇審美層次，甚至作爲研佛修持之所，已爲園宅之存在，發揮最大之功能與意義。

第四節　崇文好佛之風尚

就文學之發展而言，魏晉南北朝爲中國文學自覺之時代，文學觀念逐漸清晰而獨立，此雖爲文學自身之演化，然外來文化之刺激亦功不可沒。自西晉末葉起，佛學風行中國，與玄學交會合流，〔註52〕無寧爲文學注入新生命力，南朝承繼此風，國內普遍彌漫崇文好佛之風尚，八友躬逢其時，其形成因緣，或與帝室王侯之倡導及士族文人之推動二項有關。

一、帝室王侯之倡導

南朝文風鼎盛，文學集團林立，此固與偏安江南，小康治世之環境，促使王公貴族集中都邑，凝聚成一股貴族文化有關。然若無帝室王侯之提倡，對文學表現出高度之興趣，則不能風行草偃，蔚爲風氣。如劉師培云：「齊梁文學之盛，雖承晉宋之緒餘，亦由在上者之提倡」。〔註53〕其實君臣雅集，自古有之，歷史上較有名者，如魏晉建安七子之南皮之遊。其文學活動，主要見於〈曹丕與朝歌令吳質書〉：

> 每念昔日南皮之遊，誠不可忘。既妙思六經，逍遙百氏，彈碁閒設，終以六博，高談娛心，哀箏順耳。馳騁北場，旅食南館，浮甘瓜於清泉，沈朱李於寒水。白日既匿，繼以朗月，同乘並載，以遊後園，輿輪徐動，參從無聲。〔註53〕

而其〈與吳質書〉云：

> 昔日遊處，行則連輿，止則接席，何曾須臾相失。每至觴酌流行，絲竹並奏，酒酣耳熱，仰而賦詩。〔註54〕

〈吳質答魏太子牋〉亦曰：

> 昔侍左右，廁坐眾賢，出有微行之遊，入有管絃之懽，置酒樂飲，

之謝公宅已非當年之原貌，但以詩人傳誦不絕看來，其佳處應與謝朓當時相去不遠。

〔註52〕見劉師培等編撰《中國中古文學史·宋齊梁陳文學概略》，頁76；世界書局，民國51年。
〔註53〕見《文選》下冊，卷四二，頁1060。
〔註54〕見《文選》下冊，卷四二，頁1061。

賦詩稱壽。……陳、徐、劉、應，才學所著，誠如來命，惜其不
遂，可爲痛切。凡此數子，於雍容侍從，實其人也。……往者孝
武之世，文章爲盛，若東方朔、枚皋之徒，不能持論，即阮、陳
之儔也。〔註55〕

及更早之漢武帝與群臣之柏梁臺會等，皆是帝王好文與臣子同樂之例。而南
朝帝室王侯對文學表現出之高度興趣，亦唯有曹魏時代可堪比擬。〔註56〕裴
子野〈雕蟲論序〉云：

宋明帝博好文章，才思朗捷，常讀書奏，號稱七行俱下。每有禎祥，
及幸讌集，輒陳詩展義，且以命朝臣。其戎士武夫，則託請不暇，
困於課限，或買以應詔焉。於是天下向風，人自藻飾，雕蟲之藝，
盛於時矣。〔註57〕

又《南史·文學傳序》云：

自中原沸騰，五馬南渡，綴文之士，無乏於時。降及梁朝，其流彌
盛。蓋時主儒雅，篤好文章，故才秀之士，煥乎俱集。于時武帝每
所臨幸，輒命群臣賦詩，其文之善者賜以金帛。是以縉紳之士，咸
知自勵。〔註58〕

因時主之雅好文章，則上行下效，故國內彌漫一股崇文風尚。如齊竟陵王之
招集文士，正是效法曹魏建安時，於文學上所締造之盛況，故亦編《四部要
略》以媲美曹丕之《皇覽》類書。

除崇文之風尚外，南朝亦是一佛教色彩相當濃厚之時代。至此佛教不僅
得到貴族之理解與信奉，又獲得經濟之支援，更甚者，乃得到帝王之保護。
齊世爲江左佛教趨於極盛之重要時期，齊文惠太子及竟陵王子良崇尚佛法，
推廣佛教「招致名僧，講語佛法，造經唄新聲，道俗之盛，江左未有也。」〔註
59〕把原已極爲興盛之佛教提昇至一高峰。及至梁代，其風益熾，如趙翼《二
十二史箚記》云：「梁時於五經之外，仍不廢老莊，且又增佛義，晉人虛僞之
習，依然未改，且又甚焉。」〔註60〕而原爲竟陵八友之一武帝，本已深受佛

〔註55〕見《文選》下冊，卷四〇，頁 1018～1019。
〔註56〕參呂光華《南朝貴遊文學集團之研究》，頁 79。
〔註57〕見宋李昉等編《文苑英華》，卷七四二，頁 4645；華文書局，民國 56 年。
〔註58〕見《南史》，卷七二，頁 1762。
〔註59〕見《南齊書》，卷四〇〈武十七王傳〉，頁 698。
〔註60〕見趙翼《二十二史箚記》，頁 51；洪氏出版社。

教影響，即位後，對佛教之虔敬更甚於竟陵王。〔註61〕其嘗以帝王之權力推展佛教，如於鍾山造大愛敬寺，即以強力為之：〔註62〕

> 時高祖於鍾山造大愛敬寺，騫舊墅在寺側，有良田八十餘頃，即晉丞相王導賜田也。高祖遣主書宣旨就騫求市，欲以施寺。騫答旨曰：「此田不賣，若是敕取所不敢言。」酬對又脫略。高祖怒，遂付市評田價，以直逼還之。〔註63〕

其自身亦數度捨身同泰寺，〔註64〕以致如《梁書》云：「高祖方銳意釋氏，天下咸從風而化」，〔註65〕因此，據劉淑芬之研究，當時寺塔僧尼之數目驟增，從東晉寺院只有一千七百六十八所，梁時已增至二千八百四十六所，僅京師一地，即有寺院五百餘所，僧尼十餘萬人。〔註66〕而從當時王公貴族不僅出資興建宏麗寺院，甚且捨宅為寺之情形，〔註67〕更可見釋風之盛行。

二、士族文人之推動

　　南朝就社會結構而言，仍為一典型士族社會。據呂光華研究指出，「南朝時代之士族，大部分起源於東晉以前，以較世族而言，如源流起自西漢者有琅邪臨沂王氏、吳興武康沈氏；起源於東漢時代者，有吳郡吳縣張氏、吳郡吳縣陸氏、陳郡陽夏袁氏、潁川鄢陵庾氏、河南聞喜裴氏、會稽山陰孔氏、吳郡吳縣顧氏、京兆杜陵韋氏、潁川潁陰荀氏、泰山南城羊氏；起源於三國時代者，有陳郡陽夏謝氏、汝南安城周氏、廬江灊縣何氏；起源於西晉者，有河南陽翟褚氏、濟陽考城江氏、陳郡長平殷氏、河東解縣柳氏。其他陸續興起的著名士族，還有彭城劉氏、南陽安眾劉氏、南蘭陵蕭氏……」。〔註68〕實自西晉起，南北世家大族之間即不斷有歧見與衝突。東晉時，由於權力分配之調整，彼此之緊張關係有所緩和。至南朝，南北士族已逐漸由對立走向

〔註61〕參劉淑芬《六朝時代的建康》，頁145。

〔註62〕雖武帝〈孝思賦序〉有云：「乃於鍾山下建大愛敬寺，於青溪側造大智度寺，以表罔極之情，達追遠之心」，表建寺之用心，但亦未能排除其強民意之事實。

〔註63〕見《梁書》卷七〈太宗王皇后傳〉，頁159。

〔註64〕參顏尚文《梁武帝「皇帝菩薩」理念的形成及政策的推展》，頁240～243；師大歷史博士論文，民國78年。

〔註65〕見《梁書》卷一二〈韋叡傳〉，頁225。

〔註66〕時人郭祖深稱：「都下佛寺五百餘所，窮極宏麗，僧尼十餘萬，資產豐沃。」見《南史》卷七○〈郭祖深傳〉，頁1721。

〔註67〕參劉淑芬《六朝時代的建康》，頁182。

〔註68〕見呂光華《南朝貴遊文學集團研究》，頁69～70。

融合。〔註69〕竟陵八友之交遊，以其籍貫而言，沈、陸為東南望族；王、謝為僑姓大族；蕭、任為渡江後起士族，其未嘗不可謂為南北文化交流之一表徵。〔註70〕

世家大族不論在政治權勢、經濟力量、社會地位上，皆佔有絕對之優勢，其主導當時社會，儼然時代中堅，非寒人庶士所能望其項背。〔註71〕此種特殊社會地位，連天子亦得承認其獨特性，天子可以授與一人政治地位，然卻不能將寒庶提昇為士族，〔註72〕此所以有「士大夫故非天子所命」之說。〔註73〕

造成士族之享有特權，除兩晉南朝沿用曹魏以來九品官人法外，〔註74〕其家風家學更是維繫士族門第於不墜之重要因素，錢穆曰：

> 當時門第傳統共同理想，所希望於門第中人，上自賢父兄，下至佳子弟，不外兩大要目：一則希望其能具孝友之內行，一則希望其能有經籍文史學業之修養。此兩種希望，并合成為當時共同之家教。
>
> 其前一項之表現，則成為家風。後一項之表現，則成為家學。〔註75〕

故士族階級多重視風教及學業，且甚多藏書。〔註76〕而經史之學固然重要，文學則尤為時尚，如錢氏云：

> 漢志辭賦略所收，只楚辭漢賦。集部大興自東漢，至魏晉南北朝而極盛。據隋志，共五百五十四部，六千六百二十二卷，通計亡佚，

〔註69〕參方北辰《魏晉南北朝江東世家大族述論》，頁 77～78；1988 年大陸博士論文，文津出版社，民國80年1月初版。

〔註70〕參劉躍進《永明文學研究》，頁 62；1991 年大陸博士論文，文津出版社，民國81年3月出版。

〔註71〕參呂光華《南朝貴遊文學集團之研究》，頁69。

〔註72〕參呂光華《南朝貴遊文學集團之研究》，頁72。

〔註73〕見《南史》卷三六〈江斆傳〉：「先是中書舍人紀僧真幸於武帝，稍歷軍校，容表有士風。謂帝曰：『臣小人，出自武吏，邀逢聖時，階榮至此，……唯就陛下乞作士大夫。』帝曰：『由江斆、謝瀹，我不得措此意，可自詣之。』僧真喪氣而退，告武帝曰：『士大夫故非天子所命。』」，頁 943。

〔註74〕參呂光華《南朝貴遊文學集團之研究》，頁70。

〔註75〕見錢穆〈略論魏晉南北朝學術文化與當時門第之關係〉，頁 155；收入氏著《中國學術思想史論叢（三）》，東大圖書公司，民國70年。

〔註76〕士族多有藏書，或雇人抄寫，或親自謄錄，其藏書之多者，有陸澄家「書萬餘卷」（《南史》卷三一〈張率傳〉），沈約「聚書至二萬卷，京師莫比」（《梁書》卷一三〈沈約傳〉），王僧孺「聚書至萬餘卷，率多異本」（卷三三〈王僧孺傳〉），張緬「聚面至萬餘卷」（卷三四〈張緬傳〉）孔休源「聚書盈七千卷，手自校治」（卷三六〈孔休源傳〉）。

有一千一百四十六部，一萬三千三百九十卷。張鵬一隋志補，又增
出專集七十二家。卷帙之多，堪與史部相埒。以四百年計，每年當
出一部至三部集，亦可謂每年可出一位乃至三位專集作家。此即長
治久安之世，前如漢，後如唐，亦難有此盛。〔註77〕

可見魏晉南北朝集部文學之盛。蘇紹興亦云「以南朝而言，除梁武之世，經
學稍盛外，世族多以詞藻相尚」。〔註78〕士族之崇尚文學，史籍文獻皆有載，
如蕭子顯云：

自宋以來謝靈運、顏延年以文章彰於代，謝莊、袁淑又以才藻係之，
朝廷之士及閭閻衣冠，莫不仰其風流，競爲辭賦之事，五經文句，
無復通其義者。〔註79〕

又《南史‧劉孝綽傳》云：

孝綽辭藻爲後進所宗，時重其文，每作一篇，朝成暮遍，好事者咸
誦傳寫，流聞河朔，亭苑柱壁，莫不題之。〔註80〕

而《梁書‧王承傳》亦云：

時膏腴貴遊，咸以文學相尚，罕以經術爲業。〔註81〕

可見當時士族崇尚文學之一斑。至此文學已成爲一種社會之價值標準，甚至
逐漸成爲任官標準之依據，姚察云：

觀夫兩漢求賢，率先經術；近世取人，多由文史。〔註82〕

而於治世遭逢明主時，士族更以儒業、文學，互見升寵。且呂光華認爲，自
東晉以來，士族爲避免政治權力之競爭，擔負覆滅家族之風險，本即有偃武
就文之傾向，南朝則日益顯著。有子弟偶好武業者，亦不爲族人推重。《宋書‧
宗愨傳》云：「時天下無事，時人並以文義爲業，炳素高節，諸子群從皆好學，
而愨獨任氣好武，故不爲鄉曲所稱。」〔註83〕尤其南渡之僑姓士族，既失去
北方原有之產業，成爲依附中央政權之官僚，以文學作爲政治資本，參與政
權，正是士族保族固寵之最佳方式。再者，文學創作能力及其技術，更成爲

〔註77〕見《南史》，頁 147。
〔註78〕見蘇紹興〈東晉南北朝之文學世族對當代文學學術之貢獻〉，頁 207；收入氏
　　　　著《兩晉南朝的士族》，聯經出版社，民國 76 年。
〔註79〕見唐杜佑《通典》，卷一六〈選舉四〉，頁 91；新興書局，民國 48 年。
〔註80〕見《南史》卷三九，頁 1012。
〔註81〕見《梁書》卷四一，頁 585。
〔註82〕見《梁書》卷一四〈江淹任昉傳論〉，頁 258。
〔註83〕見《宋書》卷七六，頁 1971。

士族身分地位之表現，於公私社交場合，無不附庸風雅，展現賦詩寫作之才能。〔註84〕故當時之文學風氣、形式、內容，無不與其生活息息相關。〔註85〕又此時佛教譯述大盛，文人士子亦多投入。〔註86〕尤以齊梁之際，佛經梵唄興盛，反切應用日廣，文人對詩文聲韻之講求，已由自然直覺，轉為人工意匠之製定，〔註87〕於是有「永明體」之產生，〔註88〕其中沈約、謝朓、王融諸人率多為士族文人，因其推動，故四方才俊之士，靡然向風，所謂「文變染乎世情，興廢繫於時序」（《文心‧時序》），故文學新變之風，遂為勢所必然。〔註89〕

第五節　聲律理論之形成

　　南朝文學承襲晉宋餘緒，不僅文風自由，文辭華靡，且對文字聲律益形講究。尤其齊梁之際，文士譯經風氣大增，佛教梵唄助長本土聲韻之研究分析，故此一時期探討聲律之理論逐漸開展。八友正值其間，彼此之相激相盪甚為明顯。茲即就四聲之提倡及佛教梵唄之啟發二項，探究其與八友之互動關係。

一、四聲之提倡

　　由《南史‧陸厥傳》云：「（永明末）時盛為文章，吳興沈約、陳郡謝朓、琅邪王融，以氣類相推轂，汝南周顒善識聲韻。約等為文皆用宮商，將平上去入四聲，以此制韻，有平頭、上尾、蜂腰、鶴膝。五字之中，音韻悉異；兩句之內，角徵不同，不可增減。世呼為『永明體』。」〔註90〕知永明體之形成，乃因沈約、謝朓、王融等人，以「四聲制韻」為基本法則，為文注重聲

〔註84〕參呂光華《南朝貴遊文學集團之研究》，頁77。
〔註85〕參蘇紹興〈東晉南北朝之文學氏於對晉代文學術之貢獻〉，頁205。
〔註86〕參蘇紹興〈東晉南北朝之文學氏於對晉代文學術之貢獻〉，蘇氏云：「據唐智昇〈開元釋教錄〉所載佛教論著，以劉宋為最多，譯人二十二，譯經四六五部，七一七卷，其中不乏士族子弟所述作。」頁218。
〔註87〕參王次澄《南朝詩研究》，頁31。
〔註88〕「永明體」一語出自《南史‧陸厥傳》及《南齊書‧文學附厥傳》。詳下節。
〔註89〕參呂光華《南朝貴遊文學集團之研究》，頁281～308。
〔註90〕見《南史》卷四八，頁1194。又《南齊書‧文學附厥傳》曰：「永明末，盛為文章。吳興沈約、陳郡謝朓、琅邪王融以氣類相推轂。汝南周顒善識聲韻。約等為文皆用宮商，以平上去入為四聲，以此制韻，不可增減。世呼為『永明體』。」卷五二，頁898。兩處大抵相同。

韻之錯綜變化及其節奏諧美。故四聲之提倡，不僅影響永明體之形成；且亦成爲永明聲律之一重要主張。但歷來研究者，卻對「四聲」之首倡者眾說紛紜。第一說以郭紹虞爲主，其依《梁書・沈約傳》：「（約）撰四聲譜，以爲在昔詞人，累千載而不寤，而獨得胸衿，窮其妙旨，自謂入神之作。」〔註91〕又據沈約《宋書・謝靈運傳論》「靈均以來，此祕未睹。」〔註92〕謂沈約爲永明體之領袖。〔註93〕此說較爲人所接受，原因或如劉大杰所言：

> 這多半也是因爲，王融、謝朓都在齊代死去，沈約活到梁朝，身爲名公鉅卿，兼文壇領袖，在理論上又著有《四聲譜》，因此成爲聲律論最有力的提倡者和宣傳者。〔註94〕

第二說則如馮承基〈論永明聲律──四聲〉中依鍾嶸《詩品》云：

> 齊有王元長者，嘗謂余云：「宮商與二儀俱生，自古詞人不知之：惟顏憲子乃云律呂音調，而其實大謬；唯見范曄、謝莊頗識之耳。」常欲造《知音論》，未就而平。王元長創其首，謝朓、沈約揚其波：三賢咸貴公子孫，幼有文辨，于是士流景慕，務爲精密。襞積細微，專相凌架，故使文多拘忌，傷其眞美。〔註95〕

以永明體之倡導，王融實爲首要，謝朓、沈約只是推波助瀾。〔註96〕第三說則認爲周顒與沈約同時創立，此以陳寅恪爲代表，其〈四聲三問〉云：

> （周顒）與沈約，一爲文惠之東宮掾屬，一爲竟陵之西邸賓僚，皆在佛化文學環境之中，四聲說之創始於此二人者，誠非偶然也。〔註97〕

然據許東海對此錯綜複雜之關係逐一抽絲剝繭之結果，作一結論云：

> 就四聲之創始言，當始於劉宋，沈約等人繼之「文用宮商」，而顒之創四聲之論於先，約之譜四聲則在其後，既非同時，其事亦復有別。〔註98〕

基本上贊同陳氏之說，但以爲沈約在四聲理論之倡明所作之努力與貢獻，則

〔註91〕見《梁書》卷一三，頁243。
〔註92〕見《宋書》卷六七，頁1778。
〔註93〕參郭紹虞《中國文學批評史》，頁144。
〔註94〕見劉大杰《中國文學批評史》，第二章〈南北朝的文學批評〉，頁127。
〔註95〕見《詩品集 注》，梁・鍾嶸著，曹旭彙注，頁337～340，上海古籍出版社，1994年。
〔註96〕參馮承基〈論永明聲律──四聲〉，頁20：《大陸雜誌》三十一卷9期。
〔註97〕見《清華學報》九卷2期，頁283。
〔註98〕參許東海《永明體之研究──以沈約文論及其作品爲主》，頁81～85。

非周顒、王融、謝朓等人所能及之。

今理論之首倡者雖難以確定，但由沈、謝、王、范四人與永明聲律之關係看來，竟陵八友與聲律論之形成應有所關連。儘管八友之一武帝被視爲反對派，見《梁書·沈約傳》云：

> 約撰四聲譜，以爲在昔詞人，累千載而不悟。而獨得胸衿，窮其妙旨，自謂入神之作。武帝雅不好焉。嘗問周捨曰：「何謂四聲？」捨曰：「天子聖哲是也。」然帝竟不遵用也。〔註99〕

其反映兩種可能：一爲理論之不適用，以致武帝持反對態度；另一爲武帝不滿沈約獨占鰲頭，故意與之對立，於此，劉漢初曾提出武帝個性中有忌才之傾向，〔註100〕如：

> 約嘗侍讌，值豫州獻栗，徑半寸。帝奇之，問曰：「栗事多少？」與約各疏所憶（憶），少帝三事。出謂人曰：「此公護前，不讓即羞死！」帝以其言不遜，欲抵其罪，徐勉固諫，乃止。〔註101〕

又《南史》云：

> 武帝每集文士策經史事，時范雲、沈約之徒皆引短推長，帝乃悅，加其賞賚。會策錦被事，咸言已罄，帝試呼問峻，峻時貧悴冗散，忽請紙筆，疏十餘事，坐客皆驚，帝不覺失色，自是惡之，不復引見。及峻《類苑》成，凡一百二十卷，帝即命諸學士撰《華林遍略》以高之，竟不見用。〔註102〕

因知武帝之反對聲律，或只是心理作用。另因蕭琛、任昉、陸倕之史料有限，故無法證實三人與永明聲律有直接關係。

二、佛教梵唄之啓發

由於竟陵王好佛之緣故，竟陵八友幾乎多與佛教有或深或淺之淵源：如武帝本身即一精於佛理且極爲虔誠之佛教徒；〔註103〕沈約篤信佛教、精通內典，此一思想多見其闡揚佛理之論、記、銘、序之中，並可於其詩、賦中見其佛教色彩，〔註104〕且與蕭琛有〈難范縝神滅論〉；王寧朔集中有〈淨行頌〉

〔註99〕見《梁書》卷一三，頁243。
〔註100〕參劉漢初《蕭統兄弟的文學集團》，頁38。
〔註101〕見《梁書》卷一三，頁243。
〔註102〕見《南史》卷四九〈劉懷珍附從父弟峻傳〉，頁1220。
〔註103〕參《梁書》卷三〈武帝紀〉，頁96；《南史》卷七〈梁本紀〉，頁223及225。
〔註104〕參許東海《永明體之研究——以沈約文論及其作品爲主》，頁60，許氏云：「〈郊

三十一首，闡述佛典之精義；而謝朓、任昉往來竟陵王門下，則多少受其耳濡耳染。據《南齊書》載竟陵王子良，曾於永明年間，「招致名僧，造經唄新聲」，其時「永明體」亦於焉產生，兩者之間是否互有影響？呂光華認為「永明聲律論的發展成熟，實際上受佛經轉讀梵唄的影響而來，而這和竟陵王崇尚佛法，常在西邸召集名僧學者講談佛法，大有關係。」〔註105〕又許東海云：

> 在中國歷史上，由於佛教的傳入，的確對中華文化造成深遠的影響，尤其引進的印度拼音文字——梵文，引發中國音韻的研究，成績十分輝煌，則是不可抹煞的事實，永明聲律說的成立，實受它的間接啟發。〔註106〕

亦極肯定永明聲律與梵唄之關係。因翻譯佛經，促使文士對中國文字聲音之分析探討，再由佛經之轉讀，遂對詠誦之美，頗加留意。理由在於建康原為京邸所在，屬政治中心，且其又為近海區域，本多胡人居住。由於貴族文士往來頻繁，文物鼎盛，加以佛教思想盛行，一時因緣際會，遂使文學音律綻放光彩。永明聲律論乃此一風氣下，自然發展而成。

居賦〉更是其晚年退居之作，其中的內容述及他個人的人生哲學，充滿佛教之空觀色彩。亦曾在東陽太守任內，結交當時隱居金華寺草堂寺的僧人慧寂，並作了〈遊金華山〉、〈赤松澗〉等詩。〈棲霞精舍銘〉，更把佛理與寫景相融合。」

〔註105〕見呂光華《南朝貴遊文學集團研究》，頁160。
〔註106〕參許東海《永明體之研究——以沈約文論及其作品為主》，頁53。

第三章　竟陵八友之生平與著作

　　竟陵王蕭子良字雲英，南蘭陵武進（今江蘇常州市西北）人，齊武帝（蕭
賾）次子。生於宋孝武大明四年（西元 460 年），卒於齊明帝（蕭鸞）建武元
年（西元 494 年），享年三十五，諡曰文宣王。《南史》稱其所著文筆數十卷，
多爲勸戒之作。〔註1〕而《隋書·經籍志》作有集四十卷、淨住子二十卷、義
記二十卷。〔註2〕今有蕭竟陵集（又稱竟陵王集）傳世，載於《漢魏六朝一百
三家集》，包括啓、表、書、序、詩等近六十篇；〔註3〕其散見詩文可見於《全
上古三代秦漢三國六朝文》及《全漢魏晉三國南北朝詩》。〔註4〕另《先秦漢
魏南北朝詩·齊詩》卷一，收有詩六首。〔註5〕

　　齊高帝（蕭道成）踐阼（建元元年，西元 479 年），封子良爲聞喜縣公。
建元二年，仍爲征虜將軍丹陽尹。四年，齊武帝即位，封竟陵郡王，爲鎮北
將軍、南徐州刺史。永明元年（西元 483 年），徙爲侍中、征北將軍、南兗州
刺史。二年，入爲護軍將軍，兼司徒，鎮西州城。四年，進號車騎將軍。五
年，正位司徒，移居雞籠山西邸。是時，「集學士抄五經、百家，依《皇覽》
例，爲《四部要略》千卷。招致名僧，講語佛法，造經唄新聲，道俗之盛，
江左未有。」〔註6〕

〔註1〕見《南史》卷四〇〈齊武帝諸子〉，頁 1104。
〔註2〕唐魏徵等撰，見卷三五。
〔註3〕明張溥編。又參下節附表二之統計。
〔註4〕清嚴可均編。
〔註5〕清逯欽立輯校。
〔註6〕見《南齊書》卷四〇〈武十七王傳〉，頁 698；又見《南史》卷四四，頁 1103。
　　　　又《通鑑》以爲竟陵王開西邸時間爲永明二年，此說無據，較不爲學者所接

　　子良少時即好文藝，並禮接賢士，如《南齊書》本傳云：「子良少有清尚，禮才好士，居不疑之地，傾意賓客，天下才學皆遊集焉。善立勝事，夏月客至，爲設瓜飲及甘果，著之文教。士子文章，及朝貴辭翰，皆發教撰錄。」〔註7〕於西邸大招文士之時，梁武帝蕭衍與沈約、謝朓、王融、蕭琛、范雲、任昉、陸倕等八人皆遊其門下，故號稱「竟陵八友」。〔註8〕此八人之文學各有所長，於當時文壇有舉足輕重之地位。茲分述其生平與作品著錄情形於後。

第一節　八友之生平

一、沈約

　　沈約字休文，吳興武康（今浙江武康）人。宋文帝元嘉十八年（西元441年）生。祖名林子，宋征虜將軍。父名璞，爲淮南太守。

　　約父璞於宋文帝時，官至宣威將軍。卻因劉駿（後之宋孝武帝）謀反，未能及時響應，而被殺害。約年幼遭難，十三歲（西元453年）即成孤兒，於是潛竄四方，會赦乃免。雖流寓孤貧，但篤志好學之精神，未曾稍改。

　　約起家奉朝請。時濟陽蔡興宗爲郢州刺史，聞其才而賞識之，引爲安西外兵參軍，兼記室。興宗嘗謂其諸子曰：「沈記室人倫師表，宜善事之。」〔註9〕齊初，約爲征虜記室，帶襄陽令，奉主文惠太子（蕭長懋）。太子入居東宮，約爲步兵校尉，掌書記，直永壽省，校四部圖書。於眾多文士中，約特被親遇。後轉爲司徒（竟陵王）右長史、黃門侍郎。永明初，「時竟陵王亦招士，約與蘭陵蕭琛、琅邪王融、陳郡謝朓、南鄉范雲、樂安任昉等皆遊焉，當世號爲得人。」〔註10〕故約當時亦爲竟陵王上賓之一。

　　受（如葉慶炳《中國文學史》上冊，頁210）。日本學者網祐次以爲永明八年（已有人反駁之。詳參劉躍進《永明文學研究》，頁33：西元1991年大陸博士論文；文津出版社印，民國81年3月）。因未見其文，不詳何據，故不採用。

〔註7〕　見《南齊書》卷四○，頁694。

〔註8〕　參《梁書》卷一〈武帝本紀第一〉，頁2；《南史》卷六〈武帝本紀第六〉，頁168。

〔註9〕　參《梁書》卷一三〈沈約傳〉：「（約）篤志好學，晝夜不倦。母恐其以勞生疾，常遣減油滅火。而晝之所讀，夜輒誦之，遂博通群籍，能屬文。」頁233；《南史》卷五十七，頁1410。。

〔註10〕　見《梁書》卷十三，頁234；《南史》卷五十七，頁1411。

隆昌元年（西元 494 年），約除吏部郎，出爲寧朔將軍、東陽太守。明帝即位，進號輔國將軍，遷國子祭酒。永元二年（東昏侯蕭寶卷，西元 500 年），以母老表求解職，於是改授冠軍將軍、司徒左長史、征虜將軍、南清河太守。梁武帝受禪（西元 502 年），約爲尚書僕射，封建昌縣侯。天監二年（西元 503 年），遭母憂去職，輿駕親出臨弔。

約性不飲酒，少嗜欲，雖時遇隆重，而居處儉素。博通群籍，好百家之言，精文史音律，有一代詞宗之稱。聚書至二萬卷，京師莫比。其歷事三代，該悉舊章，博物洽聞，當世取則。唯因自負高才，晚年不見重用，欲求外出，又不見許。卒謚曰文，然因武帝稱：「懷情不盡曰隱」，故改爲隱。〔註 11〕

二、蕭衍

梁武帝蕭衍字叔達，小字練兒，南蘭陵中都里人。生於宋孝武帝大明八年（西 464 年），卒於梁武帝大清三年（西元 549 年），年八十六。武帝爲南朝梁代（西元 502～557 年）之開國皇帝，在位長達四十八年（西元 502～549 年）。

帝爲漢相國蕭何二十四世孫。父名順之，爲丹陽尹，母曰張氏。史書載其生有奇異，狀貌殊特。及長，博學多通，好籌略，有文武才幹，時流名輩咸推舉之。〔註 12〕弱冠之前，帝曾遊學於劉瓛等當代學者之所。〔註 13〕永明年間（西元 484～492 年），齊武帝次子竟陵王子良開西邸，招文學，蕭衍遊於其門下，有「竟陵八友」之稱。所結交者多爲天下才學之士，奠定日後開國創業之深厚基礎。〔註 14〕永明七年（西元 489 年），年二十六，擔任齊武帝第十三子巴陵王子倫（西元 479～494 年）之法曹行參軍。〔註 15〕同年遷任王儉（西元 452～489 年）之東閣祭酒，並爲其所賞識，請爲戶曹屬。永明九年，蕭衍年二十八，擔任隋郡王子隆（西元 374～494 年）之鎮西諮議。〔註 16〕永

〔註11〕見《梁書》，頁 243；頁 1413。所謂「懷情不盡」，殆是武帝蕭衍看穿沈約晚年有志難申之情衰罷。

〔註12〕參《梁書》卷一〈武帝本紀第一〉，頁 1；《南史》卷六〈武帝本紀第六〉，頁 167。

〔註13〕見許德平《金樓子校注》卷一〈興王篇〉，頁 47；政大中文碩士論文，嘉新水泥公司文化基金會出版，民國 58 年。又參《南史》卷五○〈劉瓛本傳〉，頁 1238。

〔註14〕參顏尚文〈梁武帝「皇帝菩薩」理念的形成及政策的推展〉，頁 73。顏氏認爲蕭衍之結交士族高門，爲日後推行「政教結合」之重要條件。

〔註15〕參《梁書‧武帝本紀上》，頁 2。

〔註16〕參《金樓子校注》卷一〈興王篇〉：「永明九年，（衍）出爲鎮西諮議，西上述

明十年，父蕭順之因齊武帝之忌恨，憂懼發病而死。〔註 17〕翌年，衍時以丁父憂去職。〔註 18〕

齊和帝（蕭寶融）中興二年（西元 502 年）受禪，為梁代始祖（廟號高祖武皇帝，簡稱梁武帝），時年三十九。在位期間，勤政愛民，孜孜無怠。篤信佛法，尤長釋典，於重雲殿及同泰寺講說，名僧碩學，四部聽眾，常萬餘人。〔註 19〕或有學者以為，此乃蕭衍遊於竟陵王門下之際，受子良崇奉佛法之影響。〔註 20〕致使四度捨身同泰寺，得「皇帝菩薩」之稱，見於《魏書·蕭衍傳》：〔註 21〕

（蕭）衍崇信佛道，……自以身施同泰寺為奴，其朝臣三表不許，於是內外百官共斂珍寶而贖之。衍每禮佛，捨其法服，著乾陀袈裟。令其王侯子弟皆受佛戒，有事佛精苦者，輒加以菩薩之號。其臣下奏表上書，亦稱衍為「皇帝菩薩」。

但晚年因過度耽迷，以致刑政廢弛。逮侯景遘亂，遂餓死臺城，而身死國亡。

三、王融

王融字元長，琅邪臨沂（今山東臨沂市北）人，宋泰始三年（西元 467 年）生，卒於齊永明十一年（西元 493 年）。祖名僧達，中書令。父名道琰，廬陵內史。母為臨川太守謝惠宣之女，性敦敏，曾教融書學。

融少而神明警慧，博涉有文采，曾舉秀才，史傳載：「從叔王儉謂人曰：『此兒至四十，名位自然及祖』」。〔註 22〕永明初，為竟陵王司徒板法曹行參軍，累遷太子舍人。以父宦不通，欲紹興家業，啟武帝求自試。後遷秘書丞，歷丹陽丞、中書郎等職。五年，與沈約諸人並遊於竟陵西邸，合稱竟陵八友。

職，……齊隋郡王苦留一宿不許。」，頁 48～49，又《南齊書》卷四〇〈子隆傳〉云：「（永明）八年，……都督荊、雍、梁、寧、南、北、秦六州，鎮西將軍，荊州刺史，……九年，親府州事。」，頁 710。

〔註 17〕見《南史》卷四四〈魚復侯子響傳〉：「……及順之還，上心甚怪恨。……順之漸懼，病感，遂以憂卒。」，頁 1109。

〔註 18〕參《梁書》卷一〈武帝本紀第一〉，頁 2。

〔註 19〕參《梁書》卷三〈武帝本紀第三〉，頁 96。

〔註 20〕參顏尚文〈梁武帝「皇帝菩薩」理念的形成及政策的推展〉，頁 71。

〔註 21〕武帝四度捨身之說，或說三度、二度，參見前揭書，註 4，頁 240 或樸庵〈梁武帝與佛法〉，頁 35。「皇帝菩薩」之稱見於北齊·魏收《魏書·蕭衍傳》，頁 2187。

〔註 22〕見《南史》卷二一，頁 575。

永明九年（西元 491 年），上幸芳林園禊宴朝臣，使融爲曲水詩序，文藻富麗，當世稱之。十一年，武帝以融才辯，使兼主客，接魏使房景高、宋弁。此段史料描寫頗富趣味，茲錄之：

> 弁見融年少，問主客年幾？融曰：「五十之年，久踰其半。」因問：「在朝聞主客作曲水詩序。」景高又云：「在北聞主客此製，勝於顏延年，實願一見。」融乃示之。後日宋弁於瑤池堂謂融曰：「昔觀相如封禪，以知漢武之德；今覽王生詩序，用見齊王之盛。」融曰：「皇家盛明，豈比蹤漢武；更慚鄙製，無以遠匹相如。」〔註23〕

融因文辭辯捷，尤善倉卒屬綴，特獲竟陵王子良青睞，二人情分殊常。齊武帝大漸，融謀立子良失敗。〔註24〕及鬱林王（蕭昭業）即位，收下廷尉獄。融請救於子良，子良憂懼不敢救。詔於獄賜死，時年二十七。〔註25〕

四、謝朓

謝朓字玄暉，陳郡陽夏（今河南太康）人。生於宋孝武帝大明八年（西元 464 年），卒於齊永元元年（西元 499 年）。祖名述，爲吳興太守。父名緯，爲散騎侍郎。朓少好學，有美名，文章清麗，善草隸，長五言詩，沈約常云：「二百年來無此詩也」。〔註26〕

齊高帝建元四年（西元 482 年），朓初入宦途，爲解褐豫章王太尉行參軍。永明四年，遷「隋王東中郎將」，隋王即武帝第八子子隆（西元 474～494 年），〔註27〕此時二人僅爲初識。永明五年，時年二十四，朓始遊於竟陵王子良西邸。永明六年，轉王儉衛軍東閣祭酒。八年，復爲隋王鎮西功曹，轉文學。九年，隨子隆赴荊州。子隆因好辭賦，謝朓以其文才尤見賞愛，於此渡過一段悠遊閒適之宦途生涯。未久，隋王內部人事異動，朓被詔返京師。尋以本官兼尚書殿中郎。隆昌初（西元 494 年），敕朓接北史，朓自以口訥，啓讓不當，不見許。〔註28〕齊明帝（蕭鸞）輔政（西元 495 年），以朓爲驃騎諮議，領記室，掌霸府文筆。建武二年（西元 495 年）出爲宣城太守。朓

〔註23〕見《南史》卷二一，頁 576。
〔註24〕《南史》卷六〈武帝本紀第六〉，頁 169 及《南齊書》卷四七〈王融本傳〉，頁 823，皆提到此事。
〔註25〕參《南齊書》卷四七〈王融本傳〉，頁 825；《南史》卷二一，頁 578。
〔註26〕見《南齊書》卷四七〈謝朓本傳〉，頁 826；《南史》卷一九，頁 533。
〔註27〕見《南齊書》卷四○〈隋郡王子隆傳〉，頁 710。
〔註28〕見《南齊書》卷四七〈謝朓本傳〉，頁 826。

因少即有文名，加以美風姿、性豪放，時人皆喜與之交遊，故詩家皆稱謝宣城，然其官實不止於宣城太守，得此名號，殆與此期爲其「創作高峰」有關。〔註29〕

　　建武四年（西元497年），出爲晉安王鎮北諮議、南東海太守，行南徐州事。啓岳丈王敬則謀反，明帝甚嘉賞之，遷尙書吏部郎。然朓妻因此懷恨在心，致夫妻二人反目成仇。及爲吏部郎，沈昭略謂朓曰：「卿人地之美，無忝此職。但恨今日刑於寡妻。」朓臨敗歎曰：「我不殺王公，王公因我而死。」〔註30〕敬皇后遷祔山陵，朓撰哀策文，情文並茂，齊世莫有及者。永元元年，以洩江祏謀坐獄死，時年三十六。

五、范雲

　　范雲字彥龍，南鄉舞陰（今河南泌陽縣西北）人，宋元嘉二十八年（西元451年）生，卒於梁天監二年（西元503年）。爲晉平北將軍汪六世孫。父名抗，爲郢府將軍，雲隨父在府，時吳興沈約、新野庾杲之與抗同府，見而友之。祖名璩之，宋中書侍郎。〔註31〕

　　本傳謂其少機警有識，且善屬文，下筆輒成，時人每疑其宿構。六歲就其姑夫袁叔明讀《毛詩》，日誦九紙。年八歲，遇宋豫州刺史殷琰於塗，琰異之，要就席，雲風姿應對，傍若無人。時琰令其賦詩，雲操筆便就，坐者皆歎焉。

　　起家郢州西曹書佐，轉法曹行參軍。齊建元初（西元479年），竟陵王子良爲會稽太守，雲始追隨之。永明二年（西元484年），子良爲司徒，又補記室參軍事，良待之甚厚。五年，與梁武帝遇於竟陵王西邸，蕭衍深器之，與沈約二人同爲衍之得力助手。永元二年（西元500年），起爲國子博士。天監元年（西元502年），梁武帝受禪，雲以舊恩見拔，遷吏部尙書。梁武帝曾謂臨川王宏、鄱陽王恢曰：「我與范尙書少親善，申四海之敬，今爲天下主，此禮既革，汝宜代我呼范爲兄。」〔註32〕

　　雲性篤睦，事寡嫂盡禮，家事必先諮而後行。爲郡號稱廉潔，然家無蓄積，隨散之親友。年五十三歲卒，梁武帝爲之流涕，即日輿駕臨殯，有詔追

〔註29〕參張宗原〈謝朓詩歌藝術簡論〉云：「像衝出樊籠的鳴禽，謝朓終於逃出了京城是非場，在赴任（宣城）途中，便一路灑落優美的詩章，一生中的〝創作高峰〞來臨了……」頁74；《文學評論》1984年6期。
〔註30〕見《南齊書》（頁827）及《南史》（頁534），二處文字略有出入。
〔註31〕見《梁書》卷一三〈范雲本傳〉，頁229；《南史》卷五七，頁1415。
〔註32〕見《梁書》，頁231；頁1419。

贈「侍中、衛將軍，僕射侯如故。並給鼓吹一部。」〔註33〕諡號曰文。

六、任昉

任昉字彥昇，樂安博昌（今山東博興縣東南）人，宋大明四年（西元460年）生，卒於梁天監七年（西元508年）。漢御史大夫任敖之後。父名王遙，爲齊中散大夫。

永明二年，衛軍將軍王儉領丹陽尹，〔註34〕引昉爲主簿，其文深受王儉器重，謂：「自傅季友以來，始復見於任子。若孔門是用，其入室升堂。」。〔註35〕後轉竟陵王記室參軍，以丁父憂去職。五年，昉與蕭衍遇於竟陵王西邸，史傳載二人當時之戲語曰：

> （衍）從容謂昉曰：「我登三府，必以卿爲記室。」昉亦戲高祖曰：
> 「我若登三事，當以卿爲騎兵。」〔註36〕

此乃謂高祖善騎也。俟梁武帝攻克京邑，以昉爲驃騎記室參軍。及踐祚，拜昉爲黃門侍郎，遷吏部郎中，兼掌著作。自齊永元以來，祕閣四部，篇卷篇目，皆由昉親自校讎。

昉因好交結及獎掖士友，當時衣冠貴遊，莫不爭與之交好，時人號曰任公，言如漢之三君。〔註37〕又其雅善文筆，才思無窮，當世王公奏摺，無不請爲代寫。昉起草即成，毫不遲疑，且無須增飾，沈約對之特表推崇。

昉性淳孝恭謹，慷慨有義氣，卻不事生產，其子又無術業，乃至居無室宅，流離不能自振，而生平舊交莫有收恤者。故友劉孝標爲其代作〈廣絕交論〉以譏之。〔註38〕然即便其家貧如洗，昉卻聚書萬餘卷，中尚有不少異本。可見其博覽好學之一斑。入梁轉御史中丞，出爲新安太守。卒年四十九年，諡曰敬子。

〔註33〕見《梁書》，頁232；頁1420。
〔註34〕見《南史》卷二二〈王儉本傳〉云：「永明元年，進號衛軍將軍，……二年，領國子祭酒、丹陽尹，……三年，領國子祭酒，……解丹陽尹。」頁595。知王儉任丹陽尹之期間爲永明二年至三年之間。
〔註35〕見《南史》卷五九，頁1452。
〔註36〕見《梁書》卷一四〈任昉本傳〉，頁253及《南史》卷五九，頁1453。
〔註37〕見《梁書》卷一四，頁252～254；見《南史》卷五九，頁1454～1455。
〔註38〕見《南史》卷五九，頁1455。

七、陸倕

陸倕字佐公，吳郡吳（今江蘇吳縣）人，宋泰始六年（西元 470 年）生，梁普通七年（西元 526 年）卒。晉太尉玩六世孫。祖名子眞，爲宋東陽太守；父名慧曉，爲齊太常卿。

史傳謂其少勤學，好屬文，「於宅內起兩茅屋，杜絕往來，晝夜讀書，如此者數歲。「所讀一遍，必誦於口。嘗借人《漢書》，失〈五行志〉四卷，乃暗寫還之，略無遺脫。」〔註39〕永明四年，時年十七，舉爲秀才。永明五年，竟陵王子良開西邸，延英俊才士，倕亦被延攬，辟爲法曹行參軍。時倕以其才識，同列名爲竟陵上賓。與其兄僚、任二人並有美名，時人謂之三陸。〔註40〕

倕與樂安任昉友善，爲感知己賦以贈昉，昉亦報之日：「……似膠投漆中，離婁豈能識。」二人相重如此。梁武帝亦雅愛倕才，嘗敕撰新漏刻銘，其文甚美，遷太子中舍人，管東宮書記。又詔爲石闕銘記，亦敕褒美之，賜絹三十四，累遷國子常卿。〔註41〕

八、蕭琛

蕭琛字彥瑜，南蘭陵（今江蘇常州市西北）人。其生卒年，據《梁書》本傳載「中大通元年，爲雲麾將軍、晉陵太守，……卒，年五十二。」，〔註42〕若以「中大通元年」爲其卒官之年（西元 529 年），則琛當生於宋順帝昇明二年（西元 478 年），然此仍有待考證。〔註43〕祖名僧珍，宋廷尉卿。其父惠訓，曾助蕭衍起兵有功，武帝即位，以爲太中大夫。

〔註39〕見《梁書》卷二六，頁 401；《南史》卷四八，頁 1192～1193。
〔註40〕見《南史》卷四八〈陸慧曉傳〉，頁 1192。
〔註41〕見《梁書》卷二七，頁 402；《南史》卷四八，頁 1193。
〔註42〕見《梁書》卷二六，頁 398。
〔註43〕因若以此推算：一、永明二年（西元 484 年），王倫爲丹陽尹時，曾辟琛爲主簿，則琛時年僅七歲，極不合常理；二、永明五年（西元 487 年）竟陵王招士時，琛亦只十歲，是否有此學力參與編纂類書及考文審音工作，值得商榷；三、若「大中大通元年」非其卒官之年，而在其後，則琛當主簿之年將更小，顯然《梁書》之記載有問題。而劉躍進引曹道衡、沈玉成《中古文學叢考》之考證，認爲永明五年時琛之年紀當爲二十左右，則八友中反以陸倕年紀最輕。（參劉氏《永明文學研究》，頁 33）惜筆者因未見曹、沈二人考證之文，不知其何據，故未採用。

琛年數歲，從伯惠開撫其背曰：「必興吾宗。」〔註44〕少而朗悟，有縱橫才辯。起家齊太學博士。永明二年，王儉爲丹陽尹，〔註45〕曾辟琛爲主簿，舉爲南徐州秀才，遷司徒記室。五年，亦從遊西邸，結識多位文壇前輩，並與蕭衍交往甚篤。永明九年（西元491年），魏始通好，琛再銜命至桑乾，還爲通直散騎侍郎。蕭衍定京邑，引爲驃騎諮議，領錄事，遷給事黃門侍郎。梁臺建，爲御史中丞。天監元年（西元502年），出爲宣城太守。入梁，累遷光祿大夫。天監九年（西元510年），累遷平西長史、江夏太守。

琛生性通達，方拜好書之賜。史傳載其爲宣城太守時，「有北僧南度，唯齎一瓠蘆，中有漢書序傳。僧云：『三輔舊老相傳，以爲班固眞本。』琛固求得之，其書多有異今者，而紙墨亦古，文字多如龍舉之例，非隸非篆。琛甚祕之。」〔註46〕且頗以自己自少壯以來即好「音律、書、酒」三者而沾沾自喜，更以年長以後，能保留對書籍的愛好而洋洋得意。

第二節　八友之著作

一、沈約

沈約著述甚豐，八友中唯蕭衍能與之媲美。文集方面，《梁書》、《南史》本傳作一百卷。《隋志》作一百一卷及注梁武連珠一卷。〔註47〕《兩唐志》又有〈集略〉三十卷。今《文獻通考》載：「沈休文集十五卷，別集一卷，又九卷。梁特進吳興沈休文撰。」

《百三家集》於〈沈隱侯集題詞〉曰：

> 梁武篡齊，決策於沈休文、范彥龍，時休文年已六十餘矣。……休文大手，史書居長，傳者獨宋書，文集百卷，亦僅存十三，取其得意之篇，比諸傳論，膏沐餘潤，光輝蔽體，馬書班賦，別集偏行，適助南董之美觀耳。〔註48〕

張溥所編〈沈隱侯集〉分二卷，包括賦、詔、敕、制、疏、表、章、彈文、

〔註44〕見《梁書》卷二六〈蕭琛本傳〉，頁396；《南史》卷一八，頁505。
〔註45〕見《南史》卷二二〈王儉傳〉，頁595。
〔註46〕見《南史》卷一八，頁506。
〔註47〕唐魏徵等撰《隋書・經籍志》，（以下簡稱《隋志》，不再註明）
〔註48〕見明張溥編《百三家集・沈隱侯集》，頁2879。（以下簡稱《百三家集》，不再註明）

啓、書、序、論、義、頌、贊、銘、連珠、記、碑、哀策文、謚議、墓誌銘、行狀、文、樂府、詩等五百多篇。〔註49〕《玉臺新詠》收有詩（包括樂府）四十三首，〔註50〕《文選》錄有詩七首、文十篇，〔註51〕《先秦漢魏晉南北朝詩》卷六、卷七則有詩八十八首。〔註52〕

　　約於經、史、子部之重要著作有《四聲》一卷、《宋書》一百卷、《晉書》一百一十卷、《注竹書紀年》二卷、《齊紀》二十卷、《棋品》一卷、《俗說》三卷、《雜說》二卷、《袖中記》二卷、《袖中略集》一卷等，今惟宋書獨傳。〔註53〕

　　茲錄《中國歷代詩文別集聯合書目》所列今所見沈約參考書目、注本及館藏地點如下　：〔註54〕

　　（一）沈休文集四卷　明萬曆癸丑（四十一年）楊鶴校刊武永康四先生
　　　　　集本（國圖）

　　（二）沈隱侯集四卷　明萬曆乙酉（十三年）沈啓原輯刊本（故宮）
　　　　　明萬曆刊本（史語所）

　　（三）沈隱侯集二卷　清刊本（師大）　漢魏六朝百三家集　劉沈合集
　　　　　之一（國圖）

　　（四）沈休文詩注四卷附集說　郝立權註　民國二十四年鉛印本

　　（五）沈約集八卷　全梁文二十五——三十二

　　（六）沈約集一卷　六朝詩集詩紀（梁九）　全梁詩四　歷代詩家（宋）

　　（七）沈約集五卷　六朝詩彙（梁）

　　（八）沈休文文抄一卷　八代文抄

　　（九）沈約傳　梁書卷十三

　　（十）沈約年譜　伍俶編　國立中山大學文史研究所輯刊第一卷第一期
　　　　　民二十年七月

〔註49〕其篇數參本章附表二之統計，以下諸人同，不再註明。

〔註50〕《玉臺新詠箋注》陳徐陵編，清吳兆宜箋注。明文書局出版，民國77年。

〔註51〕《文選》蕭統編，李善注。五南出版公司，民國80年。又其篇數參本書六章
　　　　附表六之統計，以下諸人同，不再註明。

〔註52〕清遂欽立輯校《先秦漢魏晉南北朝詩》。（以下簡稱《齊詩》或《梁詩》，不再
　　　　註明）

〔註53〕參《隋志》及姚振黎《沈約及其學術探究》，第二章〈沈約著述考〉，頁87～104。

〔註54〕聯合報文化基金會國學文獻館出版，王民信主編，民國70年12月初版，以
　　　　下同，不再註明。

（一一）沈休文年譜　日本鈴木虎雄編　支那學論叢內

（一二）沈約年譜　日本鈴木虎雄編　馬導源譯　清華周刊第四十卷第
　　　　六期　民二十二年十一月印行（按臺灣商務印書館有發行，民
　　　　六十九年六月初版）

二、蕭衍

　　梁武帝與昭明太子蕭統（字德施，武帝長子），簡文帝蕭綱（字世纘，武
帝三子），元帝蕭繹（字世誠，武帝七子），父子四人，皆擅長文學。其文學
作品，《隋書·經籍志》有詩賦集二十卷、雜文集九卷、別集目錄二卷、淨業
賦三卷。〔註 55〕留傳至今者，《玉臺新詠》有詩五十三首，《全上古三代秦漢
三國六朝文》有〈武帝〉七卷〔註 56〕、《百三家集·武帝集》一卷，收錄有賦、
詔、敕、制、冊、令、檄、表、書、序、記、連珠、箴、銘、文、樂府、詩、
聯句等二百餘篇。逯氏輯校本《梁詩》卷一收有武帝詩（包括樂府、聯句詩）
約百首。或以為梁武帝是齊梁初期文壇盟主，〔註 57〕其最有名之詩句「洛陽
女兒名莫愁」，〔註 58〕至今仍為人傳誦不絕。

　　除此之外，武帝尚有《周易大義》二十一卷、《周易講疏》三十五卷、《周
易繫辭義疏》一卷、《周易大義疑問》二十卷、《周易開題論序》十卷、《周易
文句義疏》二十卷等六種有關《易經》之著作。以及《尚書大義》二十卷、《毛
詩大義》十一卷、《孔子正言》二十卷、《中庸講疏》一卷、《老子講疏》六卷、
《禮記大義十卷》、《樂社大義》十卷、《樂論》三卷、《孝經義疏》十八卷等
多種學術著作。〔註 59〕

　　其餘如《孝友傳》八卷、《孝子傳》三十卷、《兵法》一卷、《兵書鈔》一
卷、《兵書要鈔》一卷、《金策》三十卷、《圍棋品》一卷、《棋法》一卷、《棋
評》一卷、《棋勢》六卷、《圍棋後九品序錄》一卷、《歷代賦》一卷、《連珠》
一卷、《制旨連珠》十卷、《論書》一卷、《古今書人優劣評》一卷等。雖其中
大半都已亡佚，但由此可見其充分展現士大夫玄、儒、文、史等多才多藝之
性格。

〔註 55〕見《隋志》卷三五。
〔註 56〕清嚴可均編。（以下簡稱《全齊文》或《全梁文》，不再註明）
〔註 57〕參王次澄《南朝詩研究》第二章，第三節〈南朝詩人與文學集團〉，頁 75～78。
〔註 58〕見張溥編《百三家集·梁武帝集·河中之水歌》（樂府），頁 3527。
〔註 59〕見《隋志》及《光緒武進陽湖縣志》八〈藝文志〉，學生書局版。

茲錄《中國歷代詩文別集聯合書目》所列今所見蕭衍參考書目及版本如左：

（一）梁武帝集八卷　文選逸集

（二）梁武帝集一卷　六朝詩集　詩紀（梁一）　全梁詩一　六朝詩彙（梁）

（三）梁武帝御制集一卷　漢魏六朝百三家集

（四）梁武帝集七卷　全梁文一一七

三、王融

《百三家集・王寧朔集題詞》曰：「齊世祖禊飲芳林，使王元長爲曲水詩序，有名當世，北使欽矚，擬於相如封禪。」〔註60〕融作曲水詩序時，年不過二十五，便名重於世。其所留文學作品，《隋志》及《全齊文》稱有集十卷。〈王寧朔集〉中包括，賦、表、策問、啓、書、序、頌、哀策文、墓銘、樂府、詩、聯句等，約一百多篇。《玉臺新詠》錄其詩十二首，《文選》有文三篇，逯氏輯校本《齊詩》則有詩（包括樂府）約八十餘首。

茲錄《中國歷代詩文別集聯合書目》所列今所見王融參考書目及版本如左：

（一）王寧朔集一卷　漢魏六朝百三家集

（二）融集二卷　全齊文十二——十三　六朝詩彙（梁）

（三）王融集一卷　詩紀（齊二）　歷代詩家二集

（四）王融傳　南齊書卷四十七　南史卷二十一

四、謝朓

謝朓，少即有文名。《隋志》作「謝朓集十二卷、謝朓逸集一卷」，《全齊文》錄有〈謝朓〉一卷。《四庫提要》稱謝宣城集五卷，然據陳振孫書錄解題，稱朓集本十卷。〔註61〕

張溥《百三家集》，合朓詩賦五卷爲一卷，錄有賦、表、章、牋、啓、教、哀策文、諡策文、墓銘、祭文、樂府、新曲、詩、聯句等一百七十餘篇。其中以詩作最多，無怪乎本傳稱其「長五言詩」，而沈約亦云「二百年來無此詩也」。又《玉臺新詠》收有謝詩十七首，《文選》有詩十三首、文九篇，逯氏

〔註60〕見《百三家集・王寧朔集》，頁2325。

〔註61〕參《四庫全書總目》卷一四八，集部、別集類，頁1174，中華書局版。

輯校本《齊詩》則有詩（包括樂府）一五〇首左右。

　　茲錄《中國歷代詩文別集聯合書目》所列今所見謝朓參考書目、注本及館藏地點如左：

　　（一）謝宣城詩集五卷　宋嘉定十三年洪伋宣州郡齋重刊本配補影本鈔本（國圖）　漢魏六朝別集　拜經堂叢書（重刊本拜經樓叢書七種之一）　民國間上海涵芬樓影印鈔本　（臺灣、師大、東海）　商務版四部叢刊據明鈔本影印　商務版國學基本叢書　商務版叢書集成　廣文版影宋鈔本

　　（二）謝朓集五卷　明嘉靖丁酉（十六年）寧國知府黎晨刊本（國圖）

　　（三）謝宣城集十卷　明萬曆己卯（七年）宣城推官史元熙刊本（國圖）明萬曆新安汪士賢刊漢魏六朝二十名家集本（國圖、故宮）　漢魏諸名家集　漢魏六朝諸家文集　六朝詩集　六朝四家全集（華文版據清同治九年遠補齋刊本影印）

　　（四）謝朓詩集　三謝詩選內

　　（五）謝宣城集一卷　漢魏六朝百三家集

　　（六）謝朓集一卷　詩紀（齊三）　全齊文二十三　全齊詩三　歷代詩家（齊）

　　（七）謝朓集三卷　六朝詩彙（齊）

　　（八）謝宣城詩注四卷考證一卷集說一卷　藝文版

　　（九）謝宣城集校注　洪順隆校注　中華版

　　（十）謝宣城集　中華版四部備要

　　（一一）謝朓傳　南齊書卷四十七　南史卷十九

　　（一二）謝朓年譜　伍叔儻編　中國文學研究，小說月報十七卷號外，民國十六年上海商務印書館編印，民五十八年臺北明倫出版社影印本。

五、范雲

　　《梁書》及《南史》本傳作「有集三十卷」，《隋志》作十一卷，但《百三家集》並無著錄。《全梁文》錄有〈為柳司空讓尚書令初表〉、〈第二表〉、〈除始興郡表〉等三篇。另逯氏輯校本《梁詩》卷二收有范詩三十九首，《文選》收錄三首，《玉臺新詠箋注》則錄六首。

　　茲錄《中國歷代詩文別集聯合書目》所列今所見范雲參考書目及版本如

下：

> （一）范雲集一卷　詩紀（梁十四）　　全梁文四十五　全梁詩六　六朝詩彙（梁）
>
> （二）范雲傳　梁書卷十三　南史卷五十七

六、任昉

《南史》謂昉「撰有雜傳二百四十七卷，地記二百五十二卷，文章三十三卷。」〔註62〕共數十萬言，盛行於世。〔註63〕梁初禪讓文誥等大手筆皆出其手。《百三家集・任彥昇集》（又稱任中丞集），收有賦、詔、璽書、冊、令、教、表、彈文、啓、牋、書、策文、序、議、哀策文、碑、墓銘、行狀、吊文、詩、聯句等八十多篇。《文選》錄有詩二首、文十七篇。

本傳稱自齊永元以來，祕閣四部，皆由昉親自校對。〔註64〕因注意文體之辨析，而有《文章緣起》一卷。其書從淵源上探究文體之性質，然後詳加分類。任氏此書，無論性質、內容、乃至分類方法，皆頗異於前後各家之文體論，所拈八十四類，性質相同者甚多。惟《四庫提要》云：

> 考《隋書・經籍志》，載任昉《文章始》一卷，稱有錄無書。是其書在隋已亡。《唐書・藝文志》載任昉《文章始》一卷，註曰張績補。績不知何許人，然在唐已補其亡，則唐無是書可知矣。宋人修《太平御覽》，所引書一千六百九十種，摯虞〈文章流別〉、李充〈漢林論〉之類，無不備收，亦無此名。……然王得臣爲嘉祐中人，而所作《麈史》有曰：「梁任昉集秦漢以來文章，名之始，目曰《文章緣起》，自詩賦離騷至於勢約，凡八十五題，可謂博矣。」云云，所說一一與此本合，知北宋已有此本，其殆張績所補，後人誤以爲昉本書歟。〔註65〕

雖疑其爲依託，然觀其同時之《昭明文選》將文體析爲三十八類，則《文章緣起》分爲八十四類，非無可能。〔註66〕

〔註62〕見《南史》卷五九〈任昉本傳〉，頁1459。
〔註63〕見《梁書》卷一四〈任昉本傳〉，頁254。
〔註64〕見《南史》卷五九，頁1454。
〔註65〕見張仁青《魏晉南北朝文學思想史》，第八章〈魏晉南北朝之文學思想〉，頁667。
〔註66〕參《四庫全書總目》卷一九五，集部、詩文評類〈文章緣起條〉，頁1780，中華書局。又嚴氏《全梁文》及姚振宗《隋書・經籍志考證》均以爲任昉所作。

此外，考《隋志・雜傳》，昉有《述異記》二卷，《唐書・藝文志》乃移入小說類，云祖沖之傳，後人以爲是唐宋間人僞作。〔註67〕

茲錄《中國歷代詩文別集聯合書目》所列今所見任昉書目、版本及館藏地點如下，以供參考：

（一）任彥昇傳六傳　明萬曆間新安汪士賢刊六朝二十名家集本（故宮）漢魏諸名家集漢魏六朝諸家文集

（二）任中丞集一卷　清刊本（師大）　漢魏六朝百三家集

（三）任彥升文抄　八代文抄

（四）任昉集四卷　全梁文四十一──四十四

（五）任昉集一卷　詩紀（梁十五）　全梁詩六　歷代詩家二集（梁）六朝詩彙（梁）

（六）任昉傳　南史傳五十九

七、陸倕

《隋志》及《全梁文》作「有集十四卷」。《梁書》本傳作「文集二十卷行於世」。今已不能盡見。《陸太常集》，收有賦、表、章、教、書、啓、銘、碑、墓誌銘、祭文、詩等二十多篇。逯氏輯校本《梁詩》卷十三有詩四首。

梁蕭綱嘗謂：「謝朓、沈約之詩，陸倕、任昉之筆，實文章之冠冕，述作之楷模也。」〔註68〕故知倕與任昉以文章見長，且二人交友甚篤，曾有詩賦之贈答。

茲錄《中國歷代詩文別集聯合書目》所列今所見陸倕參考書目、版本及館藏地點如下：

（一）陸太常集一卷　清刊本（師大）　漢魏六朝百三家集

（二）陸倕集一卷　詩紀（梁二十七）　全梁文五十三　全梁詩十一六朝詩彙（梁）

（三）陸倕傳　梁書卷二十七　南史卷四十八

八、蕭琛

蕭琛於八友中年紀最輕。《南史》本傳云：「東昏（西元499年）初嗣立，

〔註67〕參孟瑤《中國小說史》上冊，頁33。
〔註68〕蕭綱《簡文帝集・與湘東王書》。

時議以無廟見之典，琛議據〈周頌烈文〉、〈閔予〉皆爲即位朝廟之典，於是從之。」〔註69〕可見其才學受重視之程度。

又本傳謂其有《皇覽抄》二十卷，及《漢書文府》，《齊梁拾遺》，并諸文集，共數十萬言。但《百三家集》並無著錄。《隋志》六稱琛有《皇覽抄》二十卷，《全梁文》則收有〈嗣君廟見議〉、〈郎官緩杖密啓〉、〈答釋法雲書難范縝神滅論〉、〈難范縝神滅論〉等四篇。後兩篇係反對范縝盛稱無佛而作。〔註70〕有詩作四首，見於逯氏輯校本《梁詩》卷十五。

茲錄《中國歷代詩文別集聯合書目》所列今所見蕭琛參考書目及版本如下：

（一）蕭琛集一卷　詩紀（卷二十）　全梁文二十四　全梁詩十　六朝詩彙（梁）

（二）蕭琛傳　梁書卷二十六　南史卷十八

附　【竟陵八友生平簡表、詩文數目一覽表，以及簡譜】

附表一　【竟陵八友生平簡表】〔註71〕

國　號	姓　名	字　號	籍　貫	今　省	歲　數	生　年	卒　年	著　作
齊	蕭子良	雲英	南蘭陵	江蘇	三五	西元460年	西元494年	蕭竟陵集
	謝朓	玄暉	陽夏	河南	三六	西元464年	西元499年	謝宣城集
	王融	元長	臨沂	山東	二七	西元467年	西元493年	王寧朔集
梁	沈約	休文	吳興武康	浙江	七三	西元441年	西元513年	沈隱侯集宋書
	范雲	彥龍	南鄉武陰	河南	五三	西元451年	西元503年	
	任昉	彥昇	博昌	山東	四九	西元460年	西元508年	任彥昇集文章緣起序
	蕭衍	叔達	南蘭陵	江蘇	八六	西元464年	西元549年	梁武帝集
	陸倕	佐公	吳郡吳	江蘇	五七	西元470年	西元526年	陸太常集
？	蕭琛	彥瑜	南蘭陵	江蘇	五二	西元478年	西元529年	

〔註69〕見《南史》卷一八，頁506。
〔註70〕見《梁書・儒林傳》或《南史》卷五十七〈范縝本傳〉，頁1421。
〔註71〕參張仁青《魏晉南北朝文學思想史》，第二章〈魏晉南北朝文學概貌〉，頁52～63，〈魏晉南北朝文學家簡表〉。琛之生卒年不確定，故以〝？〞號標示。

附表二　【八友詩文數目一覽表】〔註72〕

八友／文類	數目									
	子良	沈約	蕭衍	王融	謝朓	范雲	任昉	陸倕	蕭琛	合　計
賦		一一	四	二	九		三	三		三二
詔		三二	一二〇				七			一五九
敕		三	三一							三四
制		二	四							六
冊			一							一
璽書			一				一			二
令			六				三			九
檄			一							一
疏		三		三						六
表	二	二四	二	四		三	一三	五		五六
章					一			一		二
牋										
教					二		一	三		六
策問				十						十
彈文		七				四				一一
啓	七	二〇		九	三		五	四	一	四九
書	九	九	一五	一			五	二		四一
序	二	四	一	一			二			十
頌				三一						三一
論		十							二	一二
義		三								三
贊		五								五
箴			一							一
銘		五	一					三		九
連珠		二	四							六
記		二	二							四
碑		七					二	一		十
策文					一		一			二

〔註72〕附表說明：一、除范雲、蕭琛依照嚴氏《全梁文》及逯氏《先秦漢魏南北朝詩》外，其餘皆以張氏《漢魏六朝百三家集》爲依據。二、文體分類以張氏版爲主。

哀策文	一		一	一		一				四
諡冊文			一							一
議							二			二
諡議	三									三
墓誌銘	六		二	四		二				一五
行狀	三					二				五
祭文				三		二				五
吊文										
文		五	八							一三
疏	七									七
七	一									一
樂府		一〇六	五四	四三	四八					二五一
詩	五	一三〇	三九	四三	一一一	四二	二四	三	四	四〇一
合計	二六	四一〇	二九五	一五〇	一八七	四五	七八	二八	八	一二二七

附表三　【竟陵八友簡譜】[註73]

宋文帝元嘉十八年（西元 441 年）辛巳

　＊沈約生。一歲。

宋文帝元嘉二十八年（西元 451 年）辛卯

　＊范雲生。一歲。

宋元帝二十九年（西元 452 年）壬辰

　＊王儉生。一歲。

宋文帝元嘉三十年（西元 453 年）癸巳

　＊約父璞逝。十三歲。

　《梁書》本傳：「（沈約父）璞，元嘉末被誅。約幼潛竄，會赦免。」《宋書》自序：「（元嘉）三十年、元凶弒立，璞乃號泣曰：『一門蒙殊常之恩，而逢若斯之運，悠悠上天，此何人哉。』日夜憂嘆，以致動疾。會二凶逼令送老弱還都，璞性篤孝，尋聞尊老應幽執，輒哽咽不自勝，疾遂增

〔註73〕茲據《宋書》、《南齊書》、《梁書》、《南史》、《中國歷史大事年表》、劉躍進《永明文學研究》、鈴木虎雄《宋沈休文先生年譜》、姚振黎《沈約及其學術探究》、《中國文學年表》、《文選》、《玉臺新詠箋注》等書及伍叔〈沈約年譜〉、陳慶元〈謝朓詩歌繫年〉及張宗原〈謝朓詩歌藝術簡論〉等文製作。（詳〈主要參考書目〉）。又蕭琛因其生卒年存疑，故於每條之年齡處用〝【　】〞標明。

篤,不堪遠迎。世祖(宋孝武帝)義軍至界首,方得致身。先是瑯琊王
竣欲與璞交,不酬其意,竣以致恨。及世祖將至都,方有讒說以璞奉迎
之晚,橫罹世難。時年三十八。」自序又云:「史臣年十三而孤。」孟子
梁惠王下:「幼而無父曰孤。」是知約十三歲、父逝。〔註74〕

宋孝武帝大明二年(西元458年)戊戌

　*文惠太子蕭長懋生。一歲。

宋孝武帝大明四年(西元460年)庚子

　*約有撰述《晉書》之意。二十歲。

　　《宋書》自序云:「常以晉氏一代,竟無全書,年二十許,有撰述之意。」
　　作〈麗人賦〉(見《全梁文》卷二十五。〈麗人賦〉云:「有客弱冠未仕,
　　締交咸里,馳騖王室,遨遊許史。」

　*竟陵王蕭子良生。一歲。

　*任昉生。一歲。

　　《梁書》本傳:「遙妻裴氏,嘗晝寢,夢有身彩旗蓋四角懸鈴,自天而墜,
　　其一鈴落裴懷中,心悸動,既而有娠,生昉。身高七尺五寸。」《南史》
　　本傳亦有記載。

宋孝武帝大明五年(西元461年)辛丑

　*約作〈鍾山詩應西陽王教〉。二十一歲。(見《沈隱侯集》卷二)
　　日人鈴木虎雄考證此為約之最早作品。

宋孝武帝大明七年(西元463年)癸卯

　*昉能誦詩。四歲。

　　《南史》本傳:「(昉)四歲誦詩數十篇。」

宋孝武帝大明八年(西元464年)甲辰

　*蕭衍生。一歲。

　*謝朓生。一歲。

宋明帝泰始二年(西元466年)丙午

　*約起家奉朝請。二十六歲。

　　《梁書》本傳:「起家奉朝請,濟陽蔡興宗聞其才而善之。」蔡興宗聞先
　　生才而初次推薦其任官,時為宋明帝泰始三年(詳後),故奉朝請之年,
　　必在泰始三年以前,至遲不過泰始二年。所謂奉朝請,依據宋書卷四十

〔註74〕參姚氏《沈約及其學術研究》,頁8。

百官志下之記載，知：「無員，亦不爲官。漢東京罷省三公、外戚、宗室、諸侯，多奉朝請者，奉朝會請詔而已。」殆同今日政府中之顧問。

宋明帝泰始三年（西元 467 年）丁未

　＊約爲郢州刺史蔡興宗之安西外兵參軍，兼記室。二十七歲。

　　《宋書》卷五十七蔡興宗傳云：「（泰始）三年春，出爲使持節、都督郢州諸軍事、安西將軍、郢州刺史。在任三年。」又《宋書》卷八明帝本紀云：「（泰始）三年三月丙子，以尙書左僕射蔡興宗爲安西將軍、郢州刺史。」是知沈約在郢州，自是年始。

　＊雲與約同在郢州府。時雲十七歲。

　　《梁書》卷二十六范岫傳：「（岫）與吳興沈約俱爲蔡興宗所禮。泰始中，起家奉朝請，引爲主簿。」《梁書》卷十三范雲傳：「（雲）父抗，爲郢州參軍，雲隨父在府，時吳興沈約、新野庾杲之與抗同府，見而友之。」

　＊王融生。一歲。

　＊昉自製〈月儀〉，佚。八歲。

　　《南史》本傳：「（昉）八歲能屬文，自製〈月儀〉，辭義甚美。」

宋明帝泰始六年（西元 470 年）庚戌

　＊陸倕生。一歲。

宋明帝泰豫元年（西元 472 年）壬子

　＊約爲征西記室參軍。（荊州刺史蔡興宗引，帶厥西令）三十二歲。

宋後廢帝元徽三年（西元 475 年）甲寅

　＊安成王蕭秀生。一歲。

　＊約客居郢州，作〈棲禪精舍銘並序〉。三十五歲。（見《廣弘明集》）

　＊昉爲丹陽尹劉秉辟爲主簿。十六歲。（見《梁書》本傳）

宋順帝昇明二年（西元 478 年）戊午

　＊蕭琛生。【一歲。】

宋順帝昇明三年（西元 479 年）己未

齊高帝建元元年（西元 479 年）

　＊齊高帝踐祚。

　＊蕭子良爲會稽太守。作〈行宅詩〉。二十歲。

　　〈行宅詩〉敍曰：「羈役浙東，備歷江山之美。……以吟以詠，聊用述心。

　　按《南史》本傳云：「昇平三年爲會稽太守，都督五郡，封聞喜公。」

* 約爲征虜記室，帶襄陽令，所奉之王爲齊文惠太子。三十九歲。（見《梁書》本傳）
* 雲追隨子良。（見《梁書》范雲本傳）。二十九歲。

齊高帝建元二年（西元480年）庚申

* 子良爲丹陽尹（二十一歲）。引雲爲主簿（三十歲）。

齊高帝建元四年（西元482年）壬戌

* 約爲部兵校尉，管書記，直永壽省，校四部全書。四十二歲。被敕撰國史。按《宋書》自序云：「建元四年，被敕撰國史。」
* 子良受封竟陵王。二十三歲。
* 文惠太子入居東宮。並於是年集大乘望僧於玄圃園解講（參沈約〈爲文惠太子解講疏〉）。二十五歲。

齊武帝永明元年（西元483年）癸亥

* 朓以豫章王、太尉蕭嶷行參軍的資格，解褐入仕。二十四歲。

齊武帝永明二年（西元484年）甲子

* 子良（二十五歲）爲護軍將軍，兼司徒，領兵置佐。沈約（四十四歲）爲司徒右長史。
* 衍爲司徒竟陵召西閣祭酒。二十一歲。（見《南齊書・禮志》）
* 融爲竟陵王法曹行參軍，遷文惠太子舍人。作〈求自試啓〉。十八歲。（見《南齊書》本傳）
* 雲爲竟陵王記室參軍事，尋授通直散騎侍郎。三十四歲。（見《梁書》本傳）
* 王儉領丹陽尹（三十三歲），引任昉爲主簿（二十五歲）。儉雅欽重之。
* 琛爲丹陽尹王儉主簿。【七歲。】（見《梁書》本傳）

齊武帝永明三年（西元485年）乙丑

* 文惠太子於崇正殿講《孝經》。二十八歲。（見《南齊書》本傳）
* 子良作〈侍皇太子釋奠宴詩〉。二十六歲。
   《南齊書・禮樂志》云：「永明三年，皇太子講孝經，親臨釋奠，車駕幸聽。」
* 約作〈侍皇太子釋奠宴詩〉、〈爲南郡侍皇太子釋奠宴詩〉二首。四十五歲。
* 昉作〈爲王嫡孫侍皇太子釋奠宴詩〉。二十六歲。

齊武帝永明四年（西元 486 年）丙寅

* 子良進號車騎將軍。作〈陳時政密啟〉兩篇。（見《南齊書》本傳）二十
  六歲。

* 約是年為車騎將軍，竟陵王長史。作〈繡像贊並序〉（見《梁書》本傳）
  四十六歲。

* 朓改任隨郡王蕭子隆東中郎將府之屬官，一度離開建康，不久又蒙召還。
  二十三歲。（見《南齊書》本傳）

* 倕，十七歲，舉秀子，造竟陵王府。（見《梁書》本傳）

  齊武帝永明五年（西元 487 年）丁卯

* 子良正位司徒，移居雞籠山西邸，集學士抄五經百家，依「皇覽」例，
  為「四部要略」千卷。二十八歲。

  時竟陵王亦招士，約與蘭陵蕭琛，琅邪王融，陳郡謝朓，南鄉范雲，樂
  安任昉等皆遊焉。當世號為得人。竟陵八友集體活動大約於此開始。

  又《梁書・武帝紀》：「竟陵王子良開西邸，招文學，高祖（二十四歲）
  與沈約（四十七歲）、謝朓（二十四歲）、王融（二十一歲）、蕭琛【十歲】、
  范雲（三十七歲）、任昉（二十八歲）、陸倕（十八歲）等並遊焉，號曰
  八友。」

* 約被敕撰《宋書》，六月二月畢功。（見《宋書》自序）文集中〈和竟陵
  王抄書〉、〈奉和竟陵王郡縣名〉、〈奉和竟陵王藥名〉等詩，盡為是年所
  作。又〈形神論〉、〈神不滅論〉、〈難范縝神滅論〉約作於是年。

* 融為丹陽丞，中書郎，作〈上疏請給虜書〉。二十一歲。（見《南齊書》
  本傳）又〈奉和竟陵王郡縣名詩〉、〈移席琴室應司徒教〉、〈抄眾書應司
  徒教〉、〈永明樂〉、〈齊明王歌辭〉等約作於是年。

* 雲，子良為之啟為郡，作〈奉和竟陵王郡縣名詩〉。三十七歲。（見《梁
  書》本傳）

* 朓為太子舍人，作〈永明樂〉十首。二十四歲。《南齊書・樂志》云：「竟
  陵王子良與諸文士造奏之，人為十曲。」（王融同作）

齊武帝永明六年（西元 488 年）戊辰

* 約作〈從齊武帝瑯琊城講武應詔詩〉。四十八歲。

  《南齊書・武帝紀》云：「永明六年，幸瑯琊城講武，習水步車。」

* 朓任王儉之東閣祭酒。二十五歲。

* 雲爲通散騎侍郎。作〈古意贈王中書〉。

齊武帝永明七年（西元 489 年）己巳

* 子良作〈同隋王經劉先生墓下作詩〉。三十歲。

按《南史》劉瓛傳：「武帝七年，竟陵王乃良表爲瓛立館，未及徙居，遇疾卒。」詩序曰：「申悲劉子」云云，必作於此時。

其二月及十月兩次大集善聲沙門及京師碩學於雞籠山邸，造經唄新聲。（二月集會見陳寅恪〈四聲三問〉及〈魏晉南北朝史講演錄〉，十月集會見釋僧祐〈略成實論記〉）此次集會持續至下年初，王融、張融、周顒等人皆躬逢盛會。〔註75〕

* 約作〈奉和竟陵王經劉瓛墓下作詩〉。四十九歲。
* 衍任齊武帝第十三子巴陵王子倫之法曹行參軍。二十六歲。
* 朓作〈奉和竟陵王經劉瓛墓下作詩〉。二十六歲。
* 王儉五月卒。三十八歲。（見《南齊書》本傳）

齊武帝永明八年（西元 490 年）庚午

* 子良被賜三望車。其春作〈登山望雷居士精舍同沈左衛過劉先生墓下作〉，同和者除沈約外，尚有謝朓等人。
* 約，其春仍爲太子右衛率。秋間兼尚書左丞，御史爲中丞。作〈奉和竟陵王經劉瓛墓詩〉。五十歲。吳均《齊春秋》曰：「永明八年，沈約爲中丞。」
* 衍任隋郡王子隆之鎮西諮議。作〈答任殿中宗記室雁中書別詩〉。二十七歲。

叙云：「隋王鎮荊州，帝赴鎮時，同列以詩送別。」

* 朓由太子舍人授孺郡王、荊州刺史蕭子隆征西功曹，旋又轉隋王文學。作〈隋王鼓吹曲十首〉。二十七歲。

作〈同詠座上所見一物·席〉。王融同詠〈幔〉。又有〈沈右率座賦三物爲詠〉，謝朓詠〈幔〉，王融詠〈琵琶〉、沈約詠〈篪〉。又與沈約同作〈詠竹火籠〉、〈詠邯火籠〉、〈詠邯鄲故才人嫁爲廝養卒婦〉及〈雜詠〉三首。又〈同詠座上玩器·烏皮隱几〉及沈約〈詠竹檳榔盤〉、〈詠桃詩〉、〈詠青苔詩〉等大約六作於此時。

* 融爲司徒法曹。其〈藥名詩〉、〈星名詩〉、〈奉和月下詩〉、〈詠池上梨花〉、

〔註75〕參劉氏《永明文學研究》，頁 243。

〈詠梧桐詩〉等約作於本年。二十四歲。

齊武帝永明九年（西元 491 年）辛未

* 子良開倉濟貧。三十二歲。（見《南齊書》本傳）
* 約仍為御史中丞。作〈和左丞庾杲之病詩〉。五十一歲。（見《南齊書》杲之傳，杲之卒。）
* 衍遷隨王蕭子隆鎮西諮議參軍，本年春赴荊州。作〈答任殿中宗記室王中書別詩〉。二十八歲。
* 朓隨蕭子隆赴京州。作〈和沈右率諸君餞謝文學〉、〈離夜〉、〈奉和隨王殿下〉等詩。二十八歲。
* 融為曲水詩序，文藻富麗，當世稱之。二十五歲。
* 魏始通好，琛再銜命至桑乾，還為通直散騎侍郎。作〈餞謝文學詩〉、〈別蕭諮議前夜以醉乖例今畫由醒教詩〉。【十四歲。】
* 昉時為尚書殿中郎，作〈別蕭諮議衍詩〉。三十二歲。

齊武帝永明十年（西元 492 年）壬申

* 衍父蕭順之於齊武帝之忌恨下，憂懼發病而死。二十九歲。
* 融作〈豫章文獻墓志銘〉。（見《南史·豫章王傳》）此銘為武帝所敕撰。二十六歲。
* 朓作〈江上曲〉、〈和王長史臥病〉、〈同羈夜集〉等詩。二十九歲。
* 雲仍為司徒參軍。四十二歲。十二月與蕭琛出使北魏。【十五歲。】（詳《南齊書·魏虜傳》、《建康實錄》）

齊武帝永明十一年（西元 493 年）癸酉

* 正月，文惠太子卒。三十六歲。七月，齊武帝蕭頤卒，太孫蕭昭業嗣立（後貶號鬱林王）
* 子良作〈九日侍宴詩〉。三十四歲。
* 約作〈和竟陵王遊仙詩〉二首及〈奉竟陵王郡縣名詩〉。五十三歲。
  二詩皆注云：「王融、范雲同和。」
* 王融被鬱林王下詔賜死。二十七歲。
* 朓被召還京師，為新安王中軍記室，兼尚書殿中郎。作〈拜中軍記室辭隨王箋〉及〈奉和隨王殿下〉之十四、〈贈西府同僚〉等詩。三十歲。
* 雲作〈古意贈王中書詩〉、〈奉竟陵王郡縣名詩〉。

齊鬱林王隆昌元年（西元 494 年）甲戌

齊明帝建武元年（西元 494 年）

* 齊主昭業立，是爲廢帝鬱林王，改元隆昌。
* 夏四月、竟陵王子良以憂卒。三十五歲。（見《南齊書》本傳）。
* 約除吏部郎，出爲寧朔將軍、東陽太守。五十四歲。
  作〈早發定山〉、〈循役朱方道〉、〈登玄暢樓〉、〈新安江水王清淺深見底貽京邑遊好〉等詩。
* 朓爲驃騎諮議，領記室，掌霸府文筆。又掌中書詔誥。除祕書丞，未拜，仍中書郎，轉出爲宣城太守。所奉之主爲蕭鸞。三十一歲。
* 昉作〈齊竟陵王行狀〉。三十五歲。

齊明帝建武二年（西元 495 年）乙亥

* 約作〈酬謝宣城朓臥疾詩〉。五十五歲。
* 朓出任宣城（今安徽宣城）太守。三十二歲。
  作〈京路夜發〉、〈晚登三山還望京邑〉、〈之宣城郡出新林浦向板橋〉、〈始之宣城郡〉〈遊敬亭山〉等詩及〈齊雩祭明堂辭〉八首（見《南齊書・樂志》）。

齊明帝建武三年（西元 496 年）丙子

* 約初在東陽太守職。後入爲尚書。五十六歲。
* 朓仍在宣城。作〈在郡臥病呈沈尚書〉、〈高齋視事〉、〈祀敬亭山春雨〉、〈和蕭中庶直石頭〉等詩。三十三歲。
* 雲爲始興內史。四十六歲。（見《梁書》本傳）
* 昉作〈爲范始興作求立太宰碑表〉。三十七歲。
  《南齊書・蕭子良傳》：「建武中故吏范雲上表爲子良立碑，事不行。」

齊明帝建武四年（西元 497 年）丁丑

* 約被徵爲五兵尚書。作〈讓五兵尚書表〉。五十七歲。
* 朓出爲晉安王鎮北諮議，南東海太守，行南徐州事。三十四歲

齊明帝建武五年、永泰元年（西元 498 年）戊寅

* 四月，改元永泰元年。大司馬王敬則舉兵反於會稽，五月被殺。七月，明帝病卒。皇太子蕭寶卷繼位，後被廢稱東昏侯。
* 衍行雍州府事。三月。大敗於鄧城。七月，仍受持節，都督雍梁南北秦四州，郢州之竟陵，司州之隨郡諸軍事、輔國將軍、雍州刺史。三十五歲。（見《梁書》本紀）

* 朓年初啓岳丈王敬則反，五月爲尙書吏部郎。作〈酬德賦〉致沈約。秋，作〈和沈祭酒行園〉。三十五歲。（見《南齊書》本傳）
* 昉，東昏即位，遷中書侍郎。三十九歲。（見《梁書》本傳）
* 陸倕二十九歲、張率二十四歲，爲沈約所賞識。（見《梁書・張率傳》）
* 蕭琛爲左丞，作〈嗣君廟見議〉。【二十一歲。】

齊東昏侯永元元年（西元 499 年）己卯
* 朓以泄江祐謀坐獄死。三十六歲。（見《南齊書》本傳）
* 雲，六月由始興內史遷爲廣州刺史。四十九歲。（見《南齊書・東昏侯紀》）
* 東昏初嗣立，時議以無廟見之典，蕭琛議據〈周頌烈文〉、〈閔予〉皆爲即位朝廟之典，於是從之。二十二歲。

齊東昏侯永元二年（西元 500 年）庚辰
* 約以母老表求解職，改授冠軍將軍、司徒左長史、征虜將軍、南清河太守。作〈和劉雍州繪博山香爐〉。六十歲。
* 蕭衍，十一月起兵。（冬，其兄蕭懿被殺）三十七歲。
* 雲起爲國子博士。五十歲。

齊東昏侯永元三年（西元 501 年）辛巳
齊和帝中興元年（西元 501 年）
* 正月，齊南康王蕭寶融稱相國，三月即皇帝位，改元中興，是爲和帝。
* 蕭統生。一歲。
* 約官驃騎司馬，將軍如故。六十一歲。
* 任昉爲司徒右長史。後爲蕭衍驃騎記室參軍。四十二歲。
* 琛爲蕭衍驃騎諮議，領錄事，遷給事黃門侍郎。【二十四歲。】（見《梁書》本傳）

齊和帝中興二年（西元 502 年）壬午。
梁武帝天監元年（西元 502 年）
* 蕭秀被封爲安成郡王。二十八歲。
* 四月，蕭衍稱帝，改元天監，是爲梁高祖武皇帝。三十九歲。以齊帝爲巴陵王，翌日殺之，齊亡。
* 約，四月，爲尙書僕射，封建昌縣侯，拜其母爲建昌國太夫人。六十二歲。（見《全梁文》卷二十六及《沈隱侯集》）。
* 雲以舊恩見拔，超居佐命，盡誠翊亮，知無不爲。梁武亦推心任之。《梁

書》本傳：「高祖謂臨川王宏、鄱陽王恢曰：『我與范尚書少親善，申四
海之敬；今爲天下主，此禮既革，汝宜代我呼范爲兄。』」五十二歲。

* 昉拜黃門侍郎，遷吏部郎中，又以本官掌著作。四十三歲。

* 倕爲右軍安成王主簿。與任昉友善，作〈感知己賦〉以贈昉，昉有〈報
  陸倕感知己賦〉。三十三歲。（見《梁書》本傳）

* 琛出爲宣城太守。【二十五歲。】

梁武帝天監二年（西元 503 年）癸未

* 蕭綱生。一歲。

* 范雲卒。諡曰文。五十三歲。

* 約，正月，遷尚書左僕射，尋兼領軍，加侍中。十一月以丁母憂去職。
  六十三歲。

* 昉出爲義興太守。作〈出郡傳舍哭范僕射詩〉三章。四十四歲。

梁武帝天監三年（西元 504 年）甲申

* 約爲鎭軍將軍，丹陽尹，參與修定五禮。六十四歲。

* 昉罷義興太守職，遷爲御史中丞。四十五歲。

* 倕作〈贈任昉詩〉。三十五歲。（見《南史‧到溉傳》）

* 琛除太子中庶子、散騎常侍。【二十七歲。】

梁武帝天監五年（西元 506 年）丙戌

* 蕭統始出居東宮。六歲。

* 蕭綱被封爲晉安郡王。四歲。

* 約，正月爲光祿大夫、領太子詹事、揚州大中正。六十六歲。

梁武帝天監六年（西元 507 年）丁亥

* 約，四月，爲尚書左僕射。閏十月，遷尚書令，行太子少傅。六十七歲。

* 昉，春，出爲寧朔將軍、新安太守。在郡不事邊幅，率然曳杖，徒行邑
  郭，民通辭訟者，就路決焉。爲政清省，吏民便之。四十八歲。

* 倕遷驃騎將軍臨川王蕭宏東曹象。三十八歲。

梁武帝天監七年（西元 508 年）戊子

* 蕭繹生。一歲。

* 任昉，視事期歲，卒於官舍。

* 約仍爲太子少傅。六十八歲。

* 倕爲太子舍人，與到洽對掌東宮管記。作〈石闕銘記〉。（見《梁書》本傳）

梁武帝天監九年（西元 510 年）庚寅

 ＊約，正月，由尚書令、太子少傅轉爲左光祿大夫。七十歲。

 ＊琛出爲寧遠將軍、（安成王）平西長史、江夏太守。【三十三歲。】

梁武帝天監十年（西元 511 年）辛卯

 ＊倕時爲太常。四十二歲。

梁武帝天監十一年（西元 512 年）壬辰

 ＊約，正月，加特進。七十二歲。

梁武帝天監十二年（西元 513 年）癸巳

 ＊沈約，閏三月乙丑，卒。七十三歲。

梁武帝普通元年（西元 520 年）庚子

 ＊琛被徵爲宗正卿，遷左民尚書。【四十三歲。】

梁武帝普通七年（西元 526 年）丙午

 ＊陸倕卒。五十七歲。

梁武帝大通二年（西元 528 年）戊申

 ＊琛爲紫金光祿大夫，加特進，給親信三十人。【五十一歲。】

梁武帝大通三年（西元 529 年）己酉

梁武帝中大通元年（西元 529 年）

 ＊蕭琛卒。諡曰平子。【五十二歲。】

梁武帝中大通三年（西元 531 年）辛亥

 ＊昭明太子薨。三十一歲。

 ＊蕭綱立爲太子。二十九歲。

梁武帝太清二年（西元 548 年）戊辰

 ＊八月，侯景反，據壽陽。十月，侯景圍建康，梁臨賀王正德附之。十一月，正德稱皇帝，改元正平。

梁武帝太清三年（西元 549 年）己巳

 ＊三月，侯景破臺城。五月，梁武帝死，皇太子綱嗣，是爲太宗簡文皇帝。八十六歲。六月，侯景殺臨賀王正德。十二月，陳霸先起兵討侯景。

第四章　竟陵八友之交遊

　　如王瑤所言，文學史之發展，常就時代之特性，把風格相近之文人名士，鑲上「建安七子」、「竹林七賢」、「竟陵八友」、「唐初四傑」、「大曆十才子」等金字招牌。〔註1〕然此類名稱之出現，必有其微妙之處。而「竟陵八友」之不似「建安七子」及「大曆十才子」之以帝王年號得名，想必竟陵王集團在當時聲勢之浩大，且與八友之關係必十分特殊。本章即欲探討八友與竟陵王之遇合經過，交遊經歷，以及文學活動等，藉以明瞭竟陵八友得名之實質內涵。

第一節　八友之遇合經過

　　張蓓蓓曾言：「『八友』的年齡差距不小，沈約甚至長竟陵十九歲，八人得以並稱應是文采相當、並蒙恩賞的關係。」〔註2〕且竟陵王所主持之文學集團，其旗下文士之多，爲齊梁文學集團之冠，〔註3〕竟陵八友之特受禮遇，除以才學見賞外，其與竟陵王之關係，以及彼此間之交誼必甚深厚。如史傳明述子良於永明五年（西元 487 年）開西邸，招賢納士，然其交好士人，宜更早於此。八友之一范雲，便於宋齊之交，即獲子良知賞。見《梁書》范雲本傳：

〔註1〕參王瑤《中古文學風貌・曹氏父子與建安七子》，頁5；詳本書一章緒論，第一節〈研究動機與目的〉。

〔註2〕見張蓓蓓〈齊竟陵王蕭子良「西邸」文士集團考略〉，頁430；收入《毛子水先生九五壽慶論文集》，幼獅文化公司，民國76年。

〔註3〕呂光華《南朝貴遊文學集團研究》所列竟陵王文士共有四十六人之多，頁141～152。

> 齊建元初，竟陵王子良爲會稽太守，雲始隨王，王未之知也。會遊
> 秦望，使人視刻石文，時莫能識，雲獨誦之，王悅，自是寵冠府朝。
> 王爲丹陽尹，召爲主簿，深相親任。〔註4〕

時當仕宋期間（劉宋順帝昇明三年，西元 479 年），齊高帝踐阼之初，子良始
展露其惜才好文之特質。而本傳亦載其「敦義好古」之事蹟：

> 郡民朱百年有至行，先卒，賜其妻米百斛，蠲一民給其薪蘇。郡閣
> 下有虞翻舊床，罷任還，乃致以歸。後於西邸起古齋，多聚古人器
> 玩以充之。〔註5〕

知子良好古重文之興趣，於年二十左右，早已開展。而此際，范雲已隨侍其
側，並以能讀秦望山秦始皇刻石，被尊爲上賓。此知遇經過，《南史》記載十
分生動：

> 齊建元初，竟陵王子良爲會稽太守，雲爲府主簿。王未之知。後剋
> 日登秦望山，乃命雲。雲以山上有秦始皇刻石，此文三句一韻，人
> 多作兩句讀之，並不得韻；又皆大篆，人多不識，乃夜取史記讀之
> 令上口。明日登山，子良令賓僚讀之，皆茫然不識。末問雲，辱曰：
> 「下官嘗讀史記，見此刻可文。」乃進讀之如流。子良大悅，因以
> 爲上賓，自是寵冠府朝。〔註6〕

時范雲年二十九，正值謀主創業，蓄勢待發之機，其用心良苦，終得追隨良
主。後一度爲尙書殿中郎，及子良爲司徒，雲又爲其記室參事軍。子良待之
恩禮並重，其名列竟陵「八友」，實因於此。

　　梁武帝蕭衍與竟陵王遇合之經過，《金樓子·興王篇》載曰：「司徒竟陵
王齊室驃騎，招納士林，待上（衍）賓友之禮。」〔註7〕武帝亦於此與范雲結
識，如《南史·范雲傳》云：「初，梁武爲司徒祭酒，與雲俱在竟陵王西邸，
情好歡甚。永明末，梁武與兄懿卜居東郊之外，雲亦築室相依。」〔註8〕武帝
篡齊，范雲有獻謀定策之大功，因受武帝器重，成爲武帝摯友，衍甚至欲其
弟呼范雲爲兄。〔註9〕

〔註4〕見《梁書》卷一三〈范雲傳〉，頁 230。
〔註5〕見《南齊書》卷四○〈武十七王〉，頁 693。
〔註6〕見《南史》卷五七〈范雲傳〉，頁 1416。
〔註7〕見《金樓子校注》卷一〈興王篇〉，頁 48。
〔註8〕參《南史》，頁 1418。
〔註9〕參《梁書》，頁 231。

　　沈約初爲郢州刺史西蔡興宗所賞識。於其任內爲官時，即與年僅十七之范雲結識於郢州府，此時沈約二十七歲。之後范雲追隨子良，時沈約所奉之王爲齊文惠太子蕭長懋。永明二年，蕭子良兼司徒，約亦爲其爲司徒右長史。至竟陵王招士，約與蕭衍、王融、謝朓、范雲、任昉、蕭琛等共同出入竟陵王西邸，彼此有較密切之接觸。若以子良招士時間爲永明五年（西元 487 年），則約時年四十七，爲當中最年長者，然其鴻圖之志未曾稍減；齊梁禪代之際，嘗與范雲共爲武帝謀畫，武帝因謂雲曰：「我起兵於今三年矣，功臣諸將，實有其勞，然成帝業者，乃卿二人也。」〔註 10〕表明其感佩之意。又《南史》亦載武帝與范、沈二人之交往：

　　　　武帝每集文士策經史事，時范雲、沈約之徒，皆引短推長，帝乃悅，

　　　　加其賞賚。〔註 11〕

知范、沈二人不僅爲武帝運籌帷幄，更爲其良師益友。

　　王融少時即好功名。永明年間，曾任竟陵王司徒板法曹行參軍。會子良於東府募人，板融爲寧朔將軍、軍主。融以文辭辯捷知遇於子良，自此藉其聲勢，大習文武之術。齊武帝病篤時，融欲矯詔立子良，因而觸怒西昌侯蕭鸞，事敗而遭害。

　　謝朓於永明年間，與沈約等人同遊於竟陵王西邸，其詩作深得儕輩沈約及蕭衍贊歎，後隨蕭子隆出鎮外藩，於荊州文學集團中，亦成爲子隆最賞愛之文士。〔註 12〕

　　永明初，任昉以文辭見賞於王儉。永明五年，爲竟陵王記室參軍，自此加入竟陵王文學集團，與蕭衍、沈約、范雲等人交遊。任昉與武帝彼此之默契甚佳，〔註 13〕與范雲之結交亦甚早，如任昉〈出郡傳舍哭范僕射詩〉：「結歡三十載，生死一交情」。而任昉之文筆，更得沈約推許，連一向自視甚高之王融，見其文亦覺悵然自失。〔註 14〕可見任、沈、王三人於文學必暗自有所較量。

　　陸倕，年十八即出入竟陵王西邸，與任昉成忘年之交。爲報任昉知遇之恩，嘗爲〈感知己賦〉以贈。任昉之「蘭臺聚」與「龍門之游」，〔註 15〕倕亦躬逢

〔註 10〕見《梁書》卷一三〈沈約傳〉，頁 234。

〔註 11〕見《南史》卷四九〈劉懷珍傳〉，頁 1219。

〔註 12〕見劉漢初氏《蕭統兄弟的文學集團》，頁 89。

〔註 13〕見《梁書》卷一四，頁 253。

〔註 14〕見《南史》卷五九，頁 1453。

〔註 15〕見《南史》卷二五〈到溉傳〉及卷四八〈陸倕傳〉，頁 1193。

其盛。武帝雅愛其才，命作〈新漏刻銘〉及〈石闕銘〉，作成，帝敕曰：「太子舍人陸倕所製石闕銘，辭義典雅，足爲佳作。」〔註16〕遂得賜絹三十匹。

蕭琛因其才學，爲丹陽尹王儉所識，辟爲主簿，舉南徐州秀才。若以《梁書》本傳推算時年不過七歲，實非可能。〔註17〕但應可確定，琛少年得志，蓋與其天賦朗悟有關。〔註18〕永明九年，琛出使接待魏使，其言語辯捷，使座者皆服。則琛年少即周旋於西邸文士中，當不足爲奇。又《梁書》亦云：「高祖在西邸，早與琛狎，每朝讌，接以舊恩，呼爲宗老。」〔註19〕知琛少時即與武帝結緣，入梁後，更爲其朝中大臣。

綜前所述，八友之聚合，除彼此之深情厚誼，及才學相當外，實因於竟陵王之恩寵，然武帝蕭衍所扮演之角色亦不可忽略。因八友由齊入梁，范雲、沈約、任昉、蕭琛與武帝之關係更爲密切，其多數作品，仍待武帝時完成。然其被稱竟陵「八友」，殆以永明期間，齊竟陵王集團文學盛名所致。而彼此以文會友外，亦常以謀士身分自居，可見政治之微妙，亦爲其主導因素。如張蓓蓓云：

> 終齊之世，以司徒身分久居大位而得大名者惟有竟陵一人。司徒等於宰相，官屬甚多，名義亦美，安插文士亦正相宜。一般西邸文士幾乎都曾出入司徒僚屬，譬如沈約，曾任司徒右長史；范雲，曾任司徒記室參軍；王融，曾任司徒法曹；任昉，曾任司徒記室參軍；蕭琛，曾任司徒記室；蕭衍，曾任司徒祭酒；……〔註20〕

八友中，惟陸倕、謝朓未入此官。因可推測，竟陵八友之得名，政治與文學因素實爲其兩大主因。而劉躍進所論八人思想上儒道佛兼收並蓄之特性，〔註21〕亦爲其因緣聚合之重要前提，然更重要者，爲八友與佛教或深或淺之淵源，〔註22〕可於沈約〈捨身願疏〉、蕭衍〈捨道歸佛文〉中，〔註23〕見出端倪。

〔註16〕見《南史》卷四八，頁1193。
〔註17〕詳參本書三章一節〈八、蕭琛生平介紹〉。
〔註18〕見《梁書》卷二六，頁396。
〔註19〕見《梁書》，頁397。
〔註20〕見張氏〈齊竟陵王蕭子良「西邸」文士集團考略〉，頁432。
〔註21〕參劉躍進《永明文學研究》，37～38；大陸1991年博士論文，文津出版社，民國81年3月。
〔註22〕參本書二章五節〈二、佛教梵唄之啓發〉。
〔註23〕見《百三家集‧沈隱侯集》，頁2967；《梁武帝集》，頁2512。

第二節　八友之交遊經歷

「竟陵八友」乃文學史上之美稱，意指與竟陵王子良從遊之八位文士，然八友並不專屬於竟陵王之文學集團，因其時代之改換，以及仕宦之不定，遂使其經歷之集團，多則五個，如陸倕；少則兩個，如王融、范雲、任昉；餘如沈約、蕭琛四個，謝朓、蕭衍三個（見附表四）。茲略述其經歷如下：

沈約、王融、謝朓三人，於齊代文學集團之風盛行之際，已為文惠太子蕭長懋所延攬。蕭長懋（西元 458～493 年），字雲喬，齊武帝之長子，竟陵王子良之兄。永明十一年，薨於東宮崇明殿，謚曰文惠，享年二十六。齊武帝（西元 482 年）即位，立長懋為皇太子。自其為太子，善立名尚，好禮接文士，如《南史》云：

> 及正位東儲，善立名尚，解聲律，工射，飲酒至數斗，而未嘗舉盃。從容有風儀，音韻和辯，引接朝士，人人自以為得意。文武士多所招集，會稽虞炎、濟陽范岫、汝南周顒、陳郡袁廓，並以學行才能，應對左右。〔註24〕

並於永明三年（西元 483 年），於崇正殿講孝經。五年冬，親臨國學，策試諸生。其於太子期間，主持東宮文學集團，文士達三十多人。〔註25〕

沈約為長懋僚佐甚早，建元元年（西元 479 年），長懋為征虜將軍，約為其記室。及太子入居東宮，約又隨步兵校尉，管書記。以致與文惠太子交誼頗厚，其本傳云：

> 時東宮多士，約特被親遇，每直入見，影斜方出。當時王侯到宮，或不得進，約每以為言。太子曰：「吾平生嬾起，是卿所悉，得卿談論，然後忘寢。卿欲我夙興，可恆早入。〔註26〕

約之受禮遇，可見一斑。其後遷太子家令，以本官兼著作郎，侍東宮前後達數年之久。

約於永明年間又曾為司徒右長史，時因竟陵王招士，故亦為竟陵王文學集團旗下之一員，終得竟陵「八友」之名。入梁後，身為文壇老將，與蕭衍既為西邸舊交，齊末蕭衍攻入建康城，即引為驃騎司馬；蕭衍受禪，為尚書僕射，直至天監十二年武帝卒，約皆於朝廷任職，亦為武帝文學集團所援引。

〔註24〕見《南史》卷四四〈齊武帝諸子傳〉，頁 1099。
〔註25〕見呂光華《南朝貴遊文學集團研究》，頁 129～136。
〔註26〕見《梁書》卷一三〈沈約傳〉，頁 233。

然沈約仕途亦於此漸走下坡，此或沈約年事已高，〔註 27〕後進輩出；抑或出言不遜，為帝不悅。《梁書·沈約傳》云：

> 約嘗侍讌，值豫州獻栗，徑寸半。帝奇之，問曰：「栗事多少？」與約各憶所疏，少帝三事。出謂人曰：「此公護前，不讓即羞死。」帝以其言不遜，欲抵其罪，徐勉固諫乃止。〔註 28〕

武帝此時約三、四十歲，正值血氣方剛、爭強好勝之齡，況又貴為天子，豈容此輕薄之言？〔註 29〕有此嫌隙，約遂不受重用，正如《梁書》云：

> 初，約久處端揆，有志台司，論者咸謂為宜，而帝終不用，乃求外出，又不見許。〔註 30〕

故約於天監五年（西元 506 年），以其年高德劭，領太子（蕭統）詹事，〔註 31〕六年，又領太子少傅，直至天監十二年病卒。雖於東宮七、八年，但位尊而不親，影響力大不如前。

謝朓、王融於永明年間，均曾為太子舍人，與文惠太子蕭長懋自有一段因緣。後亦與沈約諸人同遊竟陵王西邸，成為竟陵王文學集團之大將。永明八年，謝朓隨蕭子隆往荊州，加入蕭子隆文學集團，前後共三年之久。隋郡王蕭子隆（西元 474～494 年），字雲興，齊武帝第八子，為文惠太子、竟陵王之弟。性和美，有文采，齊武帝以子隆能屬文，曾當王儉面稱美道：「我家東阿也。」〔註 32〕建元四年，被封為隋郡王。永明八年，為使持節、都督荊雍梁寧南北秦六州、鎮西將軍、荊州刺史。朓因受子隆賞愛，難免樹大招風，遂為子隆鎮西長史王秀之所讒，於永明十一年，被敕回京，遷新安王中軍記室。道中朓為詩寄西府曰：「常恐鷹隼擊，秋菊委嚴霜。寄言蔚羅者，寥廓已高翔。」並牋辭子隆云：「……如其簪履或存，袵席無改，雖復身填溝壑，猶望妻子知歸。攬涕告辭，悲來橫集，不任犬馬之誠。」〔註 33〕其中流露謝朓蒼惶脫逃之窘態，以及二人彼此之真情摯誼。其時，王融亦因齊武帝崩，欲

〔註 27〕沈約於梁武帝天監元年（西元 502 年）為尚書左僕射，時已六十二歲。

〔註 28〕見《梁書》卷一三，頁 243。

〔註 29〕參劉漢初《蕭統兄弟的文學集團》，頁 39。

〔註 30〕見《梁書》卷一三，頁 235。

〔註 31〕天監五年（西元 506 年），時沈約為六十六歲。

〔註 32〕見《南齊書》卷四○〈武十七王傳〉，頁 710。

〔註 33〕見《梁書》卷四七，頁 825～826；又見《謝宣城集·暫使下都夜發新林至京邑贈西府同僚》及〈拜中軍記室辭隋王牋〉。然「不任犬馬之誠」一句《梁書》未錄。

擁立武帝次子子良之政變失敗被殺。返回京師之謝朓更成驚弓之鳥，讒言之中傷與政治之混亂，遂形成詩中「危懼感」之由來。〔註34〕雖建武二年，出為宣城太守時稍得紓解，其心情於〈之宣城郡出新林浦向板橋〉一詩刻畫入微：

> 江路西南永，歸流東北騖。天際識歸舟，雲中辨江樹。旅思倦搖搖，
> 孤遊昔已屢。既歡懷祿情，復協滄洲趣。囂塵自茲隔，賞心於此遇。
> 雖無玄豹姿，終隱南山霧。〔註35〕

自以為歷經半世浮沈，終在漫漫天際中尋得歸舟；又於茫茫迷霧裏識出前程。然不久又被召還京師，遷尚書吏部郎，朓上表三讓，均不見許。明帝崩，東昏侯繼位，朓因捲入政爭，遂被御史中丞范岫奏收入獄死。與王融二人皆無緣更入梁朝。

梁武帝蕭衍於天監元年即位之前，除為西邸賓客外，永明九年，一度為蕭子隆鎮西府中之諮議將軍，〔註36〕與隨王之關係甚為密切，亦為其集團中之一員。永明末政變發生後，齊明帝建武元年（西元 494 年），不止竟陵王以憂卒，蕭子隆亦以其特有才貌為蕭鸞所忌害，繼之齊武帝其餘諸子亦被誅殺。時蕭衍亦經歷一段險惡艱苦之政治環境。至其自立為帝，昔日之西邸僚友，以及政治伙伴，皆為其文學集團之中堅，故其集團人數亦相當可觀。〔註37〕《梁書・文學傳序》云：

> 高祖聰明文思，光宅區宇，旁求儒雅，詔採異人，文章之盛，煥乎
> 俱集。每所御幸，輒命群臣賦詩，其文善者，賜以金帛，詣闕庭而
> 獻賦頌者，或引見焉。其在位者，則沈約、江淹、任昉，並以文采，
> 妙絕當時。至若彭城、到沆、吳興丘遲、東海王僧儒、吳郡張率等，
> 或入直文德，通讌壽光。皆後來之選也。〔註38〕

前述八友中，不單沈約、任昉二人以文采受梁武帝重視，甚至范雲、陸倕、蕭琛皆為武帝座上賓客，亦為朝中要臣。其中以任昉尤好交結，蕭衍文學集團中之後進文士，有不少為其引薦，然或懷疑武帝所引用之「後進」，有掠奪

〔註34〕「危懼感」三字乃洪順隆語，見其〈謝朓作品所表現的危懼感〉，頁 201；收
　　　　入氏著《六朝詩論》，文津出版社印，民國 67 年。
〔註35〕見《百三家集・謝宣城集》，頁 2389。
〔註36〕見《梁書》卷一〈武帝上〉，頁 2。
〔註37〕見呂光華《南朝貴遊文學集團研究》，頁 182～192。
〔註38〕見《梁書》卷四九，頁 685～686。

任昉「蘭臺聚」之嫌；因天監六年，任昉即被外放新安，雖位太守，但已無法於中央繼續領其集團。〔註39〕

　　陸倕於天監三年至六年間（西元 504～507 年），曾爲右軍安成王外兵參軍，加入安成王蕭秀之文學集團。蕭秀（西元 475～518 年），宇彥遠，爲蕭衍之異母弟，天監元年（西元 502 年），封安成郡王。蕭琛於天監九年，亦爲其平西長史。而蕭、陸二人於蕭統爲太子時，任其太子中庶子之職，〔註40〕亦屬蕭統文學集團之文士。昭明太子蕭統（西元 501～531 年），字德施，梁武帝之長子。天監元年（西元 502 年），立爲皇太子。其天性好文，喜招攬文士，又善藏書。《梁書·昭明太子傳》云：「性寬和容眾，喜慍不形於色。引納才學之士，賞愛無倦。恆自討論篇籍，或與學士商榷古今；閒則繼以文章著述，率以爲常。于時東宮有書幾三萬卷，名才並集，文學之盛，晉宋以來未之有也。」〔註41〕可見當時東宮文學之盛。另《梁書·王筠傳》亦云：

　　　昭明太子愛文學士，常與筠及劉孝綽、陸倕、到洽、殷芸等遊宴玄
　　　圃，太子獨執筠袖，撫孝綽肩而言曰：「所謂左把浮丘袖，右拍洪崖
　　　肩。」其見重如此。〔註42〕

因此蕭琛與陸倕，以前輩文人之身分，亦受到昭明太子之禮遇。

　　陸倕隨後又因任簡文帝蕭綱（晉安王）之長史，而加入其文學集團，成爲經歷集團最多之文士。簡文帝蕭綱（西元 503～551 年），字世贊，武帝第三子，昭明太子同母弟。幼而敏睿，識悟過人，六歲便屬文。年十一，便能親庶務。天監五年（西元 506 年）封晉安王。中大通三年（西元 531 年），昭明太子薨，詔立綱爲太子。太清三年（西元 549 年），武帝崩，太子於侯景控制下即位。不及兩年，被廢幽禁，旋即遇害。及蕭繹平侯景，追崇爲簡文皇帝，廟曰太宗。其一生，先以晉安王之身分旅鎮諸州，自普通四年至大通二年（西元 523～530 年），前後共七年，而晉安王集團之活動以此一時期較盛。及繼爲皇太子，自中大通三年至太清三年（西元 531～549 年），前後共達十八年之久，此爲蕭綱

〔註39〕劉漢初如此以爲。（因此集團屬小型私人性質，故不列入任昉所加入集團數目計算。）

〔註40〕中庶子，官名。據《中國古代職官辭典》云：「周代有庶子官，也稱諸子。掌管諸侯卿大夫的庶子的教育管理。……商鞅入秦以前，在魏爲中庶子，漢以後是太子屬官，稱太子中庶子，職如侍中，秩六百石。」常春樹書坊出版，民國 77 年 5 月。

〔註41〕見《梁書》卷八，頁 167。

〔註42〕見《梁書》卷三三，頁 485。

集團最盛之時期。〔註43〕而八友之交遊經歷於此亦已告終。

　　事實上，在八友仕宦及參與集團生涯中，除任昉好交結後進外，沈約常以長老之身分提攜後輩，如范雲、蕭衍、謝朓、任昉等皆曾得其賞識。而王儉亦是一重要功臣，有許多文士皆爲其所拔擢。如王融曾遷丹陽丞，中書郎，乃王儉之助、蕭衍及謝朓皆曾爲王儉衛軍東閣祭酒〔註44〕、任昉嘗爲王儉丹陽尹主簿、蕭琛亦得王儉之引薦入官。此外，與八友過從甚密之文士，有到沼、到溉、到洽、到沆等兄弟，以及張率、江革、劉繪、孝綽、謝朏、庾杲之、劉渢、陸慧曉、王僧孺、孔休源等人。到洽兄弟不僅與任昉、陸倕等有「龍門之游」，亦得武帝蕭衍之知賞。如：

　　　　（武帝）御華光殿，詔洽及沆、蕭琛、任昉待讌，賦二十韻詩，以

　　　洽辭爲工，賜絹二十四。高祖謂昉曰：「諸到可謂才子。」〔註45〕

洽本傳亦謂謝朓對到洽之文章深相賞好。永明年間，孔休源與王融相友善，融薦之於司徒竟陵王，爲西邸學士。〔註46〕孝綽乃劉繪之子，七歲能屬文，其舅王融深賞異之，號曰神童。年十四，父黨沈約、任昉、范雲等聞其名，曾前去造訪。與昉有詩作贈答，〔註47〕亦得武帝賞愛。而張率與陸倕同郡，幼相友狎，同得沈約、任昉之愛賞，亦受武帝恩遇。〔註48〕餘如庾杲之諸人，亦是經常出入竟陵西邸之賓客，與八友多有詩作往來。〔註49〕可見當時文壇並非八友專擅，而其所以能獨得「八友」美名，實有別於文學以外之特殊因緣。（詳前節）

表四　【竟陵八友之歷經集團簡表】〔註50〕

國　號	集團名稱	集團主人	八友名稱
齊	文惠太子蕭長懋文學集團	蕭長懋	沈約　王融　謝朓

〔註43〕參《梁書》卷四〈簡文帝本紀〉，頁103～109。

〔註44〕參《南齊書》卷四七〈謝朓傳〉，頁825；《梁書》卷一〈武帝本紀〉，頁2。

〔註45〕見《梁書》卷二七〈到洽傳〉，頁404。

〔註46〕見《梁書》卷三六〈孔休源傳〉，頁519。

〔註47〕孝綽有〈歸沐詩〉贈昉，昉報之曰：「彼美洛陽子，投我懷秋作，詎慰薹嗟人，徒深老夫託。……」見《南史》卷三九〈劉孝綽傳〉，頁1010。

〔註48〕參《南史》卷三一〈張率傳〉，頁815。

〔註49〕參下節附表五所列詩題。

〔註50〕本表參呂光華《南朝貴遊文學集團研究》之〈附錄　南朝貴遊文學集團表〉，頁319。

	竟陵王蕭子良文學集團	蕭子良	沈約	王融	謝朓	蕭衍	范雲	任昉
			陸倕	蕭琛				
	隋郡王蕭子隆文學集團	蕭子隆	謝朓	蕭衍				
梁	武帝蕭衍文學集團	蕭衍	沈約	范雲	任昉	陸倕	蕭琛	
	安成王蕭秀文學集團	蕭秀	陸倕	蕭琛				
	昭明太子蕭統文學集團	蕭統	沈約	陸倕	蕭琛			
	簡文帝蕭綱文學集團	蕭綱	陸倕					

第三節　八友之文學活動

竟陵王蕭子良文學集團，以其文士之眾，活動之多，遂發展為齊代規模最大之集團。其活動時間，貫穿整個永明時代，而竟陵八友之交遊，大體自永明五年，竟陵王招集文士始，如《南齊書》云：

> 五年，（子良）正位司徒，給班劍二十人，侍中如故。移居雞籠山西
> 邸，集學士抄五經、百家，依《皇覽》例為《四部要略》千卷。招
> 致名僧，講語佛法，造經唄新聲，道俗之盛，江左未有也。〔註51〕

知其活動有類書之編輯，以及聲律音韻之研討。而其交遊，則必以雞籠山西邸為主要結集地。雞籠山位於建康城西北，劉宋以來即以名山勝境著稱，宋元嘉十五年，文帝立儒、玄、史、文四學，其中儒學即開館於雞籠山，子良之祖道成、伯祖道度曾於此受學於一代大儒雷次宗。〔註52〕元嘉二十四年，文帝封愛子劉宏為建平王，特別為其於雞籠山立宅第，所居盡山泉之美。〔註53〕子良遷此立西邸，邸內卉木之奇、泉石之美，亦冠絕一時，如子良〈行宅詩序〉所述：

> 余稟性端疏，屬愛閒外，往歲羈役浙東，備歷江山之美，名都勝境，
> 極盡登臨，山原石道，步步新情，迴池絕澗，往往舊識，以吟以詠，
> 聊用述心。〔註54〕

關於西邸景致之美，王儉曾寫過〈竟陵王山居贊〉，而王融之〈棲玄寺聽講畢遊邸園七韻應司徒教詩〉，於西邸庭園亦有所描述：

〔註51〕見《南齊書》卷四〇〈武十七王傳〉，頁698。
〔註52〕見《宋書》，卷九三〈隱逸・雷次宗傳〉，頁2293～2294；《南齊書》卷一〈高帝本紀〉，頁3；卷四五〈宗室傳〉，頁1858。
〔註53〕見《宋書》卷七二〈文九王傳〉，頁1858。
〔註54〕見張溥《百三家集・竟陵王集》卷二，頁2281。

道勝業茲遠，心閒地能鄩。桂橑鬱初裁，蘭墀坦將闢。虛檐對長嶼，

高軒臨廣液。芳草列成行，嘉草紛如積。流風轉還逕，清煙泛喬石。

日汩山照紅，松映水華碧。暢哉人外賞，遲遲春西夕。〔註55〕

又竟陵王與八友之文學表現，大多屬應制、酬和之作，凡詩題附有「侍宴」、
「應詔」、「應教」、「應令」者，皆屬特殊約制之作品。此類作品往往事先預
定題目，而且限時、限韻、限句，如《南史‧王僧孺傳》曰：

　　竟陵王子良嘗夜集學士，刻燭爲詩。四韻者則刻一寸，以此爲率。（蕭）

　　文琰曰：「頓燒一寸燭，而成四韻詩，何難之有？」乃與（丘）令楷、

　　江洪等共打銅缽立韻，響滅則詩成，皆可觀覽。〔註56〕

四韻詩必是當時集會最流行之體式，刻燭一寸爲一般常限之時間，詩人必須
在蠟燭燒到刻度之前完成詩作，此爲當時遊戲賦詩之景況。此類作品因有一
些限制，自不易表露個人之眞實情感，亦難有高度之藝術表現，以致後人常
有空泛淺薄之譏。八友中以沈約此類詩最多，如其詩題「應制」者三首、題
「應詔」者九首、題「應令」者三首、題「侍宴」者九首，另有一些「奉和」
之作，其餘諸人亦有此命題之詩作一至多首不等。由此知八友之文學活動，
必包括遊宴賦詩、編纂類書、考文審音等。茲就八友留存之著作及相關資料，
分述其活動內涵如下：

一、遊宴賦詩

　　遊宴賦詩乃文學集團之特性，文士創作依其所屬君主或王侯爲中心，彼
此從事文學性之創作。八友今留存之作，有不少與竟陵王相關者，作品雖千
篇一律，藝術價值不高，然卻可反映當時交遊之景況。以八友之詩作爲例，
其題材包括遊仙、玄言、山水、行旅、詠物、宮體、贈答、傷別等，〔註57〕
由此知其文學之共同嗜好，乃趨向於唯美詠物。若將其有關遊宴唱酬之詩題
分類（見附表五），亦可見彼此之互動。例如：

（一）奉和詩

　　沈約有十六首；王融有十二首；謝朓有三十四首；蕭衍、范雲、任昉、
陸倕、蕭琛各一首。其中沈約〈和竟陵王遊仙詩〉二首，題下注「王融、范

〔註55〕見張溥《百三家集‧王寧朔集》，頁2353。

〔註56〕見《南史》卷五九，頁1463。

〔註57〕參本書六章二節〈題材分類〉。

雲同賦」，〔註58〕然竟陵王本人及范雲之作，今已亡佚，蕭衍雖存有〈遊仙詩〉，但不確定是否爲同時酬和之作，故不列入。又沈約〈奉和竟陵王郡縣名〉題下亦注有「王融、范雲同賦」，除竟陵王原詩不存外，今將三人詩作並列觀之：

> 西都富軒冕，南宮溢才彥。高闕連朱雉，方渠漸游殿。廣川肆河濟，
> 長岑繞嶠汧。曲梁濟危渚，平皋聘悠眄。清淵皎澄徹，曾山鬱蔥蒨。
> 陽泉濯春藻，陰丘聚寒霰。西華不可留，東光促奔箭。望都遊子懷，
> 臨戎征馬倦。既豫平章集，復齒南皮宴。一窺長安城，羞言杜陵掾。
> （沈約）

> 追芳承荔浦，揖道訊虛丘。升裾臨廣牧，從望盡平洲。曾山臨翠坂，
> 方渠紬清流。陽臺翻早茂，陰館懷名秋。歲晏東光弭，景反西華收。
> 端溪慚昔彥，測水謝前脩。往食曲阜盛，今屬平臺遊。燕棠缺初雅，
> 鄭袞息遺謳。久傾信都美，乃結茂陵儔。河間誠可詠，南海果難遊。
> （王融）

> 撫戈金城外，解珮玉門中。白馬騰遠雪，蒼松壯寒風。臨涇方辨渭，
> 安夷始和戎。取禾廣田北，驅獸飛狐東。新城多雉堞，故市絕商工。
> 海西舟楫斷，雲南煙霧通。磬節疇盛德，宣力照武功。還飲漁陽水，
> 歸轉杜陵蓬。（范雲）

此和作，於限時、限題、限韻，限句之情況下爲之，自呈現類似之情調與風貌。謝朓和詩中，亦有奉和竟陵王、及和王融、沈約者，除見沈、王、謝、范四人當時出入竟陵西邸之頻繁外，亦知和作已成詩人競才耀藻之時風。然此期之和作並不嚴格規定要「和」韻，大多爲詩人有感而發之唱和。

（二）侍宴應詔（教）詩

沈約有十六首；王融有五首；謝朓有四首；蕭衍、任昉各二首；陸倕一首；范雲、蕭琛無。如沈約〈三日鳳光殿曲水宴應制〉及謝朓〈三日侍華光殿曲水宴代人應制〉等。觀此類詩題，知作者與君主王侯往來之密切及受重視之程度。

（三）同詠應詔（令）

沈約有十二首；王融有二首；謝朓有五首；任昉、蕭琛各一首；蕭衍、

〔註58〕見《全漢三國晉南北朝詩》之《全梁詩》，頁 1004；丁福保編，世界書局印，民國 67 年 10 月三版。

范雲、陸倕無。以〈同詠樂器〉、〈同詠坐上玩器〉、〈同詠坐上所見一物〉觀之，同坐席者有沈約、王融、謝朓、虞炎、柳惲等人，此爲其分題合詠之作，雖不能確知當時竟陵王是否加入，但以《南史》載「竟陵王子良嘗夜集學士，刻燭爲詩，四韻者則刻一寸，以此爲率」之景況推測，此類詠物詩即可能爲所謂「刻燭限韻」之詩，以其多爲五言八句，較符合當時作詩之客觀要求。而蕭衍〈清暑殿效柏梁體〉，七言十二句，人各一韻，乃效法漢武帝遊宴賦詩之風流韻事，由十二人合力完成。當時同座者有任昉、陸倕等人。

（四）酬答贈別

　　沈約、任昉各九首；王融有三首；謝朓有十七首；蕭衍六首；范雲十二首；陸倕二首；蕭琛二首。其中〈別蕭諮議詩〉，蕭諮議是指蕭衍，於永明九年任隋王鎮西諮議參軍，將離建康赴荊州，王融、任昉、蕭琛諸人夜集作詩餞別。茲舉王融詩如下：

> 徘徊將所愛，惜別在河梁。衿袖三春隔，江山千里長。寸心無遠近，
> 邊地有風霜。勉哉勤歲暮，敬矣事容光。山中殊未憚，杜若空自芳。
> （蕭諮議西上夜集詩）〔註59〕

又〈餞謝文學離夜詩〉亦屬同性質之作，指永明八年，謝朓自建康赴荊州，八友中沈約、范雲、王融、蕭琛皆作〈餞謝文學〉〔註60〕以表惜別之情：

> 漢地水如帶，巫山雲似蓋。瀚汩背吳潮，潺湲橫楚瀨。一望沮漳水，
> 寧思江海會。以我徑寸心，從君千里外。（沈約）

> 所知共歌笑，誰忍別笑歌。離軒思黃鳥，分渚蔓青莎。翻情結遠旆，
> 灑淚與行波。春江夜明月，還望情如何。（王融）

> 陽臺霧初解，夢渚冰裁綠。遠山隱不見，平沙斷還續。分絃饒苦音，
> 別唱多悽曲。爾拂後車塵，我事東皋粟。（范雲）

> 執手無還顧，別渚有西東。荊吳渺何際，煙波千里通。春篁方解籜，
> 弱柳向低風。相思將安寄，悵望南飛鴻。（蕭琛）

又如謝朓〈在郡臥病呈沈尚書〉，沈約亦答以〈酬謝宣城朓臥疾〉，此酬答贈別之作乃遊宴唱酬一類詩中最富情致者，有別於沈約〈藥名詩〉等遊戲之作。

　　其實南朝自宋文帝以來，即開始大事經營苑囿，除於元嘉二十三年（西

〔註59〕見丁福保編《全梁詩》，注曰：「古文苑作別蕭諮議」，頁787。
〔註60〕見洪順隆《謝宣城集校注》，頁342～344；臺灣中華書局印，民國58年10月初版。

元 446 年），增飾華林園外，又於覆舟山之南闢築樂遊苑。〔註61〕華林園位於宮城北部，覆舟山則位於城之東北。齊武帝時繼續修築，顯示國力之富盛。華林園爲六朝首都建康最主要之苑囿，其間殿宇之多，便爲君臣時常宴集之所，由前述遊宴唱酬之詩題及內涵得知，如沈約〈三日侍鳳光殿曲水宴應制〉、〈三日侍林光殿曲水宴應制〉及謝朓〈侍宴華光殿曲水奉敕爲皇太子作〉等。據《輿地志》載「其宮殿數多，舊來不用，乃取華林園以爲號。」〔註62〕而「樂遊苑」即四次出現於沈約詩題中，一次出現於任昉詩中。可見此類建築巧麗之宮殿，常爲八友賦詩寫作之素材。又位於建康城東之鍾山，以及城東南之方山，亦皆爲八友足跡所到之處，如沈約及王融有〈侍遊方山應詔〉；又沈約有〈遊鍾山詩應西陽王教〉、陸倕有〈和昭明太子鍾山解講〉等。

此外，由八友之樂府詩中，亦可見其文學活動之概況。如謝朓之〈永明樂十首〉，《南齊書・樂志》云：「永平樂歌者，竟陵王子良與諸文士造奏之。人爲十曲。」〔註63〕〈永明樂歌〉屬樂府雜曲，爲竟陵王及諸文士造作以上奏武帝者，蓋當時作歌者有多人，今惟傳謝朓、王融各十首，沈約一首。茲各舉一例：〔註64〕

> 燕駒遊京洛，趙服麗有暉。清歌留上客，妙舞送將歸。（謝朓）
> 幸哉明盛世，壯矣帝王居。高門夜不析，飲帳曉長舒。（王融）
> 聯翩貴遊子，侈靡千金客。華轂起飛塵，珠履竟長陌。（沈約）

詩中極盡歌頌京師歌舞昇平，人才濟濟之景象。

二、類書編纂

關於類書之編纂，實因晉、宋以來，文風之日趨典麗，鍾嶸《詩品序》云：

> 觀古今勝語，多非補假，皆因直尋。顏延謝莊尤爲繁密，於時化之。故大明泰始中，文章殆同書抄。近任昉王元長等，詞不貴奇，競須新事。爾來作者，浸以成俗。

又《南史・王摛傳》曰：

> 尚書令王儉，嘗集才學之士，總校虛實，類物隸之，謂之隸事，自

〔註61〕參劉淑芬《六朝時代的建康》，頁 42；臺大歷史博士論文，民國 71 年。
〔註62〕見《建康實錄》卷一二，頁 33。
〔註63〕見《南齊書》卷十一〈樂志〉，頁 196。此「永平樂」應即「永明樂」。參呂光華《南朝貴遊文學集團研究》，頁 156。
〔註64〕此據張溥《百三家集》。

此始也。儉嘗使賓客隸事多者賞之。事皆窮，唯盧江何憲爲勝，乃賞以五花簟、白團扇。憲坐簟執扇，容氣甚自得。摛後至，儉以所隸示之，曰：「卿能奪之乎？」摛操筆便成，文章既奧，辭亦華美，舉坐擊賞。……竟陵王子良，校試諸學士，唯摛問無不對。〔註65〕

「競須新事」即所謂「隸事」，此風導致抄書之盛行，遂使類書編纂成一積極之事業，如《南齊書》提及竟陵王大集學士抄五經、百家，乃此一風氣所致；然有關《四部要略》之編籍，則表明依《皇覽》例而作。《皇覽》乃曹丕爲魏文帝時，使文人學士纂輯之大部類書，據《三國志・楊峻傳》注引《魏略》，此書之抄集，自黃初、延康以來歷數歲始成，「合四十餘部，部有數十篇，通合八百餘萬字」。〔註66〕而《四部要略》既千卷之多，編纂成書必相當廢時廢力。可見當時西邸學士必傾全力於此，如《南齊書・陸慧曉傳》載：「（慧曉）轉司徒從事中郎，遷右長史。……子良於西邸抄書，令慧曉參知其事。」〔註67〕西邸抄書一事，八友史傳雖無明載，但其既爲子良上賓，且沈約、任昉等又多以藏書豐富著稱，見《梁書・王僧孺傳》：「僧孺好墳籍，聚書至萬餘卷，率多異本，與沈約、任昉家書相埒。」〔註68〕即使未躬親其事，亦必因爲文逞才用典之需而有所涉及；〔註69〕又《南齊書》子良本傳亦稱其對「士子文章及朝貴辭翰，皆發撰教錄」，知文集之編纂亦爲當時之盛事，如沈約有〈謝齊竟陵王教撰高士傳啓〉，雖《高士傳》於《隋志》並無著錄，但今傳〈高士贊〉可茲證實。另外，蕭琛於梁世亦曾自行抄集《皇覽抄》，〔註70〕惜今已亡佚。

三、考文審音

至於考文審音，《詩品序》云：

觀王公拍搢紳之士，每博論之餘，何嘗不以詩爲口實，隨其嗜欲，商榷不同。淄澠並泛，朱紫相奪；喧議競起，準的無依。近彭城劉

〔註65〕見《南史》卷四九，頁1213。
〔註66〕見《新校三國志注》上冊，卷二三，頁664；晉陳壽撰，宋裴松注，世界書局印，民國61年12月再版。
〔註67〕見《南齊書》卷四六，頁806。
〔註68〕見《梁書》卷三三，頁474。
〔註69〕參張氏〈齊竟陵王蕭子良「西邸」文士集團考略〉，頁443。
〔註70〕見《隋書・經籍志》卷三四，子部、雜家類〈皇覽條〉下註：「又有皇覽抄二十卷，梁特進蕭琛抄，亡。」，頁1009。

士章，俊賞之士，疾其淆亂，欲爲當世詩品，口陳標榜。

知文學批評之風，已於當時文士之交相論述中開展。而竟陵王集團最重要者，便爲聲律論之提出。〔註71〕而陳寅恪以爲「竟陵王子良大集善聲沙門於京邸，造經唄新聲，實爲當時考文審音之一大事。」〔註72〕八友中，沈約、王融、謝朓、范雲諸人，皆與永明聲律之提倡有關，而永明聲律與佛經轉讀、梵唄又有所關連，可見八友之文學活動必包括考文審音一事。此本論文二章五節已有詳析，茲不贅述。

又子良以集團主人之身分，躬行佛事，遊於其間之文士，焉有不效之理？如《南齊書》載齊文惠太子與竟陵王崇佛一事：

> （子良）又與文惠太子同好釋氏，甚相友悌。子良敬信尤篤，數於邸園營齋戒，大集朝臣眾僧，至於賦食行水，或躬親其事，世頗以爲失宰相體。勸人爲善，未嘗厭倦，以此終致盛名。〔註73〕

因邸園建有法雲寺，其東北又有棲玄寺，〔註74〕於此聚眾講經，可見佛寺更爲八友經常出入之所。茲不論彼此因興趣相投而互相吸引，抑或政局微妙而不得不然，總之奉佛、談佛、研佛，已是西邸文士之所務。且南朝自劉宋以後，清談之風未息，惟多以談義代玄言、玄談、清談之稱，與文學合稱「文義」，如《宋書・宗慤傳》云：「時天下無事，士人並以文義爲業」，〔註75〕及《南齊書・劉繪傳》云：「永明末，京邑人士盛爲文章談義，皆湊竟陵王西邸」，〔註76〕且其範圍已多擴及佛理。實東晉起，外來僧人爲與貴族交遊，即多潛習玄學，當時佛寺便爲玄學清談之重地。然由齊梁君主尚佛情形觀之，其談義之內容，必以佛事爲先，如沈約有〈佛知不異眾生知義〉、〈六道相續作佛義〉；王融有〈淨行頌〉三十一首等。故知研佛談義，乃八友文學性活動外，平日常研習之事。

〔註71〕參呂光華《南朝貴遊文學集團研究》，頁160。

〔註72〕見陳寅恪〈四聲三問〉，頁276；《清華學報》九卷2期。

〔註73〕見《南齊書》，頁700。

〔註74〕劉氏《六朝時代的建康》考證，建康佛寺之一「棲元寺」位於「覆舟山西南，雞籠山東北」，此「棲元寺」應指王融〈棲玄寺聽講畢遊邸園七韻應司徒教詩〉中之「棲玄寺」，頁158。

〔註75〕見《宋書》卷七六，頁1970。

〔註76〕見《南齊書》卷四八〈劉繪傳〉，頁841。

附表五　【八友遊宴唱酬詩題分類一覽表】〔註77〕

八　友	奉　和	侍宴應詔（教）	同詠應詔（令）	酬答贈別	連　句
沈約	*和竟陵王遊仙詩二首 *和竟陵王抄書 *奉和竟陵王郡縣名 *奉和竟陵王藥名 *奉和竟陵王經劉巘墓 *和左丞庾杲之病 *和陸慧曉百姓名 *和王中書德克詠白雲 *和劉雍州繪博山香鑪 *和劉中書仙二首 *和二衛軍解講	*侍皇太子釋奠宴 *爲南郡王侍皇太子釋奠宴二首 *三日侍鳳光殿曲水宴應制 *爲臨川王九日侍太子宴 *九日侍宴樂遊苑 *從齊武帝琅邪城講武應詔 *三日侍林光殿曲水宴應制 *侍宴樂遊苑餞呂僧珍應制 *正陽堂宴勞凱旋 *遊鍾山詩應西陽王教 *侍遊方山應詔 *樂將殫恩未已應詔 *侍宴謝朓宅餞東歸應制 *侍宴樂游苑餞徐州刺史應詔 *出重圍和傅昭 *憩郊園和約法師採藥	*應王中丞思遠詠月 *詠雪應令 *詠湖中雁 *庭雨應詔 *同詠樂器（詠箎） *同詠坐上玩器（詠竹檳榔盤） *詠新荷應詔 *聽蟬鳴應詔 *大言應令 *細言應令 *侍宴詠反舌 *詠梨應詔 *上巳華光殿詩	*酬謝宣城朓臥疾 *還園宅奉酬華陽先生 *酬華陽陶先生 *餞謝文學離夜 *酬孔通直邊懷蓬居 *送別友人 *去東陽與吏民別 *別范安成 *早行逢故人車中爲贈	*阻雪連句
總數	十六	十六	十二	九	一
王融	*和王友德元古意二首 *奉和竟陵王郡縣名 *遊仙詩五首 *和南海王殿下詠秋胡妻七首 *奉辭鎮西應教	*從武帝琅邪城講武應詔 *棲玄寺聽講畢遊邸園七韻應司徒教 *侍遊方山應詔 *移席琴室應司徒教	*詠幔 *詠琵琶	*餞謝文學離夜 *贈族叔衛軍 *別蕭諮議西上夜集詩	*阻雪連句遙贈和

〔註77〕本表主要依據《漢魏六朝百三家集》，再參照丁福保《全漢三國兩晉南北朝詩》及逯欽立輯校《先秦漢魏晉南北朝詩》，又依洪順隆《謝朓集校注》補訂。

	* 寒晚和何徵君點 * 奉和月下	* 抄眾書應司徒教			
總數	十二	五	二	三	一
謝朓	* 奉和竟陵過王同沈右率劉先生墓 * 和何議曹郊遊二首 * 和劉西曹望海臺 * 和宋記室省中 * 和王著作融八公山 * 和伏武山登孫權故城 * 夏始和劉潺陵 * 新治北窗和何從事 * 和王主簿季哲怨情 * 和徐都曹出新亭渚 * 和劉中書 * 和蕭中庶直石頭 * 和王長史臥病 * 和江丞北戍琅邪城 * 和沈祭酒行園 * 奉和隨王殿下十六首 * 和紀參軍服散得益 * 和王中丞聞琴	* 侍宴華光殿曲水奉敕為皇太子作 * 三日侍華光殿曲水宴代人應詔 * 三日侍宴曲水代人應詔 * 侍筵西堂落日望鄉	* 同詠樂器得琴 * 同詠坐上玩器得烏皮隱几 * 同詠坐上所見一物得席 * 離夜同江丞王常侍作 * 落日同何儀曹煦	* 答王世子 * 答張齊興 * 酬王晉安德元 * 郡內高齋閒望答呂法曹 * 別王丞僧儒 * 黍役湘州與宣城吏民別 * 贈王主簿二首 * 臨溪送別 * 答沈右率諸君餞別 * 暫使下都夜發新林至京邑贈西府同僚 * 在郡臥病呈沈尚書 * 新亭渚別范零陵雲 * 冬緒羈懷示蕭諮議虞田曹劉江二常侍 * 移病還園示親屬 * 送江水曹還遠館 * 送江兵曹檀主簿朱孝廉還上國	* 阻雪連句遙贈和
總數	三四	四	五	十七	一
蕭衍	* 和太子懺悔	* 戲作 * 戲題劉孺手板		* 答任殿中宗記室王中書別 * 答蕭琛 * 賜謝覽王暕詩 * 賜張率 * 覺意詩賜江革 * 送如安王方略入關	* 清暑殿效柏梁體 * 聯句詩
總數	一	二	○	六	二

范雲	* 奉和竟陵王郡縣名詩			* 古意贈王中書 * 贈張徐州稷 * 答句曲陶先生 * 貽何秀才 * 答何秀才 * 贈俊公道人 * 別詩 * 贈沈左衛 * 送沈記室夜別 * 送別 * 別詩 * 餞謝文學	
總數	一	○	○	十二	○
任昉	* 奉和登景陽山	* 九日侍宴樂遊苑 * 爲王嫡子侍皇太子釋奠宴	* 同謝朏花雪	* 贈王僧孺 * 答劉居士 * 贈郭桐廬出谿口見侯余既未至仍進村維舟久之郭生方至 * 答何徵君 * 贈徐徵君 * 答劉孝綽 * 答到建安餉杖 * 寄到溉 * 別蕭諮議	
總數	一	二	一	九	○
陸倕	* 和昭明太子鍾山解講	* 侍宴應令		* 以詩代書別後寄贈京邑僚友 * 贈任昉詩	
總數	一	一	○	二	○
蕭琛	* 和元帝詩		* 詠韝應詔	* 別蕭諮議前夜以醉乖例今晝由醒敬應教 * 餞謝文學	
總數	一	○	一		○

第五章　竟陵八友之文學觀念與主張

南朝乃文學之自覺階段，文壇彌漫一股唯美、浪漫文風，不論詩文創作或文學批評，皆竭力追求「新變」。齊梁竟陵八友爲永明文學最富盛名者，其聲律論之提倡，代表時人對詩文語言聲音美之追求達於極致；而沈約與任昉對歷代文學及文章起源，有其見解；又《顏氏家訓》所載沈約三易說，對詩歌創作亦有所助益，〔註1〕本節即一并討論之，並於末節略述八友文學主張對文學之影響。

第一節　聲律論

經由沈約等人之大力提倡，四聲八病之主張，成爲永明體文學運動之理論核心。欲了解何謂四聲八病，以及其如何成爲齊梁文士詩文創作之中心理論，理應從沈約諸人之論著中去探索。但因周顒之《四聲切韻》今已不傳，沈約之《四聲譜》亦已亡佚，而王融、謝朓等人又無相關之理論可供研究，今只得從沈約《宋書·謝靈運傳論》之文學觀念，以及《文鏡秘府論》所錄，〔註2〕或自相關史料，甚至後人研究中入手。茲分述四聲八病之內涵如下：

一、四聲

（一）何謂四聲

由《南史·陸厥傳》「將平、上、去、入爲四聲，以此制韻，不可增減，

〔註1〕 參許東海《永明體之研究──以沈約文論及其作品爲主》，頁268；政大中文博士論文，民國80年。

〔註2〕 沈約《四聲譜》已佚，有學者認爲《文鏡秘府論·天卷》中之《調四聲譜》即其遺文》。

世呼為永明體。」知四聲即平、上、去、入四聲調。然其理論基礎為何？有
關永明聲律之主張，沈約《宋書・謝靈運傳論》末段云：

> 若夫敷衽論心，商榷前藻，工拙之數，如有可言。夫五色相宣，八
> 音協暢，由乎玄黃律呂，各適物宜。欲使宮羽相變，低昂互節，若
> 前有浮聲，則後須切響。一簡之內，音韻盡殊；兩句之中，輕重悉
> 異。妙達此旨，始可言文。至於先士茂製，諷高歷賞，子建函京之
> 作，仲宣霸岸之篇，子荊零雨之章，正長朔風之句，並直舉胸情，
> 非傍詩史，正以音律調韻，取高前式。自《騷》人以來，多歷年代，
> 雖文體稍精，而此秘未睹。至於高言妙句，音韻天成，皆闇與理合，
> 匪由思至。張、蔡、曹、王，曾無先覺；潘、陸、顏、謝，去之彌
> 遠。世之知音者，有以得之，知此言之非謬。如曰不然，請待來哲。
> 〔註3〕

其「宮羽相變，低昂互節」、「若前有浮聲，則後須切響」、「一簡之內，音
韻盡殊；兩句之中，輕重悉異」數句，乃永明聲律論之總原則，意謂詩文
用字要注重聲音之高低變化及節奏之和諧悅耳。沈約以之作為衡量前人作
品工拙之一標準。〔註4〕另一段有關聲律論之重要資料，〈沈約答陸厥書〉
云：

> 宮商之聲有五，文字之別累萬。以累萬之繁，配五聲之約，高下低
> 昂，非思力所舉，又非止若斯而已也。十字之文，顛倒相配；字不
> 過十，巧歷已不能盡，何況復過於此者乎。靈均以來，未經用之於
> 懷抱，固無從得其彷彿矣。若斯之妙，而聖人不尚，何邪？此蓋曲
> 折聲韻之巧，無當於義訓，非聖哲立言之所急也。是以子雲譬之雕
> 蟲篆刻，云壯夫不為。
>
> 自古辭人，豈不知宮羽之殊，商徵之別？雖知五音之異，而其中參
> 差變動，所昧實多，故鄙意所謂此秘未睹者也。〔註5〕

書中言及「律呂」、「宮商五聲」，卻未提及「四聲」；「四聲」既為永明聲律之
重要理論，何以無一言及之者？馮承基認為可能為兩種心理作祟：一為慕

〔註3〕 見沈約《宋書》卷六七，頁1779。

〔註4〕 參王運熙、楊明合著之《魏晉南北朝文學批評史》，第二章〈南朝的文學批評〉，
　　　　頁227～228。

〔註5〕 〈沈約答陸厥書〉，原見於《百三家集・沈隱侯集》，頁2923；此據《中國歷
　　　　代文論選》上冊，頁181。

古，一爲自尊。慕古是因永明期間，美文方盛行，作者爲文，遣詞命字必力
求古雅，「四聲」爲當時之新創，自不爲古典作家所接受，故取「五聲」、「律
呂」等古色古香之名詞代之。而自尊乃因四聲爲摹擬當日轉讀佛經之三聲而
成，而轉讀佛經之三聲，又出自於印度，爲民族自尊起見，所以不願於文中
提及。〔註6〕有關自尊心理，馮氏乃根據陳寅恪〈四聲三問〉所推斷：

> 故中國文士依據及摹擬當日轉讀佛經之聲，分別定爲平上去之三
> 聲。合入聲共計之適成四聲。於是創爲四聲之說，並撰作聲譜，借
> 轉讀佛經之聲調，應用於中國之美化文。〔註7〕

陳氏所謂四聲，正所謂由周、沈等人發現之「平上去入四聲」。其產生乃因
中國本土音韻受到佛經翻譯、轉讀之影響，並對漢語拼音原理作出自覺反
應，致使漢語本身發生四聲分化之結果。且使其從文字審音之領域，過渡應
用於文學之創作。〔註8〕而據封演《聞見記》稱「周顒好爲體語，因此切字
皆有紐，紐有平上去入之異，永明中，沈約文詞精拔，盛解音韻，遂撰四聲
譜。」知四聲之所以能成爲一種系統建構，全在紐之建立，由於紐之使用，
使四聲說更具價值。紐之內容，究竟爲何，按《文鏡秘府論・天論》所載《調
四聲譜》云：

上去入配四方

東方平聲（平伻病別）　　南方上聲（常上常杓）

西方去聲（祛麩去刻）　　北方去聲（壬絋任入）

凡四字一紐，或六字總歸一入。

皇晃璜　鑊　禾禍和滂旁傍　薄　婆潑鏺

光廣珖　郭　戈果過荒光恍　霍　和火貨

上三字，下三字，紐屬中央一字，是故爲總歸一入。

四聲紐字，配爲雙聲疊韻如後

朗朗浪落　黎禮麗捩

剛硐鋼各　笄併計結

羊養恙藥　夷以異逸

鄉響向謔　奚篲咥纈

〔註6〕　參馮承基〈論永明聲律——四聲〉，頁 21；《中國文學史論文選集》二，羅聯
　　　　添編，學生書局，民國 72 年。

〔註7〕　見陳寅恪〈四聲三問〉，頁 276；《清華學報》九卷 2 期。

〔註8〕　見許東海《永明體之研究——以沈約文論及其作品爲主》，頁 83。

> 良兩亮略　離邐罸栗
> 張長悵著　知伽智室
>
> 凡四聲，豎讀爲紐，橫讀爲韻，亦當行下四字配上四字即爲雙聲，
> 若解此法，即解反音法。反音法有兩種，一紐聲反音，二雙聲反音，
> 一切反音有此法也。

以郎、朗、浪、落，平、上、去、入四聲自成一紐，與封演所載周顒之說相
符合。而「紐」之定義與雙聲（郎黎、良離）、疊韻（郎、剛、羊、鄉）字不
同，可見「紐」於當時爲一項創新，亦可視爲周顒當時整理文字之新方案，
由沈約加以沿襲、宣揚。〔註9〕

（二）沈約與甄琛之論四聲

因四聲是從轉讀佛經而來，不是於古有之，所以甄琛詆沈約「不依古典」，
其論辯見於劉善經〈四聲論〉：

> 魏定州刺史甄思伯，一代偉人，以爲沈約《四聲譜》，不依古典，妄
> 自穿鑿，乃取沈君少時文詠犯聲處以詰難之。又云：「若計四聲爲紐，
> 則天下眾聲無不入紐，萬聲萬紐，不可止爲四也。」〔註10〕

又引〈沈約答甄公論〉云：

> 昔神農重八卦，無不純立四象。象無不象，但能作詩，無四聲之患，
> 則同諸四象。四象既立，萬象生焉；四聲既調，群聲類焉。經典史
> 籍，唯有五聲，而無四聲。然則四聲之用，何傷五聲也？五聲者，
> 宮商角徵羽，上下相應，則樂聲和矣；君臣民事物，五者相得，則
> 國家治矣。作五言詩者，善用四聲，則諷詠而流靡；能達八體，則
> 陸離而華潔。明各有所施，不相妨廢。昔周孔所以不論四聲者，正
> 以春爲陽中，德澤不偏，即平聲之象；夏草木茂盛，炎熾如火，即
> 上聲之象；秋霜凝木落，去根離本，即去聲象；冬天地閉藏，萬物
> 盡收，即入聲象。以其四時之中含有其義，故不標出之耳。是以《中
> 庸》云：「聖人有所以不知，匹夫匹婦猶有所知焉。」斯之謂也。
>
> 〔註11〕

由前文論述，知甄琛非但不贊同沈約聲律論，抑且不清楚何謂四聲，因而挑

〔註9〕見許東海《永明體之研究——以沈約文論及其作品爲主》，頁88。
〔註10〕見《中國歷代文論選》上冊，頁183。
〔註11〕見《中國歷代文論選》上冊，頁185～186。

剔沈約年輕之作，未能遵守個人聲病避忌原則，而以「不依古典」批評之。此說實意氣之論，且犯以古論今之病，故沈約要予以辯駁。其以神農時代之四象比附四聲，以爲自古以來之自然音律，於四時中自然含有，故不特別標出。關於五聲，古時於政治教化之作用較大；至於四聲，若善用於詩文創作，則可增加文學作品諷詠之美感，與政教無關。沈約《四聲譜》曾以四聲配四方，此處又與四時相配，並嘗試用之摹擬四聲調值，如：「春爲陽中，德澤不偏，即平聲之象；夏草木茂盛，炎熾如火，即上聲之象；秋霜凝木落，去根離本，即去聲之象；冬天地閉藏，萬物盡收，即入聲之象。」或以此爲最早解釋四聲調值之文獻。〔註12〕

（三）沈約與陸厥之論音律

前述及甄琛詆沈約之「不依古典」，而沈約與陸厥之辯，乃因陸氏不滿沈氏之「獨得胸衿」。其〈與沈約書〉云：

> 范詹事自序：「性別宮商，識清濁，特能識輕重，濟艱難。古今文人多不全了斯處；縱有會此者，不必從根本中來。」沈尚書亦云：「自靈均以來，此秘未睹；或闇與理合，匪由思至。張蔡曹王，曾無先覺；潘陸顏謝，去之彌遠。大旨鈞使宮羽相變，低昂互（一作互）節，若前有浮聲，則後須切響。一簡之內，音韻盡殊；兩句之中，輕重悉異。」辭既美矣，理又善焉。

但觀歷代眾賢，似都不闇此，而云「此秘未睹」，近於誣乎？案范云「不從根本中來」，尚書云「匪由思至」，斯可謂揣情謬於玄黃，摘句差其音律也。范又云「時有會此者」，尚書云「或闇與理合」，則美詠清謳，有辭音調韻者，雖有差謬，亦有會合。推此以往，可得而言。夫思有合離，前哲同所不免；文有開塞，即事不得無知。子建所以好人譏彈，士衡所以遺恨終篇。既曰遺恨，非盡美之作。理可詆訶，君子執其詆訶，便謂合理爲闇。豈如指其合理，而寄詆訶爲遺恨邪？

自魏文屬論，深以清濁爲言；劉楨奏書，大明體勢之致。岨峿妥帖之談，操末續顛之說，興玄黃於律呂，比五色之相宣，苟此秘未睹，茲論爲何所指耶？故愚謂前英已早識宮徵，但未屈曲指的，若今論所申；至掩瑕藏疾，合少謬多，則臨淄所云「人之所述，不能無病」者也。非知之而不改，謂不改

〔註12〕參劉漢《〈文鏡秘府論〉六朝聲律說佚書佚文考〉，頁29；《師大國文學報》第20期，民國80年6月。

則不知，斯陸曹又稱竭情多悔，不可力彊者。今許以有病有悔爲言，則必自知無悔無病之地；引其不了不合爲闇，何獨誣其一合一了之明乎？意者亦質文時義，古今好殊，將急其情物，而緩於章句。情物，文之所急；章句，意之所緩，故合少而謬多。義兼於斯，必非不知明矣。〔註13〕

　　知陸厥大致針對沈約所言「自靈均以來，此秘未睹；或闇與理合，匪由思至。」之觀點發其端，並舉魏文帝曹丕之文氣說與劉楨之體勢說爲例，謂「苟此秘未睹，茲論爲何所指耶？」以反駁沈約「獨得胸衿」之說。依此，沈約答書辯解道：「自古辭人，豈不知宮羽之殊，商徵之別？雖知五音之異，而其中參差變動，所昧實多，鄙意所謂『此秘未睹』者也。」沈約同意陸氏之說，然強調自己更對歷來音律中之參差變動有所心得，因敢謂自己「獨得胸衿」。如王瑤〈隸事‧聲律‧宮體〉云：

> 以前人雖也講聲音的美，譬如陸機的文賦；但所言都是自然的音調，即鍾嶸所謂「清濁通流，口吻調利。」但到了沈約王融諸人，卻是有意地根據了音韻學的原則，來規定了許多，積極地應該符合，和消極地應該規避的規律。〔註14〕

王氏謂沈約以前爲「自然的音調」，之後才積極訂定規律且遵循之。此即羅根澤所謂「人爲音律」。〔註15〕而此「十字之文，顚倒相配」之人爲條律，則確爲沈約等所始創。

　　總前述，知甄琛與陸厥二人對沈約之批駁，其心態及立論並不相同，甄琛基本上不贊同聲律論，而陸厥則並未反對，觀其書信中言沈約所提之文學聲律見解爲「辭既美矣，理又善焉」，可見其肯定文學重聲律之主張；且據許氏之研究，陸厥本人現存之十五首詩作中，其形式亦頗能注重聲律之美。〔註16〕由於四聲爲一新理論，當時不能辨四聲者自亦不少，如梁武帝蕭衍之不識四聲，〔註17〕及鍾嶸《詩品》云「平上去入，余病未能」，而前述甄琛、陸厥與沈約之論辯，更是如此。

〔註13〕見〈陸厥與沈約書〉，原載於《南齊書》卷五二〈文學傳附厥傳〉，收於《中國歷代文論選》，頁180。

〔註14〕見王瑤《中古文學風貌》，頁95，上海：棠棣出版社，1953年六版。

〔註15〕參羅根澤《中國文學批評史》，魏晉六朝部分，頁189。

〔註16〕參許東海《永明體之研究——以沈約文論及其作品爲主》，頁315。

〔註17〕參本書二章五節〈一、四聲之提倡〉。

二、八病

八病之說，首見於宋王應麟《困學紀聞》引李淑《詩苑類格》云：

> 沈約曰：詩病有八，平頭、上尾、蜂腰、鶴膝、大韻、小韻、旁紐、
> 正紐。唯上尾、鶴膝最忌，餘病亦通。

然八病是否出於沈約，則尚無定論。因據鍾嶸《詩品》：「……至平上去入，
則余病未能，蜂腰鶴膝，閭里已具。」及《南史‧陸厥傳》：「約等爲文，皆
用宮商，將平上去入四聲，以此制韻；有平頭、上尾、蜂腰、鶴膝。」又封
演《聞見記》云：

> 沈約文詞精拔，盛解音律，遂傳四聲譜。文章八病，有平頭、上尾、
> 蜂腰、鶴膝。以爲自靈均以來，此秘未睹。〔註18〕

皆只言及平頭等四種病，故永明時是否已有八病之說，頗令人懷疑。〔註19〕
因此八病情形之複雜，實不下於四聲。如日僧遍照金剛之《文鏡秘府論‧西
卷》「文二十八種病」、「文筆十病得知」所論「八病」云：〔註20〕

> 第一平頭：「平頭詩者，五言詩第一字不得與第六字同聲；第二字不
> 　　　　　得與第七字同聲。同聲者，不得同平上去入四聲。犯者名
> 　　　　　爲犯平頭。」（引號內爲秘府論原文，下同）

> 第二上尾：「或名云崩病」。「上尾詩者，五言詩中第五字不得與第十
> 　　　　　字同聲，名爲上尾。」

> 第三蜂腰：「蜂腰詩者，五言詩中一句之中，第二字不得與第五字同
> 　　　　　聲；言兩頭粗，中央細，似蜂腰也。」

> 第四鶴膝：「鶴膝詩者，五言詩中第五字不得與第十五字同聲，言兩
> 　　　　　頭細，中央粗，似鶴膝也。」

> 第五大韻：「或名觸絕病」。「大韻詩者，五言詩若以『新』爲韻，上
> 　　　　　九字更不得安『人』『津』『鄰』『身』『陳』等字，既同其
> 　　　　　類，名犯大韻。」

> 第六小韻：「或名傷音病」。「小韻詩者，除韻以外，而迭有相犯者，
> 　　　　　名爲小韻病也。」

〔註18〕見封演《聞見記》，卷二〈聲韻條〉，頁329。
〔註19〕馮承基認爲八病不出於沈約，見其〈再論永明聲律——八病〉，頁112；《大陸雜誌》三十二卷4期。
〔註20〕參羅根澤《中國文學批評史》，第三篇〈魏晉六朝文學批評史〉所錄，頁196。

　　第七旁紐：「亦名大紐，或名爽切病」。「旁紐詩者，五言詩一句之中
　　　　　有『月』字，更不能安『魚』『元』『阮』『願』等之字。
　　　　　此既雙聲，雙聲即犯旁紐。」

　　第八正紐：「亦名小紐，或名爽切病」。「正紐者，五言詩『壬』『衽』
　　　　　『任』『入』四字爲一紐，一句之中已有『壬』字，更不
　　　　　得安『衽』『任』『入』等字。如此之類，名爲犯正紐之病
　　　　　也。」

由於齊梁人之論八病，皆未完整流傳，而唐宋以後之說，又頗有不一致處。
故《文鏡秘府論》所載，便爲後人研究沈約聲病理論之可貴資料。然此八病
是否即爲沈約舊說，則還有待商權。〔註21〕且八病之說，亦經後人多所修正。
較特別者，如蜂腰鶴膝二病，業經劉大白《舊詩新話‧八病正誤條》考證，
云：

　　蜂腰：第三字不得與第八字同聲。

　　鶴膝：第四字不得與第九字同聲。

此得出一圖如下：

1	2	3	4	5
平頭		蜂腰	鶴膝	上尾
6	7	8	9	10

　　經由此圖，清楚顯示，五言詩之一聯十字中，第一、二字與六、七字相
對，即平頭；第三字與第八字相對，即蜂腰；第四字與第九字相對（經修正
後），即鶴膝；第五字與第十字相對，即上尾。此論頗能自圓其說，亦有學者
表示贊同，〔註22〕但卻未被普遍接受。

　　關於八病，其平頭、上尾、蜂腰、鶴膝，乃屬聲調方面之病；大韻、小
韻、旁紐、正紐則爲聲母和韻母方面之病，其作用，爲一種消極之避忌原則。
若與《宋書‧謝靈運傳論》所述之調聲原則相參，知「宮羽相變，低昂互節」、
「前有浮聲，後須切響」、「兩句之中，輕重悉異」，大多指聲調問題而言，與
前四病有關；而「一簡之內，音韻盡殊」之聲、韻問題，則與後四病有關。
然據「四聲制韻」之原則看來，其應只關平頭等四種病，又依「五字之中，
音韻悉異；兩句之內，角徵不同，不可增減」（《南史‧陸厥傳語》），大抵以
兩句十字爲言，重點在於一句五字之中，此與《文二十八種病》引劉善經語

〔註21〕　參呂光華《南朝貴遊文學集團研究》，頁298。
〔註22〕　趙景深贊同此說，見《中國文學小史》，頁39；中新書局，民66年。

「韻、紐四病，皆五字內之瘕疵，兩句中則非巨疾，但勿令相對也。」又引「或曰」（一說乃《文筆式》之語）「凡小韻，居五字內急，九字內小緩。」〔註23〕說法不謀而合。則知永明體或以前四病爲主，而蜂腰、鶴膝在當時已普遍流傳，〔註24〕因此沈約等人所創者僅爲平頭、上尾二病。至於後四病，則至唐宋律體詩興起時，才受重視。

第二節　文學演變論

一、沈約論歷代文學

　　沈約於《宋書·謝靈運傳論》中，除論述聲律外，尚概括先秦至劉宋文學發展之歷史，對重要作家和文學現象加以評論。〔註25〕其曰：

> 民稟天地之靈，含五常之德，剛柔迭用，喜慍分情。夫志動于中，則歌詠外發，六義所因，四始攸繫，升降謳謳，紛披風什。雖虞夏以前，遺文不睹，稟氣懷靈，理無或異。然則歌詠所興，宜自生民始也。〔註26〕

以爲詩歌謠謳乃人之情感思想之外發，自有人類即已存在，此推斷詩歌當起源於遙遠之上古時代，如《宋書·樂志》云：

> 民之生，莫有知其始也。含靈抱智，以生天地之間。夫喜怒哀樂之情，好得惡失之性，不學而能，不知所以然而然者也。怒則爭鬥，喜則詠歌。夫歌者，固樂之始也。〔註27〕

又鍾嶸《詩品·序》云：

> 氣之動物，物之感人，故搖蕩性情，形諸舞詠。照燭三才，暉麗萬有，靈祇待之以致響，幽微藉之以昭告。動天地，感鬼神，莫近於詩。〔註28〕

〔註23〕參王運熙、楊明合著之《魏晉南北朝文學批評史》，第二章〈南朝的文學批評〉，頁240。

〔註24〕如《詩品》曰：「蜂腰鶴膝，閭里已具。」

〔註25〕見王運熙·楊明合著《魏晉南北朝文學批評史》，第二章〈南朝文學批評〉，頁247。

〔註26〕見《宋書》卷六七，頁1778。

〔註27〕見《宋書》卷一九，頁533。

〔註28〕見鍾嶸《詩品》，頁18；廖棟樑撰述，金楓出版社，民國75年12月初版。

皆同於《詩大序》：「詩者，志之所之也，在心爲志，發言爲詩。情動於中而形諸言，……」〔註29〕傳統之詩論。再者，沈約提出情文互用之論點，如：

> 周室既衰，風流彌著。屈平、宋玉，導清源於前；賈誼、相如，振芳塵於後，英辭潤金石，高義薄雲天。自茲以降，情志愈廣。王褒、劉向、揚、班、崔、蔡之徒，異軌同奔，遞相師祖。雖清辭麗曲，時發乎篇，而蕪音累氣，固亦多矣。若夫平子豔發，文以情變，絕唱高蹤，久無嗣響。至於建安，曹氏基命，二祖、陳王，咸蓄盛藻，甫乃以情緯文，以文被質。

其「平子豔發，文以情變」，曹氏二祖陳王「以情緯文，以文被質」，乃說明詩歌創作情文互用之原則：情爲主，而文爲賓，內容決定形式，形式爲內容而設。此略同於劉勰《文心雕龍‧情采篇》之言：

> 故情者，文之經，辭者，理之緯；經正而後緯成，理定而後辭暢，此立文之本源也。〔註30〕

又《南齊書‧文學傳論》曰：

> 文章者，蓋情性之風標，神明之律呂也。蘊思含毫，遊心內運，放言落紙，氣韻天成，莫不稟以生靈，遷乎愛嗜，機見殊門，嘗悟紛雜。〔註31〕

三者皆強調文章爲作者情志、情性之表現。於是沈約對屈原、宋玉、賈誼、司馬相如則給予極高之評價，尤其對張衡特別推崇。因張衡之詩賦不但文彩富豔，且情感鮮明，形式亦多樣。如〈四愁詩〉、〈定情賦〉等皆爲魏晉人模擬之對象，具有開創之意義。

> 自漢至魏，四百餘年，辭人才子，文體三變。相如巧爲形似之言，班固長於情理之說，子建、仲宣以氣質爲體，並標能擅美，獨映當時。是以一世之士，各相慕習。原其飆流所始，莫不同祖《風》、《騷》，徒以賞好異情，故意製相詭。〔註32〕

此標示由漢至魏文體之三變：一爲「形似之言」，二爲「情理之說」，三爲「以氣質爲體」。其推崇建安文學，與《文心雕龍》、《詩品》指出建安文學慷慨多氣、具有風力之特徵大體相同。有關沈約論述之動機，「顯然是以這幾位作家爲代

〔註29〕 見《詩經》，頁13；十三經注疏本，藝文印書館。
〔註30〕 見《文心雕龍注》卷七〈情采〉第三十一。
〔註31〕 見《南齊書》卷五二，頁907。
〔註32〕 見王運熙、楊明合著《魏晉南北朝文字批評史》，頁248。

表，企圖概括一時代文學創作的共同傾向。」〔註33〕至於「文體三變」之因，其歸結爲「賞好異情」，即文學好尙，審美情趣之不同。最後論及晉宋文學：

> 降及元康，潘陸特秀。律異班、賈，體變曹王；縟旨星稠，繁文綺
> 合。綴平臺之異響，採南皮之高韻。遺風餘烈，事極江右。有晉中
> 興，玄風獨振，爲學窮于柱下，博物止乎七篇。馳騁文辭，義單乎
> 此。自建武暨乎義熙，歷庫將百，雖綴響聯辭，波屬雲委，莫不寄
> 言上德，託意玄珠，遒麗之辭，無聞焉爾。仲文始革孫許之風，叔
> 源大變太元之氣。爰逮宋氏，顏、謝騰聲。靈運之興會標舉，延年
> 之體裁明密，並方軌前秀，垂範後昆。

蓋文學發展至此，已趨向「興會標舉」、「體裁明密」之形式主義道路。而沈約此論之意義，即在於較全面系統地論述先秦至晉宋之文學發展，並力求概括出某一時代文學創作之樣貌及其風格。其後蕭子顯《南齊書‧文學傳論》顯然承襲此法，而《文心雕龍》與鍾嶸《詩品》亦受其影響。〔註34〕

二、任昉論文章緣起

有別於沈約論詩歌起源於上古時代，任昉則視文章緣起於《六經》。儘管《文章緣起》作者問題尚有爭議，且其書在隋已亡，然任昉文集中，仍有〈文章緣起序〉一篇，論及文章起源與文體分類問題，頗值得參考。其序云：

> 六經素有歌詩書誄箴銘之類。《尚書》帝庸作歌，《毛詩》三百篇，《左
> 傳》叔向貽子產書，魯哀孔子誄，孔悝鼎銘，虞人箴，此等自秦漢
> 以來，聖君賢士沿著爲文章名之始。故因暇錄之，凡八十四題，以
> 新好事者之目云爾。〔註35〕

明確指出歌詩等諸體文章起源於《六經》，此與《文心雕龍‧宗經》之說相一致：

> 論說辭序，則《易》統其首；詔策章奏，則《書》發其源；賦頌歌
> 讚，則《詩》立其本；銘誄箴祝，則《禮》總其端；紀傳盟檄，則
> 《春秋》爲根。

〔註33〕見王運熙、楊明合著《魏晉南北朝文字批評史》，頁250。
〔註34〕據《宋書》卷一○○自序，沈約於齊武帝永明六年（西元488年）二月撰宋書
　　　畢。而蕭子顯生於西元489年，劉勰約生於永明至天監年間，鍾嶸撰《詩品》
　　　則於梁武帝天監十二年（西元513年）沈約卒後。依此推算，其三人或早已
　　　讀過沈約《宋書‧謝靈運傳論》。
〔註35〕見《百三家集‧任中丞集》，頁3079；又嚴可均編《全梁文》卷四四亦錄。

在此之前，晉人摯虞《文章流別論》已提及多種文體導源於《六經》。在此之後，顏之推《顏氏家訓‧文章》亦明確指出文章「源出五經」。後世論文體者多承此說。〔註36〕至於任昉將文體分為八十四類，由於性質相同者甚多，「嚴格言之，但析為十七類已可，而乃強畫為八十四類，殊嫌繁瑣，學者苦之，故未能常行焉」。〔註37〕

任氏之分類方法無論性質或內容，皆頗異於前後各家之文體論，《四庫全書》特糾其誤云：

> 今檢其所列，引據頗疏。如以表與讓表分為二類，騷與反騷別立兩體。……至於謝恩曰章，《文心雕龍》載有明釋，乃直以謝恩兩字為文章之名，尤屬未協。疑為依託。〔註38〕

羅根澤對此有所辨解：

> 四庫提要因其「引據頗疏」，謂「疑為依託」。其實這樣繁瑣的分類，任昉也不是不可能的。摯虞文章流別志論與李充翰林論已亡，其分類如何不可考；蕭統文選的分類是很繁瑣的，而且也頗多可議，則同時的任昉作出繁瑣可議的研究文體的書，也不算奇怪。〔註39〕

故文體流變本極複雜，分類要能面面俱到，尤屬不易，即如時人蕭統分文體為三十八類，亦為後人所詬病，〔註40〕至《文心雕龍》雖析文體為二十，但每體之中，又往往條舉綱目，可見文體要能條分縷晰，所費功夫實鉅。

第三節　沈約三易說

三易說之主張見於《顏氏家訓‧文章篇》所載，其云：

> 沈隱侯曰：「文章當從三易：易見事，一也；易識字，二也；易讀誦，三也。」邢子才常曰：「沈侯文章用事，不使人覺，若胸臆語也，深

〔註36〕見王運熙、楊明合著《魏晉南北朝文學批評史》，第二章〈南朝文學批評〉，頁265。

〔註37〕見張仁青《魏晉南北朝文學思想史》第八章〈魏晉南北朝之文學思想〉，頁670。

〔註38〕見《四庫全書總目》卷一九五，《集部‧詩文評類》，頁1780；中華書局，民國76年。

〔註39〕參羅根澤《中國文學批評史》，第三篇〈魏晉六朝文學批評史〉，頁176～177。

〔註40〕如章學誠《詩教下》論之云：「賦先於詩，騷別於賦。賦有問答發端，誤為賦序，前人之議《文選》，猶其顯然者也。……《文選》者，辭章之圭臬，集部之準繩，而淆亂蕪穢，不可殫詰」。收錄於《中國歷代文論選》上冊，頁298～299。

以此服之。」祖孝徵亦常謂吾曰:「沈詩云:『崖傾護石髓』,〔註41〕此豈似用事也?邢子才魏收俱有重名,時俗準的,以爲師匠。邢賞服沈約而輕任昉,魏愛慕任昉而毀沈約,每於談讌,辭色以之,鄴下紛紛,各有朋黨。祖孝徵嘗謂吾曰:「任沈之是非,乃邢魏之優劣也。」〔註42〕

知此乃沈約聲律說除外,另一重要文學主張,意在闡發孔子「辭達」之旨,當時不僅風行南朝,甚且遠及北朝。惜因不見於沈約文集,故重視程度不及聲律說。

所謂「易見事」者,即邢子才所言「用事不使人覺,若胸臆語也」,意謂用典宜戒生僻。時正當抄書風氣盛行,用典隸事頻繁,沈約此說既出,足爲時人當頭棒喝。竊以爲當時衝擊最大者應屬任昉,由上引顏氏「邢賞服沈約而輕任昉,魏愛慕任昉而毀沈約」之語,知沈、任二人當時必處對立之狀態,或文學主張之對立,或創作形態之不同,且據《南史》載任昉不滿時人「任筆沈詩」之評見得,其時詩歌體裁猶爲大宗,任昉因此深以爲憾,又《南史》亦謂昉「用事過多,屬辭不得流便。自爾都下士子慕之,轉爲穿鑿。」知「易見事」或針對任昉等人而發,因而造成北朝俱重名之邢子才、魏收等,各立朋黨,並互相攻詰。成楚望嘗撰文推闡沈氏之說曰:

> 三易之中,即以事之易見列爲首要。因文章貴在達意,儻因微引故實,而使讀者莫明底蘊,如墮五里霧中,豈不失掉撰述的意義。段成式在《酉陽雜俎》中謂:「燕公(張說)讀王勃〈益州夫子廟碑〉,自帝車至太甲四句(按原文爲「帝南南指,遁七曜於中階;華蓋西臨,藏五雲於太甲」),悉不解,訪之一公。一公言,北斗建午,七曜在南方,有是之祥,無位聖人當出。華蓋以下,卒不可悉。」用事如此冷僻,連博雅如張燕公都不甚了了,試問更從何處覓取「解人」。所以生僻和冷僻的典故,都不可用。〔註43〕

誠屬精當之論。又《梁書・王筠傳》云:

> 沈約於郊居宅造閣齋,筠爲草木十詠,書之於壁,皆直寫文詞,不加篇題。約謂人云:「此詩指物呈形,無假題署。」

〔註41〕沈約此詩句,今文集不見,但其〈游沈道士館詩〉有「朋來握石髓」一句,不知是否即指此,抑或別是一詩。

〔註42〕見顏之推《顏氏家訓》,錄於《中國歷代文論選上冊》,頁314。

〔註43〕見成楚望〈中國文學裏的用典問題〉,頁94;《東方雜誌》復刊一卷11期。

此正爲「易見事」之最佳說明。

　　所謂「易識字」者，言文章不用艱深詭異之字。〔註44〕如《文心雕龍・練字篇》云：

> 自晉來用字，率從簡易，時並習易，人誰取難。今一字詭異，則群句震驚，三人弗識，則將成字妖矣。後世所同曉者，雖難斯易，時所共廢，雖易斯難，趣舍之間，不可不察。

又云：

> 詭異者，字體瑰怪者也。曹攄詩稱：「豈不願斯遊，偏心惡㘤呶。」
> 兩字詭異，大疵美篇，況乃過此，其可觀乎。〔註45〕

劉氏極反對以怪字爲文，與沈約之說若合符節。

　　至於「易讀誦」，即指吟詠詩歌之聲律言。此蓋與其所倡聲律論相呼應，其目的即在求詩句讀誦時之「口吻調利」，進一步達聲情之美。此對「儷采百字之偶，爭價一句之奇」（《文心・明詩》）之晉、宋文風，無疑爲一項革新。又《南史・王曇首傳附筠傳》曰：

> （沈）約嘗啓上，言晚來名家無先筠者，又於御宴謂王志曰：「賢弟子文章之美，可謂後來獨步。謝朓常見語云：「好詩圓美流轉如彈丸」。近見其數首，方知此言爲實。〔註46〕

謝朓提出詩要圓美流轉之主張，亦是針對謝靈運以來「疏慢闡緩，膏肓之病，典正可採，酷不入情」〔註47〕詩風之新變。足見沈約三易說之提出，正如謝朓對詩「圓美流轉」風格之追求，即強調詩文之平易宛轉，實具有時代意義。

第四節　八友文學主張之影響

一、文學之新變

　　永明聲律提出之後，引起很大之回響，如本章一節所述沈約與甄、陸二人之論辯即是。又劉勰之《文心雕龍・聲律篇》，被視爲闡發永明聲律論之重要篇章，〔註48〕如：

〔註44〕見張仁青《魏晉南北朝文學思想史》，頁592。
〔註45〕見《文心雕龍・練字篇》。
〔註46〕見《南史》卷二二，頁609～610。
〔註47〕見《南齊書・文學傳論》，卷五二，頁908。
〔註48〕紀昀評述此篇云：「論聲病，盡詳於沈隱侯。」參《沈氏四聲考》，商務出版社。

> 凡聲有飛沈，響有雙疊。雙聲隔字而每舛，疊韻離句而必睽；沈則
> 響發而斷，飛則聲颺不還；並轆轤交往，逆鱗相比，迁其際會，則
> 往蹇來連。其爲疾病，亦文家之吃也。

范文瀾注云：「雙聲隔字而每舛，即八病中傍紐病也。」而《梁書‧庾肩吾傳》
云：

> 齊永明中，文士王融、謝朓、沈約，文章始用四聲，以爲新變，至
> 是轉拘聲韻，彌尚麗靡，復踰於往時。〔註49〕

知永明體爲齊梁文學之新變。有關永明體之興起，大陸學者吳光興曰：

> 是因爲當時風行天下的「謝靈運體」已瀕臨窮境，它的膏肓之疾就
> 是「闡緩」或曰「冗長」。表現在詩歌音節上，即指雙聲疊韻字連篇
> 累牘。〔註50〕

所謂雙疊字多，乃指一音拗口，以至展轉不斷，而有闡緩冗長之失。可見永
明體乃一詩體之革新運動，消極在避元嘉體之體盡排偶、語盡雕刻，且又繁
用典故之病，而積極要求五言詩兩句十字中，聲、韻、調之和諧。郭紹虞以
爲，齊梁間反切應用廣，雙聲疊韻之辨別逐嚴，再加上聲韻之著作既多，平
上去入之分析確定，才有所謂永明體之產生。〔註51〕

　　由於永明體爲詩文格律之創新，於文學史上難免褒貶不一。鍾嶸《詩品
序》云：

> 王元長創其首，謝朓、沈約揚其波。三賢或貴公子孫，幼有文辯。
> 于是士流景慕，務爲精密，襞積細微，專相陵架。故使文多拘忌，
> 傷其眞美。〔註52〕

一則表明詩文之合律與否，已爲當時文學批評標準之一；一則對永明聲律持
不苟同之態度。觀其分詩人等第，竟陵八友中之五人皆居於中下品，而對下
品王融之五言詩評爲「幾乎尺有所短」，可見永明體在其眼裏並非上選之作。
蕭綱〈與湘東王書〉論之曰：「比見京師文體，懦鈍殊常；淨學浮疏，爭爲闡
緩。玄冬修業，思所不得；既殊比興，正背風騷。」似乎正中鍾嶸所論之病。
以至隋李諤於文帝時，以當時文體輕薄，流宕忘反，上書曰：

〔註49〕見范文瀾《文心雕龍注》卷七〈聲律〉第三十三。
〔註50〕見吳光興〈蕭綱與中國中古文學〉，頁15；《文學評論》1991年第1期。
〔註51〕參郭紹虞《中國文學批評史》，頁142。
〔註52〕鍾嶸《詩品》置謝朓、范雲、任昉、沈約之詩於中品；王融居於下品。

> 江左齊梁，其弊彌甚：貴賤賢愚，唯務吟詠，遂復遺理存異，尋虛
> 逐微，競一韻之奇，爭一字之功；連篇累牘，不出月露形，積案盈
> 箱，唯是風雲之狀。〔註53〕

極力批評齊梁文風所造成之弊病。

　　然紀昀謂「齊梁文格卑靡，惟此學獨有千古」〔註54〕，即肯定永明體之
正面價值。范文瀾又云：「四聲之分，既已大明，用以調韻，自必有術。八病
苛細不可盡拘，而齊梁以後，雖在中才，凡有製作，大率聲律協和，文音清
宛，辭氣流靡，罕有挂礙，不可謂非推明四聲之功。」〔註55〕且此一理論既
出，經沈約等永明文士之大力提倡，風起雲湧，自爲一時風尚，影響後世之
文學創作甚鉅。而後代詩文韻律之建立，如所謂律體者，自是四聲確立後之
產物。因此四聲之發現，以及四聲之用於文學聲律方面，正是文學史上一重
要里程碑。〔註56〕而於長期發展過程中，四聲八病終於演變成唐代律詩之格
律，而律詩乃成爲我國古典詩歌之重要體裁，盛行詩壇達千餘年之久。〔註57〕
因此郭紹虞亦云：

> 明「永明體」之所謂聲病，然後知後世律詩之粘綴平側，即自此
> 出。不僅如此，即在文的方面，如唐文之漸成四六，亦未嘗不與
> 此有關。《文鏡秘府論》之論諸病，不單限於詩方面，也且舉賦頌
> 銘誄，以及各種雜筆爲例，可知聲病之說，實是駢文家所遵守的
> 音律。〔註58〕

知永明體對文學影響之深廣，即便如盛唐詩之格律已趨嚴整之際，李白詩中
仍有大量古近體詩之創作。而杜甫亦曾用心於六朝文學，譬如其批評同時詩
人，則每以六朝人物爲比擬。如稱張九齡云：「綺麗元暉擁，牋誄任昉馳。」
（八哀）稱孟浩然云：「賦詩何必多，往往凌鮑謝。」（遣興）稱岑參云：「謝
朓每篇堪諷誦。」（寄岑嘉州）且亦自稱「晚節漸於詩律細」（遣悶戲呈路十
九曹長），知永明聲病之細密，對其或有影響。

〔註53〕見隋李諤〈上隋高帝革文華書〉，收錄於《中國歷代文論選》上冊，頁326。
〔註54〕見《文心雕龍・聲律篇》評。
〔註55〕見范文瀾《文心雕龍注》卷七〈聲律〉第三十三。
〔註56〕參許東海《永明體之研究》，頁83。
〔註57〕參王、楊合著《魏晉北朝文學批評史》，頁242。
〔註58〕見郭紹虞《中國水學批評史》，頁151。

二、文筆之確立

廖宏昌認爲，聲律之講求，於「文筆說」有催化之功。〔註59〕其依劉勰之言：

> 今之常言，有文有筆，以爲無韻者筆也，有韻者文也。夫文以足言，
> 理兼詩書，別目兩名，自近代耳。〔註60〕

又據黃季剛之見：

> 文筆以有韻無韻爲分，蓋始於聲律論既興之後，濫觴於范曄謝莊，
> 而王融謝朓沈約揚其波。〔註61〕

提出文筆區分始於劉宋初年。〔註62〕而郭紹虞以爲，文、筆區分最早當始於晉，然其區分之點並不明確，至宋顏延之論其子之各得父風，謂「竣得臣筆，測得臣文」，〔註63〕則於文筆則分別言之。〔註64〕大致與廖氏見解同。蓋當時除「文筆」對稱之外，更有「辭筆」「詩筆」之稱，如《南史‧孔珪傳》云：「與江淹對掌辭筆；」〔註65〕《陳書‧岑之敬傳》云：「博涉文史，雅有辭筆；」〔註66〕此言辭筆之例。關於詩筆之分，如《南史‧沈約傳》云：「謝玄暉善爲詩，任彥昇工於筆；」〈任昉傳〉云：「時謂任筆沈詩；」而梁簡文帝〈與湘東王書〉亦稱謝朓、沈約之詩，任昉、陸倕之筆，爲文章冠冕，述作楷模。郭紹虞曰：

> 既稱詩筆，則只是有韻無韻之分別，而與文學性質無關。至於所謂
> 辭筆，則顧名思義，其含義似可較詩筆爲廣。〔註67〕

但此尙屬文筆說前期之論點，有韻無韻之辨仍依「腳韻」之有無而定，「其後期漸轉爲以句中文采聲律爲分，昭明太子蕭統發其凡，梁元帝蕭繹總其盛也。」〔註68〕譬如蕭統選文之標準爲：

> 至於記事之史，繫年之書，所以褒貶是非，紀別異同，方之篇翰，

〔註59〕見廖宏昌《六朝文筆說析論》，頁20；文大中文碩士論文，民國74年。
〔註60〕見《文心雕龍》卷九〈總術〉第四四。
〔註61〕見黃季剛《文心雕龍札記》。
〔註62〕參廖宏昌《六朝文筆說析論》，頁31。
〔註63〕見《宋書‧顏竣傳》，卷七五，頁1959。
〔註64〕參郭紹虞《中國文學批評史》，頁133～134。
〔註65〕見《南史》卷四九，頁1215。
〔註66〕見《陳書》卷三四，頁462；鼎文書局，民國64年3月初版。
〔註67〕見郭紹虞《中國文學批評史》，頁135。
〔註68〕參廖宏昌《六朝文筆說析論》，頁47。

> 亦已不同。若其讚論之綜輯辭采,序事之錯比文華,事出於沈思,
> 義歸於翰藻,故與夫篇什,雜而集之。〔註69〕

其「綜輯辭采,錯比文華,事出沈思,義歸翰藻」,誠昭明之特識,反映文學由質樸趨向於辭采之要求。此無疑爲聲律論之提倡下,對文學性質看法之轉變。比及梁元帝蕭繹,其對文學之認識,更被視爲文筆說之集大成,如《金樓子‧立言篇》云:

> 今之儒博窮子史,但能識其事,不能通其理者,謂之學。至如不便
> 爲詩如閻纂,善爲章奏如伯松,若此之流,汎謂之筆。吟詠風謠,
> 流連哀思者,謂之文。而學者率多不便屬辭,守其章句,遲於通變,
> 質於心用。學者不能定禮樂之是非,辯經教之宗旨,徒能揚榷前言,
> 抵掌多識,然而把源之流,亦足可貴。筆退則非謂成篇,進則不云
> 取義,神其巧惠,筆端而已。至如文者,惟須綺縠紛披,宮徵靡曼,
> 脣吻道會,情靈搖蕩。而古之文筆,今之文筆,其源又異。〔註70〕

由此可見,蕭繹視「情靈搖蕩,流連哀思」之抒情文爲「文」,稱「善爲章奏,守其章句」之論說文爲「筆」,且爲文須具「綺縠紛披,宮徵靡曼」之辭采及聲律之美。故文筆之義至此較前更爲明確。正如羅根澤言:

> 因爲文學觀念的漸趨於狹義的文學,由是不能列於狹義文學的作
> 品,別名爲「筆」,而有「文」「筆」之分。〔註71〕

則八友之聲律主張,實爲六朝文筆觀念趨向分立之重要關鍵。

〔註69〕見蕭統《文選序》,收錄於《中國歷代文論選》上冊,頁290。
〔註70〕見許德平《金樓子校注》卷四,頁 189～190;政大中文碩士論文,民國 58年。
〔註71〕見羅根澤《中國文學批評史》,頁148。

第六章　八友詩文之內涵與形式

　　中國文學發展至南朝，不僅文體日趨繁複，其內容亦逐漸擴充。如王次澄言南朝之詩歌「或歌功頌德、或懷遠思鄉、或悼亡傷別、或感時歎逝、或遊仙談玄、或企隱慕賢、或模山範水、或詠物擬古、或閨怨麗情，既承古調，復創新聲，使後之爲詩者，運思遣興，能達於無所不包之境地。」〔註1〕而齊梁竟陵八友之詩文，雖非時代之佼佼者，然亦相當可觀。在昭明太子所編《文選》中，即錄有沈約、謝朓、任昉、范雲、王融等人之詩文共二十七首（篇），陳徐陵《玉臺新詠》亦收有梁武帝、沈約、謝朓、王融、范雲、任昉之詩作一三一首，可見八友在當時亦饒富盛名。爲探析其詩文之內涵與形式，本章先於一節略述八友之詩文表現，再於二節綜析其題材內涵，並於三節探究其形式特色。

第一節　詩文概說

　　八友之文學，主要表現於詩、文兩大類。關於其詩體，因齊梁之際，多文人擬作，古詩與樂府已逐漸合流，分類並不嚴格，但明張溥所輯《漢魏朝百三家集》及逯欽立《先秦漢魏晉南北朝詩》，仍將詩與樂府分開。此據其分類，合計八友之詩文（參本論文第三章附表二所作之統計），其詩（子良除外）共三九七首，樂府共二五一首，其餘文體總括入文類，共五五四篇。八友於此各有所長，以下即分別概述之。

〔註1〕參王次澄《南朝詩研究》結語，頁394。

一、文類

　　八友之五百多篇文體中，有一些屬佛門教義之作，如沈約〈佛知不與眾生知義〉、武帝〈金剛般若懺文〉、及王融〈淨行頌〉三十一首等；另有一些非專爲文學目的而作，文學價值不高之敕、詔、制、疏、璽書、冊、令、檄等。除此之外，沈約之書、論、文；王融之序、文；謝朓之賦、牋、文；任昉之表、牋、行狀；陸倕之銘等，皆極具特色。如《文選》即選錄任昉雜文十六篇，沈約四篇，王融三篇，謝朓與陸倕各兩篇。

　　八友之賦作（見附表六）僅三十二篇，其中沈約十一篇，蕭衍四篇，王融二篇，謝朓九篇，任昉及陸倕各三篇，而范雲及蕭琛無。其產量不如雜文，且《文選》亦未選錄。然八友於賦作遣詞造句上之考究，則非其餘文體所能及之（詳下章）。

　　史傳稱任昉、陸倕二人「善屬文」，謂王融「博涉有文采」，三人實以能文著稱。其中王融深通音律，文辭辯捷，構思玄妙，措辭綰麗，以〈永明九年策秀才文五首〉，及〈永明十一年策秀才文五首〉最具代表，〔註2〕實《文選》所謂「事出沈思，義歸漢藻」者；其〈三月三日曲水詩序〉，以色澤豔麗，風骨峻峭，深得齊武帝之賞識，名重於時。而任昉，因其才雋，當時王公表奏，無不請爲代寫。鍾嶸謂其「善銓事理，拓體淵雅」（詩品語），如其〈百辟勸進今上牋〉、〈奏彈曹景宗〉等，皆表現出嫖姚激越，駿邁曲折之氣勢。〔註3〕另陸倕，則以其銘文辭義典雅有名。此外，沈約、謝朓雖詩名勝於文名，事實上，二人之文亦十分可觀，如陳松雄贊謝朓〈拜中軍記室辭隨王牋〉、〈齊敬皇后哀策文〉及〈齊明皇帝謚冊文〉等，爲清麗芊眠，音韻鏗鏘，極鋪采之能事，盡唯美之大觀。〔註4〕而沈約明音律之論，倡聲病之說，亦爲後世典範。然范雲與蕭琛，由於創作不多，於此則稍嫌遜色。

二、詩類

　　以《梁書‧沈約傳》載：「謝玄暉善爲詩，任彥昇工於筆，約兼而有之，」以致時人有「任筆沈詩」之稱，而昉卻「甚以爲病」看來，當時風氣乃以能「詩」爲高，因此八友之詩作，樂府除外，即有三九七首之多。而沈約及謝朓，以其詩作之豐，被稱爲永明文學之代表。依八友詩作題材分類（見附表

〔註2〕參陳松雄《齊梁麗辭衡論》，頁213：文史哲出版，民國75年。
〔註3〕參陳松雄《齊梁麗辭衡論》，頁333。
〔註4〕參陳松雄《齊梁麗辭衡論》，頁135。

七），知沈約工於詠物、蕭衍偏愛宮體、謝朓則擅長山水，其餘亦多環繞於遊仙、玄言、山水、行旅、詠物、宮體、贈答、傷別等題材中，顯然與切身生活息息相關。又沈約等人，力倡聲律之說，對當時詩歌格律之影響頗鉅，因此後世之謂南朝詩風追求形式、唯美，可於八友之詩作中，見其契機。

樂府發展至南朝，以清商曲辭為主，上承《詩經》與兩漢民歌之優良傳統，再加上江南之特殊地理環境，於是形成吳聲歌、西曲歌、神弦曲三種新聲曲調。梁時，武帝蕭衍改西曲製上雲樂七曲、江南弄七曲。而沈約有和江南弄四曲，格律與梁武帝原作同。〔註 5〕依八友現存樂府考察（附表八），任昉、陸倕、蕭琛三人未見有樂府作品留存，而吳歌、西曲除蕭衍與沈約仍存少許外，其餘並無此創作，亦未有神弦歌之著錄。想來民間樂府發展至此，已達高潮，「於是取前期民歌咀嚼之，消化之，或沿舊曲以譜新詞，或改舊曲而創新調」，〔註 6〕因此八友之樂府中，以擬古樂府最多，辭采內容多以豔麗色情為主，其對南朝宮體詩之發展，頗有影響；而形式方面，絕大部分之五言四句或七言四句小詩，則為後世律體詩之形成，奠定基礎。

【附表六】 八友之《文選》選文及其賦作一覽表〔註7〕

文體分類　八友名稱	題　名	
	賦	文
沈約	@郊居賦　　@愍塗賦　　@憫國賦 @麗人賦　　@傷美人賦　@擬風賦 @桐賦　　　@高松賦　　@愍衰草賦 @天淵水鳥賦 @反舌鳥賦	＊沈休文奏彈王源 ＊宋書謝靈運傳論 ＊恩倖傳論 ＊齊故安陸昭王碑文
	一一	四
蕭衍	@淨業賦　@孝思賦　@圍棋賦　@賦體	
	四	
王融	@風賦　@桐樹賦應竟陵王教	＊永明九年策秀才文五首 ＊永明十一年策秀才文五首 ＊三月三日曲水詩序
	二	三

〔註 5〕 參盧清青《齊梁詩探微》，頁 91；文史哲出版社，民國 73 年。
〔註 6〕 參蕭滌非《漢魏六朝樂府文學史》，頁 225；長安出版社，民國 70 年。
〔註 7〕 附表說明：一、畫 "@" 者，依據張氏《漢魏六朝百三家集》。二、畫 "$" 者，依據嚴氏《全上古三代秦漢六朝文》。三、畫 "＊" 者，乃昭明太子《文選》所錄，共二十七首。

謝朓	@酬德賦　　@思歸賦　　@遊後園賦 @臨楚江賦　@七夕賦　　@擬風賦 @高松賦　　@杜若賦　　@野鶩賦	※玄拜中軍記室辭隨王牋 ※齊敬皇后哀策文 @齊明皇帝諡冊文
	九	三
范雲		$為柳司空讓尚書令初表 $第二表 $除始興郡表
	○	三
任昉	@答陸倕知己賦　@靜思堂秋竹賦　@賦體	※宣德皇后令 ※天監三年策秀才文三首 ※為齊明帝讓宣城郡公第一表 ※為范尚書讓吏部封侯第一表 ※為蕭揚州薦表 ※為褚諮議蓁讓代兄襲封表 ※為范始興作求立太宰碑表 ※奉答敕示七夕詩啓 ※為卞彬謝脩卞忠貞墓表 ※啓蕭太傅固辭奪禮 ※奏彈曹景宗 ※到大司馬記室牋 ※百辟勸進今上牋 ※王文憲集序 ※劉先生夫人墓誌 ※齊竟陵文宣王行狀
	三	一六
陸倕	@感知己賦　@思田賦　@賦體	※石闕銘　※新漏刻銘
	三	二
蕭琛		$嗣君廟見議 $郎君緩杖密啓 $答釋法雲書難范縝神滅論
	○	三
合計	三二	三三

【附表七】　八友詩作題材分類一覽表〔註8〕

（甲）

題材分類 八友名稱	詩　題			
	遊　仙	玄言隱逸	山水遊覽	行旅仕宦
沈約	＊和竟陵王遊仙詩二首 ＊遊金華山 ＊赤松澗詩 ＊和劉中書仙詩二首 @前緩聲歌 @江蘺生幽渚 ＊和劉雍州繪博山香爐詩 ＊酬謝宣城朓詩	＃遊沈士道士館 ＊八關齋詩 ＊奉和竟陵王藥名詩 ＊和陸慧曉百姓名詩 ＃遊鍾山詩應西陽王教 ＊酬華陽陶先生 ＊華陽先生登樓不復下敬呈詩 ＊奉華陽王外兵詩 ＊和王衛軍解講	＊登高望春詩 ＊登北固樓詩 ＃宿東園詩 ＊行園詩 ＊侍遊方山應詔詩 ＊泛永康江 ＊石塘瀨聽猿詩 ＊登玄暢樓 ＃早發定山詩	＃新安江至清淺深見底貽京邑遊好詩 ＃早發定山詩 ＊循役朱方道路詩 ＊休沐寄懷詩 ＊登高望春詩
數目	十	九	九	五
蕭衍	＊遊仙詩 ＊上雲樂七曲	＊會三教詩 ＊和太子懺悔詩 ＊幻詩 ＊如炎詩 ＊靈空詩 ＊乾闥婆詩 ＊夢詩	＊首夏泛天地詩 ＊登北顧樓詩 ＊天安寺疏圃堂詩 ＊遊鍾山大愛敬詩	＊直石頭詩 ＊邊戍詩
數目	八	七	四	二
王融	＊遊仙詩五首	＊大慚愧門詩 ＊迴向門詩 ＊訶詰四大門詩 ＊在家男女惡門詩 ＊努力門詩	＊棲玄寺聽講畢遊邸園七韻應司徒教詩 ＊淥水曲 ＊後園作迴文詩	
數目	一	五	三	○
謝朓		＊和紀參軍服散得益詩	＊遊山詩 ＃遊敬亭山詩 ＊將遊湘水尋句詩	＃暫使下都夜發新林至京邑贈西府同僚 ＊懷故人詩

〔註8〕附表說明：一、此據逯氏《先秦漢魏晉南北朝詩》版本分類。二、畫 " ＃ " 號者，爲《文選》所錄。三、畫 " @ " 號者，爲樂府詩。四、謝朓〈別王丞僧儒詩〉，有一說爲王融作，今據洪順隆《謝宣城校注》，列爲朓作，見頁486。

			＃遊東田詩 ＊觀朝雨詩 ＊宣城郡內登望詩 ＊冬日晚郡事隙詩 ＊高齋視事詩 ＊落日悵望詩 ＊賽敬亭山廟喜雨詩 ＊和何議曹郊遊詩二首 ＊和劉西曹望海臺詩 ＊和王著作融八公山詩 ＊和伏武昌登孫權故城詩 ＊和劉中書繪入琵琶峽望積布磯詩 ＊和沈祭酒行園詩 ＊後齋迴望詩 ＊與江水曹至干濱戲詩 ＊往敬亭路中 ＊祀敬亭山春雨 ＃晚登三山還望京邑詩 ＊暫使下都夜發新林至京邑贈西府同僚 ＊直中書省詩 ＊和蕭中庶直石頭詩 ＊出下館詩 ＊還塗臨渚 ＊紀功曹中園 ＊閒坐 ＊和徐都曹出新亭渚詩 ＊新治北窗和何從事詩 ＊落日同何儀曹煦詩	＊始之宣城郡詩 ＃之宣城郡出新林浦向板橋詩 ＃休沐重還道中詩 ＃京路夜發詩 ＃晚登三山還望京邑詩 ＊始出尚書省詩 ＊侍宴西堂落日望鄉 ＊冬緒羈懷示蕭諮議虞田曹劉江二常侍詩

				＊和江丞北戍琅邪城詩 ＃休沐重還道中詩
數目	○	一	三四	十
范雲		＊建除詩	＊巫山高 ＊渡黃河詩 ＊登三山詩	＊之零陵郡次新亭詩
數目	○	一	三	一
任昉			＊奉和登景陽山詩 ＊泛長溪詩 ＊落日泛舟東溪詩 ＊濟浙江詩 ＊嚴陵瀨詩	
數目	○	○	五	○
陸倕			＊和昭明太子鍾山解講詩	
數目	○	○	一	○
蕭琛				
數目	○	○	○	○

（乙）

題材分類＼＼八友名稱	詩　題			
	詠　物	宮體閨怨	贈答酬賜	傷別哀挽
沈約	＊詠竹火籠 ＊應王中丞思遠詠月詩 ＊和王中書德詠白雲詩 ＊詠雪應令詩 ＊少年新婚爲之詠詩 ＊詠湖中燕詩 ＊庭雨應詔詩 ＊春詠詩 ＊詠篪詩 ＊詠竹檳榔盤詩 ＊詠簷前竹詩 ＊翫庭柳詩 ＊和劉雍州繪博山香爐詩	＊少年新婚爲之詠詩 ＊夢見美人詩 ＊日出東南隅行 ＊三婦豔 ＊洛陽道 ＊攜手曲 ＊夜夜曲 ＊四時白紵歌五曲 ＊團扇歌二首 ＊登高望春詩	＊贈沈錄事江水曹二大使詩 ＊贈劉南郡季連詩 ＊酬謝宣城朓詩 ＊早行逢故人車中爲贈詩	＊送別友人詩 ＊奉和竟陵王經劉瓛墓詩 ＊悼亡詩 ＃別范安成詩 ＊傷王融 ＊傷謝朓 ＊傷庾杲之 ＊王傷王諶 ＊傷虞炎 ＊傷李珪之 ＊傷韋景猷 ＊傷劉渢 ＊傷胡諧之 ＊餞謝文學離夜

	× 大言應令 × 細言應令 × 麥李詩 × 詠桃詩 × 詠青苔詩 × 領邊繡 × 腳下履 × 詠新荷應詔詩 × 聽蟬鳴應詔詩 × 詠笙詩 × 詠箏詩 × 詠山榴詩 × 詠餘雪詩 × 詠帳詩 × 侍宴詠反舌詩 × 寒松詩 × 詠孤桐詩 × 詠梧桐詩 × 園橘詩 × 詠梨應詔詩 × 西地梨詩 × 詠杜若詩 × 詠鹿蔥詩 × 詠甘蕉詩 × 詠菰詩 × 詠竹詩 × 八詠詩八首			
數目	四八	一五	四	一四
蕭衍	× 詠舞詩 × 詠燭詩 × 詠筆詩 × 詠笛詩 × 紫蘭始萌詩	× 代蘇屬國婦詩 × 古意詩二首 × 擣衣詩 × 織婦詩 × 芳樹 × 有所思 × 臨高臺 × 擬青青河畔草 × 擬明月照高樓 × 子夜歌二首 × 子夜四時歌（一 　六首） × 歡聞歌二首 × 團扇歌 × 碧玉歌 × 襄陽蹋銅鐵蹄 　歌三首 × 白紵辭二首 × 河中之水歌	× 贈逸民詩 × 賜謝覽王暕詩 × 賜張率詩 × 覺意詩賜江革 × 答蕭琛詩 × 貽柳惲詩	× 答任殿中宗記 　室王中書別詩 × 送始安王方略 　入關

		＊東飛伯勞歌 ＊江南弄七曲		
數目	五	四六	六	二
王融	＊和南海王殿下詠秋胡妻詩 ＊詠琵琶詩 ＊詠幔詩 ＊藥名詩 ＊星名詩 ＊奉和月下詩 ＊詠池上梨花詩 ＊詠梧桐詩 ＊詠女蘿詩 ＊四色詠 ＊離合賦物爲詠詠火 ＊雙聲詩 ＊春遊迴文詩	＊古意詩二首 ＊三婦豔詩 ＊芳樹	＊贈族叔衛軍儉詩 ＊雜體報范通直詩	＊蕭諮議西上夜集詩 ＊餞謝文學離夜詩
數目	一三	五	二	二
謝朓	＊詠風詩 ＊詠竹詩 ＊詠落梅詩 ＊詠牆北梔子詩 ＊詠薔薇詩 ＊詠蒲詩 ＊詠兔絲詩 ＊遊東堂詠桐詩 ＊詠鏡臺 ＊詠燈 ＊詠燭 ＊詠琴 ＊詠烏皮隱几 ＊詠席 ＊詠竹火籠 ＊詠鸂鶒	＊秋夜詩 ＊夜聽妓二首 ＊詠邯鄲故才人嫁爲廝養卒婦 ＊玉階怨	＊答王世子詩 ＊答張齊興詩 ＊酬王晉安德元詩 ＊郡內高齋閒望答呂法曹詩 ＊在郡臥病呈沈尙書詩 ＊贈王主簿詩二首	＊別王丞僧孺詩 ＊新亭渚別范零陵雲詩 ＊忝役湘州與宣城吏民別詩 ＊和別沈右率諸君詩 ＊離夜詩 ＊送江水曹還遠館詩 ＊送江兵曹檀主簿朱孝廉還上國詩 ＊臨溪送別詩
數目	一六	五	七	八
范雲	＊詠井詩 ＊悲廢井詩 ＊詠桂樹詩 ＊詠寒松詩 ＊園橘詩 ＊詠早蟬詩 ＊擬古四色詩 ＊四色詩四首 ＊數名詩 ＊州名詩	＊閨思詩 ＊登城怨詩	‡古意贈王中書 ‡贈張徐州稷詩 ＊答句曲陶先生 ＊貽何秀才詩 ＊答何秀才詩 ＊贈俊公道人詩 ＊贈沈左衛詩	＊餞謝文學離夜詩 ＊別詩 ＊送沈記室夜別詩 ＊送別詩 ＊別詩

數目	一三	二	七	五
任昉	* 同謝胐花雪詩 * 詠池邊桃詩 * 苦熱詩		* 贈王僧孺詩 * 答劉居士詩 ‡ 贈郭桐廬出谿口見侯余既未至郭仍進村維舟久之郭生方至詩 * 答何徵君詩 * 贈徐徵君詩 * 答劉孝綽詩 * 答到建安餉杖詩 * 寄到溉詩	* 別蕭諮議詩 * 出傳郡舍哭范僕射詩
數目	三	○	八	二
陸倕			* 以詩代書別後寄贈詩 * 贈任昉詩	
數目	○	○	二	○
蕭琛	* 詠韠應詔			* 餞謝文學 * 別蕭諮議前夜以醉乖例今晝由醒敬應教詩
數目	一	○	○	二

【附表八】　八友樂府詩體製分類一覽表〔註9〕

體製分類 八友名稱	樂府題			
	吳聲歌	西曲歌	擬江南謠	擬古樂府
沈約	＊團扇歌二首	＊襄陽蹋銅蹄歌三首	＊夜夜曲二首 ＊江南弄四首 　趙瑟曲 　秦箏曲 　陽春曲 　朝雲曲 ＊四時白紵歌五首 　春白紵 　夏白紵 　秋白紵 　冬白紵 　夜白紵 ＊永明樂 ＊江南曲 ＊釣竿 ＊臨碣石 ＊湘夫人 ＊貞女引 ＊樂未央	＊日出東南隅行 ＊昭君辭 ＊長歌行二首 ＊君子行 ＊從君行 ＊豫章行 ＊相逢狹路間 ＊長安有狹斜行 ＊三婦豔 ＊江蘺生幽渚 ＊卻東西門行 ＊飲馬長城窟 ＊擬青青河畔草 ＊梁甫吟 ＊君子有所思行 ＊白馬篇 ＊齊謳行 ＊前緩聲歌 ＊芳樹 ＊臨高臺 ＊洛陽道 ＊東武吟行 ＊怨歌行 ＊悲哉行 ＊攜手曲 ＊有所思
數目	二	三	一八	二六
蕭衍	＊子夜歌二首 ＊子夜四時歌（十六首） ＊歡聞歌二首 ＊團扇歌 ＊碧玉歌 ＊上聲歌	＊襄陽蹋銅噲歌三首 ＊楊叛兒	＊白紵辭二首 ＊江南弄七曲 ＊上雲樂七曲	＊芳樹 ＊有所思 ＊臨高臺 ＊雍臺 ＊長安有狹斜行 ＊擬青青河畔草 ＊擬明月照高樓 ＊閶闔篇

〔註9〕附表說明：
　　一、此據逯氏《先秦漢魏晉南北朝詩》版本分類。
　　二、范雲二首，逯氏原歸入詩類，但因《樂府詩集》亦選，故此列出，以茲對照。

				* 邯鄲歌 * 河中之水歌 * 東飛伯勞歌
數目	二三	四	一六	一一
王融			* 少年子 * 江皋曲 * 思公子 * 王孫遊 * 陽翟新聲 * 齊明王歌辭七首 * 永明樂十首	* 有所思 * 三婦豔詩 * 青青河畔草 * 同沈右率諸公賦鼓吹曲二首 巫山高 芳樹 * 臨高臺 * 望城門 * 法樂辭 * 奉和秋夜長
數目	○	○	二二	一○
謝朓			* 銅雀悲 * 玉階怨 * 金谷聚 * 王孫遊 * 永明樂十首	* 詠邯鄲故才人嫁爲廝養卒婦 * 同謝諮議詠銅爵臺 * 同王主簿有所思 * 隋王鼓吹曲十首 * 同沈右率諸公賦鼓吹曲二首 芳樹 臨高臺 * 同賦雜曲名 秋竹曲 曲池之水 $齊雩歌八首
數目	○	○	一四	二五
范雲				@巫山高 @當對酒
數目	○	○	○	二

第二節　題材內涵

　　歸納八友詩作常出現之題材，主要包括遊仙、玄言（隱逸）、山水（遊覽）、行旅（仕宦）、詠物、宮體（閨怨）、贈答（酬賜）、傷別（哀挽）等八類（詳前節附表七）。此僅爲約略之分類，正如劉漢初所言「把六朝詩分別歸類討論，並不意味著各種分類是絕對必然的，分類只不過是爲了方便討論而已。」〔註10〕而本節之用意，亦將以此八類，分別綜析八友之詩文內涵，期能掌握八友詩文之概貌。

一、遊仙

　　遊仙文學與中國神仙思想有密切關連，從《楚辭・離騷》、〈遠遊〉，漢司馬相如之〈大人賦〉，乃至民間樂府如〈豔歌行〉等，若非藉虛幻之神仙境地，以紓解苦悶，即極盡其享樂與逍遙。尤其魏晉以來，內憂外患頻仍，文人有感於生命之無常，遂藉助神仙思想，以求心靈之自適逍遙，〔註11〕郭璞〈遊仙詩〉即堪爲代表。其遊仙之作，雖存避世之消極思想，但亦表露不滿現實之情緒，與當時「理過其辭，淡乎寡味」之詩風不同；〔註12〕而詩境，亦由兩漢之寫實，進一步歌頌「滓穢塵網，鎦鉄纓綏，滄霞倒影，餌玉玄都」〔註13〕之虛無境界。因此《詩品》謂其「文體相輝，彪炳可玩，始變永嘉平淡之體。」而《文心雕龍・才略篇》亦稱：「景純豔逸，足冠中興。」至南朝宋鮑照〈代昇天行〉，其言「從師入遠嶽，結友事仙靈。五圖發金記，九籥隱丹經」，求仙方式由以往之訴諸想像，落實爲現世可見之修行；其風格，亦從漢魏之瑰麗閎肆漸趨於平穩嚴整，被視爲遊仙詩轉化之關鍵。〔註14〕此後南北朝之遊仙作品，風格大體沿此。

　　竟陵八友作品，亦有不少以「遊仙」爲題，抑或以遊仙爲主要內涵之詩作。〔註15〕如沈約有〈和竟陵王遊仙詩〉等十首；蕭衍有〈遊仙詩〉一首及

〔註10〕參劉漢初《六朝詩發展述論》前言，頁2；臺大中文博士論文，民國72年。
〔註11〕參姚振黎《沈約及其學術研究》，頁198。
〔註12〕參劉大杰《中國文學發展史》，頁280。
〔註13〕見《文選》李善解題，頁551；五南出版公司，民國80年。
〔註14〕參劉漢初《六朝詩發展述論》，頁87～89。
〔註15〕參王順隆《六朝詩論・試論六朝的遊仙詩》，頁103；文津出版社，民國67年。據王氏對六朝「遊仙詩」之統計，沈約有〈和竟陵王遊仙詩〉二首（王融、范雲同賦）、〈赤松澗〉一首；武帝有〈上雲樂〉七首、〈遊仙〉一首、〈昇

〈上雲樂〉七曲，後者為雜言體樂府詩；王融有〈遊仙詩〉五首；其餘則無。此期遊仙詩之描述手法及意涵，雖不出郭璞遊仙詩之外，但對仙景之描繪則更加細膩。例如：

> 天矯乘絳仙，螭衣方陸離。玉鑾隱雲霧，溶溶紛上馳。瑤臺風不息，赤水正漣漪。崢嶸玄圃上，聊攀瓊樹枝。（沈約　〈和竟陵王遊仙詩〉二首之一）

詩中仙境之虛幻縹緲，實令人心生嚮往。又沈約〈和竟陵王遊仙詩〉二首之二：

> 朝止閶闔宮，暮宴清都闕。騰蓋隱奔星，低鑾避行月。九疑紛相從，虹旌乍升沒。青鳥去復還，高唐雲不歇。若華有餘照，淹留且晞髮。

及王融〈遊仙詩〉五首之三：

> 命駕瑤池隈，過息嬴女臺。長袖何靡靡，簫管清且哀。璧門涼月舉，珠殿秋風迴。青鳥驚高羽，玉母停玉杯。舉手暫為別，千年將復來。

將遊仙之情態，充分表露。而武帝〈遊仙詩〉：

> 水華究靈奧，陽精測神祕。具聞上仙訣，留丹未肯餌。潛名遊柱史，隱跡居郎位。委曲鳳池日，分明柏寢事。蕭史暫徘徊，待我升龍轡。

則透過成仙之祕訣與仙藥，期待昇仙之可能，道教色彩十分濃厚。再如：

> 羽人廣宵宴，帳集瑤池東。開霞泛彩靄，澄霧迎香風。龍駕出黃苑，帝服起河宮。九疑輯煙雨，三山駆螭鴻。玉鑾乃排月，瑤軑信凌空。郎行獨玄漢，帝旆委曾虹。簫歌笑嬴女，笙吹悅姬童。瓊漿且未洽，羽轡已騰空。息鳳曾城曲，滅景清都中。隆祐集皇代，委祚溢華嵩。
>
> （沈約　〈前緩聲歌〉）

詩中述及仙人、仙景、仙藥，最後幻滅於現實。即表示雖歌頌仙人仙境，然理智上仍多懷疑，甚至指為虛妄，此乃魏晉以來一般文士之觀念，[註16]沈約等人亦不例外。

八友之文章中，此類題材不多，僅謝朓〈七夕賦〉，對月起興，並寓遊仙之情懷。如其賦曰：

> ……邁姮娥而擢質，凌瑤華而擅芳。厭白玉以為飾，霏丹霞而為裳。迴龍駕之容裔，亂鳳笙之淒鏘。騰燭光於西極，命二妃於瀟湘。載帝車而捐玦，凌天津而上翔。悵漢渚之夕派，忻河廣之既梁。臨瑤

仙篇〉一首；王融有〈遊仙詩〉五首等。

[註16] 姚振黎亦認為如此。參《沈約及其學術研究》，頁201～202。

席而宴語，綿含睇而蛾揚。嗟蘭夜之難永，泣會促而怨長。……故
鐘鼓聞而延予隱，白日沈而季後對。豈形氣之所求，亦理將其如昧。
君王壯思風飛，沖情雲上。……

文辭清新淡雅，涵意卻綿密幽深，陳松雄評其足與惠連〈雪賦〉、希逸〈月賦〉，
鼎足為三，先後輝映。〔註17〕

二、玄言

　　詩文中談玄說理，由魏晉始盛。如《宋書・謝靈運傳論》云：「在晉中興，
玄風獨盛，為學窮於柱下，博物止乎七篇。馳騁文辭，義殫乎此。自建武至
於義熙，歷載將百，雖比響聯辭，波屬雲委，莫不寄言上德，託意玄珠。遒
麗之辭，無聞焉爾。」〔註18〕又蕭子顯《南齊書・文學傳論》曰：「江左風味，
盛道家之言。郭璞舉其靈變，許詢極其名理，仲文玄氣，猶不盡除，謝混情
新，得名未盛。」〔註19〕當時如曹植〈玄暢賦〉、〈釋愁文〉、〈髑髏說〉，及嵇
康〈秋胡行〉、〈酒會詩〉、〈答二郭〉、〈與阮德如〉、〈述志詩〉等，詩文中明
顯含有老、莊、易之思想。而孫綽、許詢詩中更夾雜佛理。〔註20〕致《詩品》
評此期之詩風為「理過其辭、淡乎寡味」、「建安風力盡矣」。
　　時至南朝，不僅玄風未斷，佛學猶熾，而崇尚浪漫之老莊，亦助長道教
求仙採藥、鍊丹服食之思想。於是養生修道，遂為文士生活之一部分。而齊
梁文人之創作，其闡易、老，述佛理者，不在少數。八友之詩中，以沈約此
類題材最多，共有〈八關齋〉、〈遊沈道士館〉等九首；其次蕭衍有〈會三教
詩〉、〈和太子懺悔詩〉等七首；王融有〈大慚愧門詩〉、〈迴向門詩〉等五首；
謝脁有〈和紀參軍服散得益詩〉、范雲有〈建除詩〉各一首；任昉、陸倕、蕭
琛則無。其中呈現玄、道思想者有：

三清未可覿，一氣且存空。所願迴光景，拯難拔危魂。若蒙丸丹贈，
豈懼六龍奔。（沈約　〈酬華陽陶先生詩〉）

金液稱九轉，西山歌五色。鍊質乃排雲，濯景終不測。雲英亦可餌，
且駐羲和刀。能令長卿臥，暫故遇真識。（謝脁　〈和紀參軍服散得
益詩〉）

〔註17〕參陳松雄《齊梁麗辭衡論》，頁231；文史哲出版，民國75年。
〔註18〕見《宋書》，卷六七，頁1778。
〔註19〕見《南齊書》，卷五二，頁908。
〔註20〕參劉大杰《中國文學發展史》，頁239。

> 建國負東海，衣冠成營丘。除道梁淄水，結駟登之罘。滿座咸嘉友，
> 蘋藻絕時羞。平望極聊攝，直視盡姑尤。定交無恆所，同志互相求。
> 執手歡高宴，舉白窮獻酬。破琴豈重賞，臨濠寧再儔。危生一期露，
> 螻蟻將見謀。成功退不處，為名自此收。收名棄南馬，單步反蝸牛。
> 開渠納秋水，相土播春疇。閉門謝世人，何欲復何求。（范雲　〈建
> 除詩〉）

前二首顯然對道教之鍊丹、服食存有幻想，而後一首則有老、莊「功成身退」
（《老子》第九章）、「秋水時至，百川灌河」（《莊子‧秋水篇》）之胸襟與器
度。另外如：

> 因戒倦輪飄，習障從塵染。四衢道難闢，八正扉猶掩。得理未易期，
> 失路方知險。迷途既已復，豁悟非無漸。（沈約　〈八關齋〉）

> 少時學周孔，弱冠窮六經。孝義連方冊，仁恕滿丹青。踐言貴去伐，
> 為善存好生。中復觀道書，有名與無名。妙術鏤金版，真言隱上清。
> 密行貴陰德，顯證表長齡。晚年開釋卷，猶日映眾星。苦集始覺知，
> 因果乃方明。示教惟平等，至理歸無生。分別根難一，執著性易驚。
> 窮源無二聖，測善非三英。大椿徑億尺，小草裁云萌。大雲降大雨，
> 隨分各受榮。心想起異解，報應有殊形。差別豈作意，深淺固物情。
> （武帝　〈會三教詩〉）

> 玉泉漏向盡，金門光未成。繚繞聞天樂，周流揚梵聲。蘭湯浴身垢，
> 懺悔淨心靈。蔞草獲再鮮，落花蒙重榮。（同上　〈和太子懺悔詩〉）

即流露對佛理之嚮往與徹悟。

在文章方面，由於范縝盛稱無佛，以反對竟陵王之精信釋教，因而退論
其理，著〈神滅論〉，致引起沈約、陸倕、蕭琛等人群起攻之。范縝謂：「神
即形也，形即神也，是以形存則神存，形謝則神滅也。」沈約則著〈神不滅
論〉反駁云：「形既可養，神寧獨異，神妙形粗，較然有辨，養形可至不朽，
養神安得有窮？養神不窮不生不滅，始末相較，豈無其人，自凡及聖，含靈
異等。但事有精粗，故人有凡聖，聖既長存，在凡獨滅。本同末異，義不經
通大聖貽訓，豈欺我哉。」縝將形神比喻為：「神之於質，猶利之於刀，形之
於用，猶刀之於利，利之名非刀也，刀之名非利也。然則捨利無刀，捨刀無
利，未聞刀沒而利存，豈容形亡而神在。」沈約〈難范縝神滅論〉卻持不同
意見：「刀者唯刃，猶利非刃，則不受利名，故刀是舉體之稱，利是一處之目，

刀之與利，既不同矣，形之與神，豈可妄合。」而蕭琛則難曰：「夫刃之有利，砥礪之功，故能水截蚊螘，陸斷兕虎，若窮利盡用，必摧其鋒，鍔化成鈍。刃如此，則利滅而刀存，即是神亡而形在，何云捨利而無刃，名殊而體一邪？刃利既不俱滅，形神則不共亡，雖能近取譬，理實乖矣。」如此往復論辯數回，但終如《梁書‧范縝傳》所言：「子良集僧難之而不能屈。」據說武帝即位，曾命當代碩學答復范論，彼時作答者六十五人，均迎合武帝意旨，主張神不滅。〔註21〕此殆武帝以政治力量，施之於佛教之又一樁。

　　此外，亦從沈約〈與陶弘景書〉、〈齊禪林寺尼淨秀行狀〉、〈捨身願疏〉等，及蕭衍〈答陶弘景論書書〉、〈為亮法師製涅槃經疏序〉、〈捨道歸佛文〉等，見二人與道佛之淵源，以及最終之歸向。

三、山水

　　八友詩中，遊覽名山勝境，或走訪鄉里田舍者甚多。此類詩作，以模山範水為特點。「山水」一詞，狹義指自然界之山水，廣義則與風景、風物、物色、景物等詞義近似。〔註22〕詩歌描繪山水，其實起源甚早，然均為抒情敘事之需，非為主體。〔註23〕至宋初，一反魏晉盛行之遊仙、玄言，山水景物遂為元嘉詩歌之新變，如《文心雕龍‧明詩篇》云：「宋初文詠，體有因革，莊老告退，而山水方滋。」此時以謝靈運之山水詩，最富盛名。其山水詩有一井然之推展次序，即記遊、寫景、興情、悟理。〔註24〕如〈登江中孤嶼〉：

　　　江南倦歷覽，江北曠周旋。┐
　　　懷新道轉迥，尋異景不延。┘── 記遊
　　　亂流趨正絕，孤嶼媚中川。┐
　　　雲日相輝映，空水共澄鮮。┘── 寫景
　　　表靈物莫賞，蘊真誰為傳。
　　　想像崑山姿，緬邈區中緣。　　 興情
　　　始信安期術，得盡養天年。──── 悟理

可見所謂山水詩，並非全篇皆描摹山水，尚包涵人與大自然彼此間之觀照。如王國瓔言，「一首詩之所以能界定其為山水詩，就是在於其中山水形象之摹

―――――――――――

〔註21〕參姚振黎《沈約及其學術研究》，頁208。
〔註22〕參姚振黎《沈約及其學術研究》，頁209。
〔註23〕參王次澄《南朝詩研究》，第三章四節，頁145。
〔註24〕參林文月《中國山水詩的特質》，收入氏著《山水與古典》，頁49～50。

擬是否爲其創作的主要目的，以及詩人和山水之間是否達到了一定程度的融
洽關係。」〔註25〕因此王瑤之以爲山水詩由玄言詩衍變而來，〔註26〕殆因詩
人悟出「山水以形媚道」〔註27〕之理，於是逐漸擺脫抽象之玄思，直接以山
水實象來闡明。〔註28〕

八友之山水作品以謝朓居多，大約有三十四首。〔註29〕其〈遊山〉云：

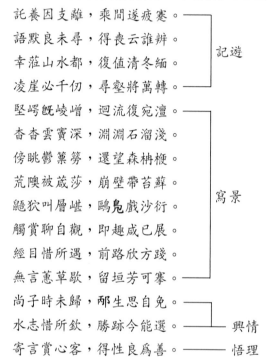

託養因支離，乘間遂疲寒。 ┐
語默良未尋，得喪云誰辨。 ├ 記遊
幸莅山水都，復值清冬緬。 │
凌崖必千仞，尋壑將萬轉。 ┘
堅崿既崚嶒，迴流復宛澶。 ┐
杳杳雲竇深，淵淵石溜淺。 │
傍眺鬱篔簹，還望森柟楩。 │
荒隩被蒇莎，崩壁帶苔蘚。 ├ 寫景
黽狖叫層嶔，鷗鳧戲沙衍。 │
觸賞聊自觀，即趣咸已展。 │
經目惜所遇，前路欣方踐。 │
無言蕙草歇，留垣芳可搴。 ┘
尚子時未歸，邴生思自免。 ┐
水志惜所欽，勝跡今能選。 ┴ 興情
寄言賞心客，得性良爲善。 ── 悟理

此詩之布局結構乃模倣謝靈運之山水詩，而寫景用筆十分細膩，與另一首〈遊
敬亭山〉之筆法十分神似：

茲山互百里，合沓與雲齊。隱淪既已託，靈異居然棲。上干蔽白日，
下屬帶迴溪。交藤荒且蔓，樛枝聳復低。獨鶴方朝唳，飢鼯此夜啼。

〔註25〕見王國瓔《中國山水詩研究》，頁 298；聯經出版事業公司，民國 75 年。
〔註26〕參王瑤〈玄言・山水・田園〉，收入《中國文學風貌》，頁 59～63；上海：堂
棣出版社，1953 年六版。
〔註27〕宗炳〈畫山水序〉之語。見《全宋文》卷二十頁 8 下。
〔註28〕參王國瓔《中國山水詩研究》，頁 144。
〔註29〕詳前節附表七之統計。又林文月〈中國山水詩的特質〉附記謝朓現存一四二
首詩中，山水詩有三十四首（收入氏著《山水與古典》頁 61）；及盧清青《齊
梁詩探微》亦曰：「據郝立權謝宣城詩註所作的統計，在現存的一百四十二首
詩中，山水詩便佔有三十四首之多。」頁 58。

潨雲已漫漫，夕雨亦淒淒。……

詩中皆極盡描繪之能事。而其〈將遊湘水尋句溪〉：

既從凌陽釣，挂鱗聆亦蜎。　┐
方尋桂水源，謁帝蒼山垂。　├ 記遊
辰哉且未會，乘景弄清漪。　┘

瑟汩瀉長淀，潺湲赴兩岐。　┐
輕蘋上靡靡，雜石下離離。　│
寒草分花映，戲鮪乘空移。　├ 寫景
興以暮秋月，清霜落素枝。　┘

魚鳥余方歑，纓綏君自靡。　┐
及茲暢懷抱，山川長若斯。　┴── 興情

結構亦同於謝靈運，但末尾以情感作結，多一分清幽閒逸之山水情懷。其餘如〈遊東田〉、〈晚登三山還望京邑〉、〈和劉西曹望海臺〉、〈與江水曹至干濱戲〉諸詩，則多從意境上用力。〔註30〕

除謝朓外，沈約以描繪山水為主者有九首；蕭衍四首；王融、范雲各三首；任昉五首；陸倕一首；蕭琛無。茲各舉一例如下：

嗷嗷夜猿鳴，溶溶晨霧合。不知聲遠近，惟見山重沓。既歡東嶺唱，復佇西巖答。（沈約　〈石塘瀨聽猿〉）

薄遊朱明節，泛漾天淵池。舟檝互容與，藻蘋相推移。碧芷紅菡萏，白沙青連漪。新波拂舊石，殘花落故枝。葉軟風易出，草密路難披。（蕭衍　〈首夏泛天地〉）

道勝業茲遠，心閒地能鄰。桂橑鬱初裁，蘭墀坦將闢。虛檐對長嶼，高軒臨廣液。芳草列成行，嘉草紛如積。流風轉還邅，清煙泛喬石。日汨山照紅，松映水華碧。暢哉人外賞，遲遲眷西夕。（王融　〈棲玄寺聽講畢遊邸園七韻應司徒教詩〉）

昧旦乘輕風，江湖忽來往。或與歸波送，乍逐翻流上。近岸無暇目，遠峰更興想。綠樹懸宿根，丹崖頹久壤。（任昉　〈濟浙江〉）

終南臨漢關，高掌跨周京。復此虧山嶺，穹窿距帝城，當衢啟珠館，臨下搆山楹。南望窮淮澈，北眺盡滄溟。步簷時中宿，飛階或上征。網戶圖雲氣，甕室畫仙靈。副君憐世網，廣命粹人英。道筵終後說，

〔註30〕參劉漢初《六朝詩發展述論》，頁264。

鑾響出郊坰。雲峰響流吹，松野映風旌。睿心嘉杜若，神采茂琳瓊。

多謝先成敏，空頒後乘榮。（陸倕　〈和昭明太子鍾山解講〉）

觀沈約及蕭衍二詩，充分流露賞愛歡愉之情，其以純粹玩賞之態度遊覽山水，幾與宮廷遊宴同調，亦與詠物手法接近；〔註31〕任昉此詩之閒逸略同於蕭衍；而王融與陸倕描繪山水之布局與氣勢，則與謝朓類似。

　　文章方面，以沈約〈郊居賦〉：「其水草則蘋萍芡芰，菁藻兼菰，石衣海髮，黃荇綠蒲。動紅荷於輕浪，覆碧葉於澄湖。湌嘉實而卻老，振羽服於清都。其陸卉則紫蘥綠葹。天著山韭，雁齒麋舌，牛脣彘首，……」描摹細膩，用詞艱澀。而謝朓〈遊後園賦〉：「積芳兮選木，幽蘭兮翠竹上。蕪蕪兮蔭景下，田田兮被谷。左蕙畹兮彌望，右芝蘭兮寫目。……」則以楚辭體之句式及較小之篇幅，展現清新之意象。

四、行旅

　　《文選》所選八友之「行旅」詩，有沈約〈早發定山〉、〈新安江水至清淺深見底貽京邑遊好〉及謝朓〈之宣城出新林浦向板橋〉、〈敬亭山詩〉、〈休沐重返丹陽道中〉、〈晚登三山還望京邑〉、〈京路夜發〉等，此類作品主要描寫旅途之情境或遊宦客居之心情。然其遊宦途中必經歷山水，因此詩中亦多山水佳句。一般說來，「山水詩」是以山水為主體，抒情為客體；而「行旅詩」之山水則退居客體之地位。如沈約此類詩有五首，其〈新安江水至清淺深見底貽京邑遊好〉：

眷言訪舟客，茲川信可珍。

洞徹隨清淺，皎鏡無終春。

千仞寫喬樹，百丈見遊鱗。——寫景

滄浪有時濁，清濟固無津。

豈若乘斯去，俯映石磷磷。

紛吾隔囂滓，寧假濯衣巾。

願以潺湲水，霑君纓上塵。

以《楚辭・漁夫》：「滄浪之水濁，可以濁我足；滄浪之水清，可以濯我纓。」之孤高意象為主要意涵，大有孤注一擲，堅定不悔之意。而中間四句寫景部分則退居陪襯地位。但謝朓因其仕宦之不定，赴新任、去舊職之間，增加行

〔註31〕參王國瓔《中國山水詩研究》，頁220～226。

旅之機會，故詩中山水與遊宦生涯共詠之詩作約有十首，爲八友中最多者，其「一方面賞愛山水之美，一方面又把主觀之情藏在客觀的山水中，藉山水來表現，詩人與山水的關係是既相對又相容」，〔註32〕此不同於謝靈運客觀描述之山水詩，亦不純粹抒情，因而呈現情景交融之現象，故難以前述原則明顯畫分。如〈暫使下都夜發新林至京邑贈西府同僚〉：

大江流日夜，客心悲未央。	
徒念關山近，終知返路長。	
秋河曙耿耿，寒渚夜蒼蒼。	寫景（含情）
引領見京室，宮雉正相望。	
金波麗鳷鵲，玉繩低建章。	
驅車鼎門外，思見昭秋陽。	
馳暉不可接，何況隔兩鄉。	
風雲有鳥路，江漢限無梁。	抒情（藉景）
常恐鷹隼擊，時菊委嚴霜。	
寄言蔚羅者，寥落已高翔。	

此詩乃謝朓永明十一年（西元 492 年），於荊州隨王府被讒敕回建康所作，因此詩中流露極端之恐懼與不安。其中不僅寫景含情，並藉景抒情，使情景渾然爲一。此種既歸山水，又屬行旅之詩，尚有二首。如〈晚登三山還望京邑〉：

灞涘望長安，河陽視京縣。	
白日麗飛甍，參差皆可見。	
餘霞散成綺，澄江靜如練。	寫景
喧鳥覆春洲，雜英滿芳甸。	
去矣方滯淫，懷哉罷歡宴。	
佳期悵何許，淚下如流霰。	抒情
有情知望鄉，誰能鬒不變。	

及〈休沐重返丹陽道中詩〉云：

薄遊第從告，思閒願罷歸。	
還邛歌賦似，休汝車騎非。	抒情（藉景）
灞池不可別，伊川難重違。	

〔註32〕參王國瓔《中國山水詩研究》，頁 184。

汀葭稍靡靡，江茭復依依。┐
田鵠遠相叫，沙鴇忽爭飛。├ 寫景
雲端楚山見，林表吳岫微。┘
試與征徒望，鄉淚盡沾衣。┐
賴此盈樽酌，含景望芳菲。│
問我勞何事，霑沐仰清徽。├ 抒情（藉景）
志狹輕軒冕，恩甚戀閨闈。│
歲華春有酒，初服偃郊扉。┘

前首抒情與寫景並重，而後一首則抒情比例大於寫景，其描寫歸途之景致，如汀葭、江茭、田鵠、沙鴇等，既熟悉又陌生，想諸年飄泊，無非為著功名；但明知如此，內心卻又割捨不下。如同〈之宣城郡出新林浦向板橋〉：「既歡懷祿情，復協滄洲趣」，將士子遊宦倦罷，徘徊去就之矛盾心理，展現得淋漓盡致。而其「大江流日夜，客心悲未央」及「餘霞散成綺，澄江靜如練」（晚登三山還望京邑）、「天際識歸丹，雲中辨江樹」（之宣城郡出新林浦向板橋）等千古名句，正鍾嶸所謂：「一章之中，自有玉石，然奇章秀句，往往警遒。」（詩品）

另蕭衍有關此類詩二首，范雲一首；其意涵則不如沈、謝二人深刻。其餘文體，則少此類題材之表現。

五、詠物

劉漢初《六朝詩發展述論》提要云：

齊梁詠物詩是貴遊文學集團的產物，建安文人的詠物詩賦實為其濫觴。這種詩多因娛樂遊戲而作，作者不重視情志寄託，因此更講究形式之美。……

觀八友之作，詠物題材確佔多數。彼此藉文會「分題製作」或「合詠數物」，其含有娛樂與競藝等性質，劉氏認為此乃詠物詩之高潮，沈約、謝朓、王融則為推波助瀾之重要人物。〔註33〕彼等有針對某一範圍內物件分題創作之詩，如謝朓〈同詠樂器〉，題下注曰：「王融詠琵琶，沈約詠箎。」、〈同詠坐上所見一物〉，題下註云：「柳惲詠同，王融詠幔，虞炎詠簾。」〈同詠坐上玩器〉，題下註云：「沈約詠竹檳榔盤。」此「同」乃「同時」之意，與酬和不

───────────────

〔註33〕見劉漢初《六朝詩發展述論》，第五章〈詠物詩〉，頁302。

同，每首詩各有其主題。茲舉三人之〈同詠樂器〉爲例：

> 洞庭風雨幹，龍門生死枝。雕刻紛布濩，沖響鬱清危。春風搖蕙草，
> 秋月滿華池。是時操別鶴，淫淫客淚垂。（謝朓〈詠琴〉）
>
> 抱月如可明，懷風珠復清。絲中傳意緒，花裏寄春情。掩抑有奇態，
> 淒鏘多好聲。芳袖幸時拂，龍門空自生。（王融〈詠琵琶〉）
>
> 江南蕭管地，妙音發孫枝。殷勤寄玉指，含情舉復垂。雕梁再三繞，
> 輕塵四五移。曲中有深意，丹誠君詎知。（沈約〈詠箎〉）

謝朓由琴之材質、雕刻寫起，以至聲音與琴心結合，甚而與外景交融，既賦物又寫情，爲標準之詠物詩。而王、沈二人則偏重樂聲流轉及彈奏者之情態，爲客觀之描寫。〔註34〕

　　餘如沈約〈詠雪應令〉、〈詠新荷應詔〉、〈侍宴詠反舌〉、〈詠梨應詔〉，及蕭琛〈詠鞞應詔〉等題爲「應詔」或「應令」之詩，乃特別場合之特定製作；而〈阻雪聯句遙贈和〉，則爲謝朓、王融、沈約等數人合作之五言聯句詩，可見貴遊文士集會賦詠之事實。而後詠物作風並蔓延至彼此相互之酬唱，如沈約〈和劉雍州繪博山香爐詩〉及任昉〈同謝朓花雪詩〉等，更突顯詠物詩之交際性與應酬性。此外題爲離合、迴文、四色、雙聲、大言、細言及藥名、星名數名、州名等詩，亦屬遊戲競作性質，〔註35〕沈約、王融、范雲皆爲此間高手。據統計，詠物作品以沈約最多，共四十八首，其次謝朓十六首，再者王融、范雲各十三首，而蕭衍五首，任昉三首，蕭琛一首，陸倕無。其中任昉之〈苦熱詩〉：

> 旭旦煙雲卷，烈景入東軒。傾光望轉蕙，斜日照西垣。既卷蕉梧葉，
> 復傾葵藿根。重簟無冷氣，挾石似懷溫。霢霂類珠綴，喘赫狀雷奔。

其用語雖通俗，但卻將無形之熱氣描繪得歷歷如現，饒富趣味。

　　另外，沈約與謝朓則多詠物之賦作。如沈約有〈擬風賦〉、〈桐賦〉、〈天淵水鳥應詔賦〉、〈高松賦〉、〈愍衰草賦〉、〈反舌鳥賦〉等等六篇；謝朓有〈擬風賦〉、〈高松賦〉、〈杜若賦〉、〈野鶩賦〉等四篇。而王融有〈擬風賦〉、〈桐樹賦應竟陵王教〉二篇；任昉僅〈靜思堂秋竹賦〉一篇，其餘則無。其中有同題共賦，亦有應制之作。吟詠題材則舉凡天象、地理、草木、鳥獸、無不囊括入篇，而以植物類較多，〔註36〕此與當時文人遊宴於園宅，觸目山水園

〔註34〕見劉漢初《六朝詩發展述論》，頁302～303。
〔註35〕見劉漢初《六朝詩發展述論》，頁281、301。
〔註36〕參李嘉玲《齊梁詠物賦研究》，頁59～61；政大中文碩士論文，民國77年。

林所獲致之靈感有關。譬如：

> 鬱彼高松，栖根得地，託北園於上邸，依平臺而養翠。若夫蟠株聳幹之懿，合星漏月之奇。經千霜而得拱，仰百仞而方枝。……（沈約 〈高松賦〉）

> 梧桐生矣，於邸岫之會隈，儀龍門而插幹。佇鳳羽以抽枝，蹤楚宮而留稱。藉溜館以翻聲，直不繩而特秀。……（王融 〈桐樹賦應竟陵王教〉）

> ……觀夫結根擢色，發曜垂英。緣春蠻以纖布，陰淳潭而影清。景奕奕以四照，枝靡靡而葉傾。冒霜蹊以獨蒨，當春郊而遄平。騫汀洲以企予，懷石泉於幽情。差中巖之纖草，廁金枝於芳叢。……（謝朓 〈杜若賦〉）

> 靜思堂，連洞房，臨曲沼，夾脩篁。竹宮豐麗于甘泉之右，竹宮弘敞于神嘉之傍。綠竹發丹檻，翠葉映雕梁。……（任昉 〈靜思堂秋竹賦〉）

將草木之形貌及特質，描摹畢盡。尤其謝朓〈杜若賦〉，雖奉命而作，帶競采之遊戲性質，但作者「以『纖布』形容花容的繁盛，以『影清』曲寫杜若的雅致，一『布』一『清』，杜若的曼妙風姿，不由得巧然飛動。」〔註37〕而沈約〈反舌鳥賦〉：

> 咨玄造之大德，播含靈於無小。有反舌之微禽，亦班名於庶鳥。乏佳容之可翫，因繁聲以自表。其聲也驚詭，囀嚶紫紆離亂。……對芳塵於此月，屬今余之遵暮。倦城守之喧疲，愛田郊之閒素。眷春物而懷之，聞好音於庭樹。

則寄託對隱逸生活之企慕。可見詠物作品，或體物鋪敘，或託物興懷，無不盡其巧妙。

六、宮體

一般而言，宮體與詠物為一體兩面，同屬客觀寫實，僅描寫對象不同。關於「宮體」一詞之由來，多數認為其出於《梁書·簡文帝本紀》：

> 雅好題詩，其序云：「余七歲有詩癖，長而不倦。」然傷於輕豔，當時號曰「宮體」。〔註38〕

〔註37〕參李嘉玲《齊梁詠物賦研究》，頁91。
〔註38〕見《梁書》，卷四，頁109。

及《梁書・徐摛傳》：

> 屬文好爲新變，不拘舊體。……摛文體既別，春坊盡學之，「宮體」
> 之號，自斯而起。〔註39〕

其特色如林文月所言：「齊梁時代的宮體詩人，也以同樣寫實客觀的態度去作詩，只是他們的寫作對象不是大自然，而是在人世間：眼前之人與身邊之景物。他們把美人之一舉一動，一顰一笑，男女的情愛及周圍之景物，用具體而刻畫的手筆，細膩逼眞地吟詠在詩章裏。」〔註40〕然爲求新、求變，遂極盡描摹，以達「巧構形似」之效果，〔註41〕故與詠物手法不相上下。

宮體雖起於簡文帝，但之前已有人陸續爲之。如林氏云：「……可知這種不同於傳統作風的輕豔詩體是梁代文壇的產品。但是這並非即表示宮體詩是在梁代突然發生的，因爲在文學史上，每一種文體的產生都是由漸而來。事實上，在梁以前，宋齊兩代詩人的作品之中，已經可以看到有宮體風格的詩篇了。例如鮑照及其妹鮑令暉、湯惠休、王融、謝朓等，……」〔註42〕知王融、謝朓、沈約、范雲等人早有宮體創作，只是作品不多，而任昉、陸倕、蕭琛三人皆無。惟蕭衍高達四十八首，不僅稱冠八友，其樂府詩之豔曲麗章，尤被見重。例如：

> 恃愛如欲進，含羞未肯前。朱口發豔歌，玉指弄嬌絃。（〈子夜歌〉）
> 繡帶合歡結，錦衣連理文。懷情入夜月，含笑出朝雲。（〈子夜四時歌〉）
> 朱絲玉桂羅象筵，飛琯促節舞少年。短歌流目未肯前，含笑一轉私自憐。（〈白紵辭之一〉）
> 纖腰嫋嫋不任衣，嬌豔獨立特爲誰？赴曲君前未忍歸，上聲急調中心飛。（〈白紵辭之二〉）
> 氛氳蘭麝體芳滑，容色玉耀眉如月，珠佩婐妮戲金闕。戲金闕，遊紫庭，舞飛閣，歌長生。（〈遊女曲〉）

「玉指」、「嬌絃」、「金闕」、「紫庭」等，編織成一幅綺麗穠豔之畫面，此即

〔註39〕見《梁書》，卷三〇，頁446～447。

〔註40〕見林文月《南朝宮體詩研究》，頁420；《臺大文史哲學報》第15期，民國55年8月。

〔註41〕王文進認爲「巧構形似之言」乃六朝詩作中，一極鮮明之文學風貌。見其《論六朝詩之巧構形似之言》序。

〔註42〕見林文月《南朝宮體詩研究》，諸言部分，頁407。

為宮體豔詩之代表。而其〈河中之水歌〉及〈東飛伯勞歌〉二首：

> 河中之水向東流，洛陽女兒名莫愁。莫愁十三能織綺，十四采桑南陌
> 頭。十五嫁為盧家婦，十六生兒字阿侯。盧家蘭室桂為梁，中有鬱金
> 蘇合香。頭上金釵十二行，足下絲履五文章。珊瑚掛鏡爛生光，平頭
> 奴子擎履箱。人生富貴何所望，恨不早嫁東家王。（〈河中之水歌〉）
> 東飛伯勞西飛燕，黃姑織女時相見。誰家女兒對門居，開顏發豔照
> 里閭。南窗北牖挂明光，羅帷綺帳脂粉香。女兒年幾十五六，窈窕
> 無雙顏如玉。三春已暮花從風，空留可憐誰與同。（〈東飛伯勞歌〉）

章法層疊曲折，詩思迴旋跌宕，且蘊含不盡之意，為蕭衍宮體詩中意象獨出者。

另外，謝朓〈夜聽妓〉二首：

> 瓊閨釧響聞，瑤席芳塵滿。要取洛陽人，共命江南管。情多舞態遲，
> 意傾歌弄緩。知君密見親，才心傳玉腕。

> 上客光四座，佳麗值千金。掛釵報纓絕，墜珥答琴心。娥眉已共笑，
> 清香復入襟。歡樂夜方靜，翠帳垂沈沈。

雖為豔情之作，但風格尚屬清新。而沈約〈少年新婚為之詠〉：

> 山陰柳家女，薄言出田墅。丰容好姿顏，便僻巧言語。腰枝既軟弱，
> 衣服亦華楚。紅輪映早寒，畫扇迎初暑。錦履並花紋，繡帶同心苣。
> 羅襦金薄廁，雲鬢花釵舉。我情已鬱紆，何用表崎嶇。託意眉間黛，
> 申心口上朱。莫爭三春價，坐喪千金軀。盈尺青銅鏡，徑寸合浦珠。
> 無因達往意，欲寄雙飛鳧。裙開見玉趾，衫薄映凝膚。羞言趙飛燕，
> 笑殺秦羅敷。日顧雖悴薄，冠蓋耀城隅。高門列驪駕，廣路從驪駒。
> 何慚鹿盧劍，詎減府中趨。還家問鄉里，詎堪持作夫。

詩中不僅著力於女性之容貌、體態、衣飾，更刻意描述衣衫內若隱若現之肌
膚（「裙開見玉趾，衫薄映凝膚」），其宮體詩風已趨向輕豔淫靡。

文體方面，沈約有〈麗人賦〉、〈傷美人賦〉二篇：

> 狹斜才女，銅街麗人。亭亭似月，嬝婉如春。凝情待價，思尚衣巾。
> 芳踰散麝，色茂開蓮。陸離羽珮，雜錯花鈿。響羅衣而不進，隱明
> 燈而未前。……（〈麗人賦〉）

> 信美顏其如玉，咀清哇而度曲。思佳人而未來，望餘光而踟躕。拂螭
> 雲之高帳，陳九枝之華燭。虛翡翠之珠被，空合歡之芳褥。言歡愛之
> 可詠，庶羅袂之空裁。曾未申其巧笑，忽淪軀於夜臺。伊芳春之仲節，

夜猶長而未遽。悽徙倚而不眠,往徘徊於故處。(〈傷美人賦〉)
前首描寫少女婉約、嫻雅之情態,後一首則將春閨怨婦之心情,表現得細膩
深刻,爲此類賦作之代表。其餘描述宮體之篇章則不多見。

七、贈答

　　何謂贈答?即朋友相聚或離別時,把彼此的遭遇、懷抱或相思及感觸等,
寫在詩歌之中,互相傳遞酬和。〔註43〕或以爲贈答詩起於建安七子,〔註44〕
殆其與貴遊文學之集團性有關。八友往來竟陵王門下,除相互酬唱賦詩外,
在出宦入仕之間,亦多有詩作之贈答往返,可見彼此之友情甚篤。如謝朓〈在
郡臥病呈沈尙書〉云:「……良辰竟何許,夙昔夢佳期。」約答詩云:「……
神交疲夢寐,路遠隔思存。」(酬謝宣城朓臥疾)又二人友誼,亦可從謝朓〈酬
德賦〉序,見出端詳。其曰:

> 右衛沈侯,以冠士之才,眷予以國士。以建武二年,予將南牧,見
> 贈五言,予時病既以不堪,蒞職又不獲復詩。四年,予忝役朱方,
> 又致一首,迫東偏寇亂,良無暇日。其夏還京師,且事讒言,未遑
> 篇章之思,沈侯之麗藻天逸,固難以報章。且欲申以賦頌,得盡其
> 體物之旨。詩不云乎,無言不酬,無德不報,言既未敢爲酬,所報
> 者寡於德耳,故稱之酬德賦。

而陸倕亦與任昉友善,有詩、賦相贈。其〈贈任昉詩〉云:

> 和風雜美氣,下有眞人遊。壯矣苟文若,賢哉陳太丘。今則蘭臺聚,
> 萬古信爲儔。任君本達識,張子復清修。既有絕塵到,復見黃中劉。

陳述對團體之認同。又〈感知己賦〉曰:

> ……聚落莖於虛室,聽羈雀於枯楊。怵鬱悒其誰語,獨撫抱而增傷。
> 託異人以蠲憂,賴奇文而愈疾。……

其「落莖」、「虛室」、「羈雀」、「枯楊」等外在景物,反射出一股強烈孤寂,
實令人難奈;遂有「索黃瓊之寄居,造安仁之狹室,車出門其已歡,無論銜
梧與促膝」之衝動。此時若有知己在旁,則爲何等樂事!任昉〈答陸倕知己
賦〉云:「矧相知其如此,獨覽涕而潺湲。」則深表共鳴。

〔註43〕見黃水雲《顏延之及其詩文研究》,第四章〈顏延之詩歌研究〉,頁126。
〔註44〕見梁啓超《中國之美文及其歷史》,其謂:「贈答詩起於『建安七子』,兩漢詞
　　　翰除秦嘉〈贈婦〉外更無第二首,然時已屬漢末。至朋友相贈,則除此數章
　　　外不一見。」頁119;臺灣中華書局印,民國57年。

　　據估計，沈約此類詩有四首，蕭衍六首，王融、陸倕各二首，謝朓、范雲各七首，任昉八首，蕭琛無。彼此之贈答，如蕭衍〈答蕭琛詩〉：

　　　　雖云早契闊，乃自非同志。勿談興運初，且道狂奴異。

王融〈雜體報范通直詩〉：

　　　　和璧荊山下，隋珠漢水濱。無雙自晉代，有美今為鄰。三楚多秀士，
　　　　江上復才人。緯綃非善賈，聖德可名臣。追飛且學步，共子奉清塵。
　　　　紫庭風日好，青槐枝葉新。徘徊追樓側，欲見心所親。絕君蘭蕙草，
　　　　何用以書紳。

范雲〈古意贈王中書〉：

　　　　攝官青瑣闥，遙望鳳皇池。誰云相去遠，脈脈阻光儀。岱山繞靈異，
　　　　沂水富英奇。逸翮臨北海，搏飛出南皮。遭逢聖明君，來棲桐樹枝。
　　　　竹花何莫莫，桐葉何離離。可棲復可食，此外亦何為。豈知鷦鷯者，
　　　　一粒有餘貲。

又〈贈沈左衛〉：

　　　　伊昔霑嘉惠，出入承明宮。遊息萬年下，經過九龍中。越鳥憎北樹，
　　　　胡馬畏南風。願言反漁簑，津梁肯見通。

詩中或寫景，或述懷，情感皆不甚濃烈。另外，八友亦有許多贈答之文體，如沈約〈與范述曾論齊竟陵王賦書〉，蕭衍〈贈范雲詔〉、〈與任昉詔〉，王融〈為竟陵王與隱士劉虯書〉，任昉〈與沈約書〉等。其中任昉〈與沈約書〉：「范僕射遂不救疾，范侯淳孝睦友，…永念平生，忽焉疇曩，追尋笑緒，皆成悲端。」為追念摯友范雲之作。而有關任、范二人之厚誼，則於任昉〈出郡傳舍哭范僕射詩〉表露無遺（詳下文）。

八、傷別

　　生離死別自古便為文人傳頌不絕之題材，所謂「哀樂之心感而歌詠之聲發。誦其言謂之詩，詠其聲謂之歌。」（《文心·明詩》）而屈原以為「悲莫悲兮生別離，樂莫樂兮新相知。」（《九歌·少司命》）於是江淹〈別賦〉曰：「黯然銷魂者，唯別而已矣。」亦點出離別乃人生之至慟。八友因緣聚合一時，但天下未有不散之筵席，因此彼此或生離，或死別，總會牽起諸端愁緒，故此類題材，便為八友詩文中，最真情摯意之流露。

　　沈約此類詩有十四首，其中〈懷舊詩〉九首，分別是〈傷王融〉、〈傷謝朓〉、〈傷庾杲之〉、〈傷王諶〉、〈傷虞炎〉、〈傷李珪之〉、〈傷韋景猷〉、〈傷劉

颷〉、〈傷胡諧之〉，但文字平淡，不如其〈別范安成〉之感情豐富：

> 生平少年日，分手易前期。及爾同衰暮，非復別離時。勿言一樽酒，
> 明日難重持。夢中不識路，何以慰相思。

而〈悼亡詩〉：「萬事無不盡，徒令存者傷」，則引人感慨係之。

謝朓有「山川不可夢，況乃故人杯」（〈離夜同江丞王常侍作〉）及「望望荊臺下，歸夢相思夕」（〈答沈右率諸君餞別〉）、「心事俱已矣，江上徒離憂」（〈新亭渚別范零陵雲〉）、「沬泣豈徒然，君子行多露」（〈臨溪送別〉）等八首，詩中皆充滿離情別緒。蕭衍此類詩只二首，其〈答任殿中宗記室王中書別〉：

> 問我去何節，光風正悠悠。蘭華時未宴，舉袂徒離憂。緩客承別酒，
> 鳴琴合好仇。清宵一已曙，覿爾泛長舟。眷言無歇緒，深情復還流。

則表現瀟洒豁達之心態。如王融：「山中殊未懌，杜若空自芳。」（〈蕭諮議西上夜集〉）及任昉：「儻有關外驛，柳訪狎鷗渚。」（〈別蕭諮議〉）感情皆屬含蓄。但王融之為謝朓餞別：「翻情結遠旆，灑淚與行波。」（〈餞謝文學離夜〉）情緒則較為激動。而以任昉〈出郡傳舍哭范僕射詩〉三章，讀之最令人鼻酸。詩曰：

> 平生禮數絕，式瞻在國楨。一朝萬化盡。猶我故人情。待時屬興運，
> 王佐俟民英。結懽三十載，生死一交情。攜手遁衰孽，接景事休明。
> 運阻衡言革，時泰玉階平。濬沖得茂彥，夫子值狂生。伊人有涇渭，
> 非余揚濁清。將乖不忍別，欲以遣離情。不忍一辰意，千齡萬恨生。
> 已矣平生事，詠歌盈篋笥。兼復相嘲謔，常與虛舟值。何時見范侯，
> 還敘平生意。與子別幾辰，經塗不盈旬。弗睹朱顏改，徒想平生人。
> 寧知安歌日，非君撤瑟晨。已矣余何歎，輟舂哀國均。

范雲之送別詩約有五首，蕭琛二首，其情感之表達，亦相當平淡。陸倕則無此類詩作。

文體方面，以蕭衍〈孝思賦〉：「想慈顏之在昔，哀不可而重見，痛生育之靡答，顧報復而無片。悲與恨其俱興，涕雜血其如霰。……」流露無窮之哀思。其餘則略無可述。

第三節　形式特色

齊梁文學集團興盛，唯美思潮風行，聲律理論大開，影響所及，使詩文形式呈現特殊新貌，所謂永明體，即此一時期文學之代表。茲將從八友詩文

之體製模擬、五言律化、詩賦合流三項入手，以探討其形式特色。

一、體製模擬

模擬素爲詩家必經之階段，齊梁詩人擬風尤盛。至於文人擬作之因，王次澄言：

> 南朝文人之擬古，除爲學習之外，因受團體文會競作應和之影響，
> 復有露才揚己與前人一較長短之意味，擬作之風益熾。〔註45〕

王氏並就南朝詩人摹擬之對象，析爲四類：

（一）擬古詩十九首者。

（二）擬其他古詩者。

（三）擬某家之某詩者。

（四）承襲古意者。

八友中，沈約、蕭衍、王融、謝朓、范雲皆有擬古之作，作品約可分爲擬古詩、擬樂府及擬賦體三類。擬古詩方面，蕭衍、王融有〈青青河畔草〉，乃擬古詩十九首者，甚涵意、句法均沿襲前人，了無新意。而沈約〈擬青青河畔草〉：

> 漠漠床上塵，心中憶故人。故人不可憶，中夜長歎息。歎息想容儀，
> 不言長別離。別離稍已久，空床寄杯酒。

其頂眞手法，顯然模擬蔡邕〈飲馬長城窟〉「青青河畔草，綿綿思遠道。遠道不可思，夙昔夢見之。……」，其內容亦不甚可觀；王融有〈擬古〉二首、沈約有〈效古〉一首、范雲有〈傚古〉、〈擬古〉各一首，爲「擬其他古詩者」；蕭衍等有〈清暑殿效柏梁體〉，屬「擬某家之某詩者」；而沈約、蕭衍、王融有〈古意詩〉四首，內容多以閨情爲主。

有關擬樂府，齊梁時代，除模擬漢魏舊題外，江南民謳之模擬乃大量增多，沈約、蕭衍、王融、謝朓便爲此中好手。如王融之模擬江南謠：

> 懷春發下蔡，含笑向陽城。恥爲飛雉曲，好作鵾雞鳴。（〈陽翟新聲〉）

> 林斷山更續，洲盡江復開。雲峰帝鄉起，水源桐柏來。（〈江皋曲〉）

用字雅致，對杖工整，惜內容較爲空乏。而謝朓詩：

> 夕殿下珠簾，流螢飛復息。長夜縫羅衣，思君此何極。（〈玉階怨〉）

> 綠草蔓如思，雜樹紅英發。無論君不歸，君歸芳已歇。（〈王孫遊〉）

> 落日高城上，餘光入綺帷，寂寂深松晚，寧知琴瑟悲。（〈銅雀悲〉）

〔註45〕見《南朝詩研究》，第四章二節，頁275。

句多清麗和宛，亦善於抒情，且體製多為短小之五言四句，為南方民歌之特點。而沈約與蕭衍值得注意者，乃三句七言、四句三言所合成之〈江南弄〉，詩中雖長短句雜用，但比漢代樂府體製更有規律，故以其為詞體之雛形。如：

> 楊柳垂地燕差池，緘情忍思落容儀，弦傷曲怨心自知。心自知，人
> 不見。動羅裙，拂珠殿。（沈約　〈陽春曲〉）
> 遊戲五湖採蓮歸，發花田葉芳襲衣，為君艷歌世所希。世所希，有
> 如玉。江南弄，採蓮曲。（蕭衍　〈採蓮歸〉）

沈約江南弄有四首，蕭衍七首，字句體裁相同，知當時或已成定體，而決非長短句之偶然雜用。〔註46〕《古今樂錄》云：「武帝改西曲製江南上雲樂十四曲，江南弄七曲」，可見其形式產生，自是依照樂譜之製作。但此類擬詩作不如民間歌謠琅琅上口，原因除難脫古人窠臼外，與貴遊文學集團之特殊性有關。文人擬樂府，因多屬文字遊戲，普遍缺乏自然率真之氣。正如大陸學者吳光興所言：「從民間清商到文人擬作，抒發性的大膽表白微妙地被描述性的細膩畫面所取代」。〔註47〕陳義成亦曰：

> 入梁陳後，宮體詩大盛。加以宮廷與文士之生活奢華輕靡，融入
> 民謳形式，猶如虎添翼，無論形式與內容，皆直擬吳歌西曲，於
> 文辭加以修飾凝鍊，遂致真率之情大減，而矜飾造作之意大
> 增。……〔註48〕

可見模擬之風演至末季，乃積弊叢生，漸趨末流。

　　而擬古樂府方面，形式較特別者，為沈約〈擬古五雜組詩〉：「五雜組，會塗山，往復還，兩崤關，不得已，孀與鰥。」及王融〈代五雜組〉：「五雜組，慶雲發，往復還，經天月，不獲已，生胡越。」之三言六句，乃模擬古樂府〈五雜組〉：「五雜組，岡頭草，往復還，車馬道，不獲已，人將老。」作者佚名。而王融之〈代五雜組〉及蕭衍〈代蘇屬國婦〉，其題「代」，與「擬」略有不同，即除模仿外，尚有代古人說古事及屬文之意，作者多居客觀代言立場。

　　至於擬賦體，八友之賦作，其題目或題材多沿襲漢魏，殊少創新，如〈擬風賦〉、〈傷美人賦〉、〈思歸賦〉、〈野鶩賦〉等。但其用詞駢麗，託物興寄，於藝術體現上，則更進一層。

〔註46〕參劉大杰《中國文學發展史》第十章〈南北朝的文學趨勢〉，頁299。
〔註47〕見吳光興〈論蕭綱和中國中古文學〉，《文學評論》，1991年第1期，頁22。
〔註48〕見陳義成《漢魏六朝樂府研究》，頁192。

二、五言律化

齊梁詩中有五、七言小詩，及八句詩，被視爲唐人新體詩之嚆矢。如許東海所言：「……（竟陵八友等）他們在創作上，既注重聲律特色的講求，因而在五言詩的創作形式，多以八句爲主，較諸前人在篇幅縮短許多，以配合永明聲律說的特性。……」〔註 49〕據統計，沈隱侯集中，五言八句詩即有三十二首，佔其詩之百分之二八。又日人石川忠久亦曰：

> 自宋至齊梁，五言詩的構造，逐漸短小。謝靈運的詩大多十六句至二十句，後來，八句至十二句成爲一般形體。爲了追求音律和修辭的美，形式固定化是必然的趨勢，自此走向律詩更是自然不過的事。在謝朓、沈約、王融等人作品中，早已出現與近體詩相近的作品。
> 〔註 50〕

而大陸學者劉躍進，亦曾針對八友詩作抽樣統計，發現八友之五言詩，以八句式最多，約占總對數之百分之二八；其次爲四句式，約占百分之二七。〔註 51〕知五言詩之逐漸律化，幾乎爲八友詩之共同特色。且五言小詩至此亦始告成立。在此之前，漢魏樂府與諸家詩集，雖有五言四句形式，然質量卻不足觀，至南朝宋受吳歌、西曲之影響，其體始盛。王次澄以爲，詩至永明，不但作者日眾，篇幅日繁，且技巧益精，五言小詩形式固定，而七言小詩則發展較緩。〔註 52〕如八友詩作多爲五言體，僅沈約〈上巳華光殿詩〉、〈四時白紵歌五首〉等爲七言，或八詠詩中，偶見「桂宮嫋嫋落桂枝，露寒淒淒凝白露。上林晚葉颯颯鳴，雁門早鴻離離度」（〈登臺望秋月〉）及「送歸顧慕泣淇水，嘉客淹留懷上宮」（〈歲暮愍衰草〉）等七句詩，以及在蕭衍〈江南弄〉等樂府中，出現七言、三言混雜之句式。

由沈約、王融、謝朓、范雲諸人五言詩律化情形看來，此固爲詩體演變之自然趨勢，然律體之初具雛形與聲律論之關係甚大。如張仁青云：「永明之末，沈約、謝朓、王融以聲氣相通，而周顒善識音律。王融始以四聲爲詩，

〔註 49〕 見許東海《永明體之研究——以沈約文論及其作品爲主》，第七章結論，頁 360。

〔註 50〕 見前野直彬等《中國文學概論》，頁 42；洪順隆譯，成文出版有限公司，民國69 年 9 月出版。

〔註 51〕 參劉躍進《永明文學研究》，其以《文選》、《玉臺新詠》、《八代詩選》所收沈約、謝朓、王融等人作品中之五言四句、五言八句、五言十句作較詳盡之考察，見頁 114～115；1991 大陸博士論文。

〔註 52〕 參王次澄《南朝詩研究》，第四章〈南朝詩之特殊體製〉，頁 207～208。

沈約繼之，遂啓唐律，謝朓尤多唐音，大爲古近詩體衍變之樞，一時號永明宮商之論。」〔註53〕茲就五言小詩及五言八句近於唐律及影響唐詩人者，舉例說明之。

（一）五言小詩近唐律者

唐代律體大盛，或以爲其溯源於六朝。如王應奎《柳南隨筆》云：「律詩起於初唐，而實胚胎於齊梁之世。」且亦謂「（永明）聲病之所自始，而即律之所本也。」而錢木庵《唐音審體》亦曰：「自二韻以至百韻，皆律詩也。二韻謂之絕句，六韻以上謂之長韻。」故唐律體包括絕句、律詩、排律，合稱近體詩，以與平仄、對仗、字數要求均不嚴格之古體詩對立。〔註54〕唐五絕之形式爲首句不入韻及首聯對仗，且原則上只用平韻。而其平仄格律如左：〔註55〕

（甲）仄起式

　仄仄平平仄，平平仄仄平（韻）　　（｜｜——｜，——｜｜——）
　平平平仄仄，仄仄仄平平（韻）　　（———｜｜，｜｜｜——）

（乙）平起式

　平平平仄仄，仄仄仄平平（韻）　　（———｜｜，｜｜｜——）
　仄仄平平仄，平平仄仄平（韻）　　（｜｜——｜，——｜｜——）

而其拗救法（五言平起）：〔註56〕

一、五言（絕句或律詩），凡落句第二四字應用平仄者，其第一字必平，斷不可作仄聲，因平平宜有二字相連，不可令單；如第一字必用仄聲，第三字必改平聲救轉。

二、五言平聲出句第三字，依調作平聲，如必易爲仄聲，下句可不救。

三、五言平起出句之第四字如拗平，則第三字斷用仄。

依此，觀八友詩之五言四句小詩，其格律、用韻多與唐絕句接近。如：

　｜｜——｜　———｜—

　甲帳垂和壁，螭雲張桂宮。

　——｜｜｜　｜｜｜——

　隋珠既吐曜，翠被復含風。（沈約　〈詠帳〉）

〔註53〕見《魏晉南北朝文學思想史》，第二章〈魏晉南北朝文學概貌〉，頁84。
〔註54〕參王力《中國詩律研究》，第二章〈近體詩〉，頁18。
〔註55〕參王力《中國詩律研究》，頁36，40，72。
〔註56〕參張夢機《古典詩的形式結構》，頁104～111。

宮、風押平聲「東」韻，首聯對仗，除二、三句之第三字外，全詩聲調皆合唐律。

｜｜｜—｜　　——｜｜—

大谷既來重，岷山道又難。

—｜—｜｜　　｜｜｜｜—

摧折非所吝，但令入玉盤。（沈約　〈詠梨應詔〉）

難、盤押平聲「寒」韻，首聯對仗，聲調雖有三處違唐律，仍具唐律雛形。

—｜—｜｜　　——｜｜—

張率東南美，劉孺洛陽才。

｜｜｜｜—｜　—｜｜｜—

攬筆便應就，何事久遲回。（蕭衍　〈戲題劉孺手板〉）

才、回押平聲「灰」韻，首聯對仗，惟三、四句多違唐律。

——｜｜｜　　｜｜｜——

翻階沒細草，集水間疏萍。

——｜—｜　　—｜｜

芳春照流雪，深夕映繁星。（王融　〈詠池上梨花〉）

萍、星押平聲「青」韻，首聯對仗，惟三、四句多違唐律。

｜｜——｜　　——｜｜

落日高城上，餘光入綺帷。

｜｜——｜　　———｜—

寂寂深松晚，寧知琴瑟悲。（謝朓　〈銅雀悲〉）

帷、悲押平聲「平」韻，一、二句聲調嚴整，三、四句多違唐律。

｜———｜　　｜｜｜｜—

楚妃歌脩竹，漢女奏幽蘭。

｜｜——｜　　｜—｜｜—

獨以閨中笑，豈知城上寒。（范雲　〈登城怨〉）

蘭、寒亦押平聲「寒」韻，首聯對仗，全詩聲調僅首句「脩」字不合唐律。

——｜｜｜　　｜｜｜——

三楓何習習，五渡何悠悠。

｜｜——｜　　｜｜｜

且飲修仁水，不把背邪流。（范雲〈酌修仁水賦詩〉）

悠、流押平聲「十一尤」韻，首聯對仗，惟第四句多違唐律。

　　　｜—｜｜｜　　｜｜｜——

　　抑揚動雅舞，擊節逗和音。

　　　｜｜｜—｜　　｜｜｜——

　　卻馬既云在，將帥止思心。（蕭琛　〈詠鞞應詔〉）

音、心押「侵」韻，首聯對仗，惟第四句多違唐律。

（二）五言八句詩近唐律者

　　唐律詩乃依照一定格律寫成之詩。據王力之見，其格律主要有兩點：一是盡量使句中之平仄相間，並使上句之平仄和下句之平仄相對（即相反）；二為盡可能多用對仗，除首聯和尾聯外，總以對仗為原則。並曰：「依照這兩個要點看來，齊梁的詩已經漸漸和律詩接近了。」而五言律詩除平仄和對仗之規律外，尚有二項規律，即：一、每句五字，全首共四十字。二、第一三五七句不入韻，為正例；但首句亦有入韻者，為變例。故所定之平仄格式如下：〔註57〕

　　（甲）仄起式（正格）

　　仄仄平平仄，平平仄仄平（韻）　（｜｜｜——｜，——｜｜——）
　　平平平仄仄，仄仄仄平平（韻）　（———｜｜，｜｜｜——）
　　仄仄平平仄，平平仄仄平（韻）　（——｜｜——，——｜｜——）
　　平平平仄仄，仄仄仄平平（韻）　（———｜｜，｜｜｜——）

　　（如首句入韻，則為「仄仄仄平平」）

　　（乙）平起式（偏格）

　　平平平仄仄，仄仄仄平平（韻）　（———｜｜，｜｜｜——）
　　仄仄平平仄，平平仄仄平（韻）　（｜｜｜——｜，——｜｜平）
　　平平平仄仄，仄仄仄平平（韻）　（———｜｜，｜｜｜——）
　　仄仄平平仄，平平仄仄平（韻）　（｜｜｜——｜，——｜｜——）

　　（如首句入韻，則為「平平仄仄平」）

而其拗救法（五言仄起）：〔註58〕

　　一、五言律詩之出句，凡五字全仄，或「仄仄平仄仄」、「平仄仄仄仄」等句（拗第四字或第三四字者），皆應於對句第三字用平聲救轉，以暢其音，句式為：「平平平仄平」。

〔註57〕參王力《中國詩律研究》，頁72。
〔註58〕參王力《中國詩律研究》，頁115～119。

二、若出句爲「仄仄仄平仄」（第一字可不論，第三字宜平而仄），下句
　　宜用「平平平仄平」或「仄平平仄平」。

茲舉八友詩作對照，以見其間之異同。

　　　　——｜｜｜　｜｜｜——

　　丹墀上颯沓，玉殿下趨鏘。

　　　　｜｜—｜｜　—｜｜｜

　　逆轉朱佩響，先表繡桂香。

　　　　｜｜｜｜｜　｜｜｜｜

　　裾開臨舞席，袖拂繞歌堂。

　　　　｜｜｜—｜　｜｜｜｜

　　所歡忘懷妾，見委入羅床。（沈約　〈腳下履〉　十詠二首之二）

鏘、香、堂、床四字押平聲「陽」韻，中二聯對仗工整，全首聲調以末句違
於唐律較多。

　　　　｜｜——｜　———｜—

　　日落登雍臺，佳人殊未來。

　　　　｜——｜｜　—｜｜—｜

　　綺窗蓮花掩，網戶琉璃開。

　　　　—｜｜｜｜　｜｜——｜

　　芊茸臨紫桂，蔓延交青苔。

　　　　｜｜——｜　｜｜｜｜｜

　　月沒光陰盡，望子獨悠哉。（蕭衍　〈雍臺〉）

首句入韻，臺、來、開、苔、哉押平聲「灰」韻，中二聯對仗工整，惟聲調
多違唐律。

　　　　｜｜—｜—　———｜—

　　抱月如可明，懷風殊復清。

　　　　———｜｜　—｜｜｜—

　　絲中傳意緒，花裏寄春情。

　　　　｜｜｜—｜　｜｜｜—｜

　　掩抑有奇態，淒鏘多好聲。

　　　　—｜｜—｜　———｜—

　　芳袖幸時拂，龍門空自生。（王融　〈詠琵琶〉）

首句入韻，明、清、情、聲、生五字押平聲「庚」韻，中二聯對仗工整，全首聲調僅尾聯二句與唐律出入頗多。

　　　　──││││　──│││─

　　低枝詎勝葉，輕香幸自通。

　　　　│││──││　──│││──

　　發蕚初攢紫，餘采尚霏紅。

　　　　──││││　││││─

　　新花對白日，故蕋逐行風。

　　　　──││││　──│││─

　　參差不俱曜，誰肯盼薔叢。（謝朓〈詠薔薇詩〉）

通、紅、風、叢四字押平聲「東」韻，中二聯對仗工整，聲調以一、三句與唐律出入頗多。

　　　　───││　││││─

　　巫山高不極，白日隱光輝。

　　　　││──│　──│││─

　　靄靄朝雲去，溟溟暮雨歸。

　　　　──│──│　─│││

　　巖懸獸無跡，林岸鳥疑飛。

　　　　│││─│　─│─│

　　枕席竟誰薦，相望空依依。（范雲　〈巫山高〉）

輝、歸、飛、依四字押平聲「微」韻，中二聯對仗工整，聲調以尾聯與唐律出入較多。

　　　　││││─　──││──

　　與子別幾辰，經塗不盈旬。

　　　　││──│　─││──

　　弗睹朱顏改，徒想平生人。

　　　　────│　──│││─

　　寧知安歌日，非君撤瑟晨。

　　　　││──│　││──│

　　已奈余何歎，輾春哀國均。（任昉　〈出郡傳舍哭范僕射詩〉之三）

　　首句入韻，辰、旬、人、晨、均押平聲「眞」韻，全首聲調違唐律頗多。

（三）影響唐詩人者

唐人不僅於詩之格律效法齊梁，連體裁亦加以模擬，茲並列之，以為對照。

｜｜｜－－　－－－｜｜

夕殿下珠簾，流螢飛復息。

－｜｜－－　－－｜－｜

長夜縫羅衣，思君此何極。（謝朓　〈玉階怨〉）

｜｜－｜｜　｜｜｜－｜

玉階生白露，夜久侵羅襪。

｜｜－－－　｜｜｜－－

卻下水晶簾，玲瓏望秋月。（李白　〈玉階怨〉）

｜－｜｜｜　－－－｜－

自君之出矣，金鑪香不然。

｜－－－｜　－－－｜－

思君如明燭，中宵空自煎。（王融　〈自君之出矣〉）

｜－｜｜｜　｜｜｜－－

自君之出矣，不復理殘機。

－－－｜｜　｜｜｜－－

思君如滿月，夜夜減清輝。（張九齡　〈自君之出矣〉）

｜｜｜－－　｜｜｜－－

綠草蔓如絲，雜樹發紅英。

－｜－｜－　－－－｜｜

無論君不歸，君歸芳已歇。（謝朓　〈王孫遊〉）

｜｜－｜－　－－－｜－

燕草如碧絲，秦桑低綠枝。

－－－－｜　｜｜｜－－

當君懷歸日，是妾斷腸時。（李白　〈王孫遊〉）

前所列之格律、用韻雖互有出入，但詩題與涵意則多相類似。可見齊梁詩對唐詩人之影響。

由前三項分析，知八友詩作律化之程度，以及其對唐詩人之影響。正如劉躍進言：「永明詩人則在句式方面，將五言四句八句漸漸歸於定型，使成為文壇比較主要之詩歌樣式。這就為近體詩的形式，在句式上做了奠基性的

工作。」〔註59〕

三、詩賦合流

　　林麗雲《六朝賦之抒情傳統與藝術表現》云：「賦作之中大量雜入押韻、對仗之五七言詩句，謂之詩賦合流。」〔註60〕此現象至齊梁尤爲普遍，係文人有意栽花，抑或無心插柳，林氏並未說明。李嘉玲以爲，齊梁賦家受聲律論之影響，特能突破四六定式，採五七言句式，使賦篇帶有詩之氣質，〔註61〕則肯定賦詩化之傾向。而大陸學者程章燦論及南朝賦之詩化趨勢時，更提出詩賦合一爲賦詩化之後期特點。〔註62〕其曰：

> 漢魏兩晉賦中也有一些零星的五、七言賦句，但多是天成偶得。這一方面最早的自覺實踐者是南朝著名詩人沈約，他的詩歌創作經驗對於辭賦創作的影響，至少在這一點上是不可否認的。〔註63〕

並認爲沈約現存之賦作中，以〈愍衰草賦〉和〈天淵水鳥應詔賦〉，最能體現此一藝術實踐之成就。如：

> 愍衰草，衰草無容色。憔悴荒徑中，寒荄不可識。昔時兮春日，昔日兮春風。銜花兮佩實，垂綠兮散紅。巖阰兮海岸，冰多兮霰積。布綿密于寒皋，吐纖疏於危石。彫芳卉之九衢，賈靈茅之三脊。風急嶠道難，秋至客衣單。既傷簷下菊，復悲池上蘭。飄落逐風盡，方知歲早寒。流螢暗明燭，雁聲斷纜續。霜奪莖上紫，風銷葉中綠。秋鴻兮疏引，寒鳥兮聚飛。徑荒寒草合，草長荒徑微。園庭漸蕪沒，霜露日沾衣。(〈愍衰草賦〉)
>
> 大淵池鳥集，水漣漪。單汎姿容與，群飛時合離。將騫復斂翮，迴首望驚雌。飄薄出孤嶼，未曾宿蘭渚。飛飛忽云倦，相鳴集池。可憐九層樓，光影水上浮。本來暫止息，遇此遂淹留。……(〈天淵水鳥應詔賦〉)

將前一首「昔時兮春日」以下六句，其中「兮」字換去，改成動詞，便成爲

〔註59〕見劉躍進《永明文學研究》，頁119。

〔註60〕見林麗雲論文之第一章第二節〈六朝賦之特質〉，頁13；師大國文所碩士論文，民國72年。

〔註61〕參李嘉玲《齊梁詠物賦研究》，頁119。

〔註62〕參程章燦〈論南朝賦的詩化趨勢〉，頁157；《江海學刊》，1991年第4期。

〔註63〕參程章燦〈論南朝賦的詩化趨勢〉，頁160。

一首五言詩之句式；若將「布綿密于寒皋」中之虛字刪去，並將第一字移到中間，即成五言詩。此足以說明，駢賦四、六句式，正是五、七言句式之基礎與來源之一。〔註64〕此篇賦作與沈約八詠詩之一〈歲暮愍衰草〉類似，但少十六句，此乃齊梁貴遊文學同題共作之產物，亦爲當時盛極一時之風氣，如沈約又有〈反舌鳥賦〉及〈侍宴詠反舌詩〉，爲同時奉詔而作；另一情況則爲詩賦之交叉酬贈，謝朓以〈酬德賦〉答謝沈約之贈詩即是。而〈天淵水鳥應詔賦〉之五言句，三轉韻，亦可視爲三首五言短詩之聯成。至於沈約之八詠詩，形式十分特別，以詩題之後三字爲起句，後雜五七言，又接六言，並間以三句詩，如〈登臺望秋月〉：

> 望秋月，秋月光如練。照耀三爵臺，徘徊九華殿。九華玳瑁梁，華榱與璧璫。……桂宮裊裊落桂枝，早寒淒淒凝白露。……湛秀質兮似規，委清光兮如素。……經衰圃，映寒叢。凝清夜，帶秋風，……

句式富於變化而有新意。如鈴木虎雄《賦史大要》云：「於賦而與《騷》之句法一大變革者，實爲前述三字句、四字句之併用，特其打破六字句法之單調，而於適當機會，突爲所用，則加入不可言說之新意。」〔註65〕

詩、賦發展至齊梁，篇幅亦有日益縮短之趨勢，如劉躍進所言：「魏晉南北朝的詩歌發展逐漸由長變短、句式漸漸趨於定型。永明詩體的句式情況，其發展脈絡與魏晉南北朝的總趨勢正相吻合。」〔註66〕而八友之賦作，亦有此傾向。如沈約十一篇賦中即有十篇短賦，蕭衍四篇中有一篇，王融兩篇皆爲短賦，謝朓九篇中有七篇，任昉、陸倕三篇中有兩篇，此與賦之詩化不無影響。而謝朓〈七夕賦〉云：

> ……撫鳴琴而修悅，浩安歌而自傷。歌曰：清絃愴兮桂觴酬，雲幄靜兮香風浮，龍鑣躒兮玉鑾整，睠星河兮不可留。……

其賦中繫詩之情形，未嘗不是詩賦合流之前奏。至梁代後期，此趨勢則更加顯著。

〔註64〕參程章燦〈論南朝賦的詩化趨勢〉，頁161。
〔註65〕見日人鈴木虎雄《賦史大要》，頁61；殷石臞譯，正中書局，民國55年11月臺一版。
〔註66〕見劉躍進《永明文學研究》，頁115。

第七章　八友詩文之技巧運用

第一節　儷辭巧對

　　所謂儷辭即是排偶，或稱對句，《詩經》早已有之，如「巧笑倩兮，美目盼兮」（〈衛風碩人〉）、「發彼小豝，殪此大兕」（〈小雅・吉日〉）；及《楚辭》：「舉世皆濁我獨清，眾人皆醉我獨醒」（〈漁父〉）、「悲莫悲兮生別離，樂莫樂兮新相知」（〈大司命〉）；而古詩十九首中，類似「青青河畔草，鬱鬱園中柳」、「胡馬依北風，越鳥朝南枝」之對句亦多，但多非刻意為之。魏晉南朝時期，唯美文風大開，文學創作愈趨精巧，儷辭之使用愈為普遍。如《文心雕龍・明詩篇》云：

> 宋初文詠，體有因革。莊老告退，山水方滋，儷采百字之偶，爭價
> 一句之奇，情必極貌以寫物，辭必窮力而追新。此近世之所競也。

此「儷偶」之作，已達「極貌寫物」、「窮力追新」之地步。而謝靈運、顏延之等人，即此中大家。餘風所及，隨後之八友，亦不免受其影響，此亦為齊梁詩體趨近唐律對仗之始。

　　又《文心雕龍・麗辭篇》亦謂麗辭之體凡有四對：「言對為易，事對為難，反對為優，正對為劣。」並舉出所謂言對即長卿〈上林賦〉云：「修容乎禮園，翱翔乎書圃」；事對即宋玉〈神女賦〉云：「毛嬙鄣袂，不足程式，西施掩面，比之無色。」反對即仲宣〈登樓賦〉云：「鍾儀幽而楚奏，莊舄顯而越吟。」正對即孟陽〈七哀〉云：「漢祖想枌榆，光武思白水。」之例。唐以後對仗名目越加繁瑣，如上官儀六對、八對之說，而《文鏡秘府論》亦

有二十九對。蓋儷句之優劣，實關係作者之才氣，「雖在父兄，不能以移子弟」（〈典論・論文〉），但難易卻可由讀書中獲得。八友多為善書者，〔註 1〕詩文中莫不逞其才華，增添文句聲律對仗之美。因其儷句數目繁多，茲簡以句型和句意兩項，〔註 2〕舉例說明如左：

一、句型

（一）當句對

臣聞春庚秋蟀，集侯相悲；露木風榮，臨年共悅。（王融　〈求自試啓〉）

離身反踵之君，鬐首貫胸之長，屈膝厥角，請受纓縻。文錽碧駑之琛，奇幹善芳之賦，紖牛露犬之玩，乘黃茲白之駒。（王融　〈三月三日曲水詩序〉）

劉略班藝，虞志荀錄。（任昉　〈贈王僧孺〉）

一句之中，詞彙自對。

（二）單對

洋洋聖範，楚楚儒衣。（沈約　〈為南郡王侍皇太子釋奠宴詩〉）

山光浮水至，春色犯寒來。（沈約　〈泛永康江〉）

夜月琉璃水，春風柳色天。（沈約　〈登北固樓詩〉）

動紅荷於輕浪，覆碧葉於澄湖。（沈約　〈郊居賦〉）

貞操與日月俱懸，孤芳隨山壑共遠。（沈約　〈謝竟陵王教撰高士傳啓〉）

夕池出濠渚，朝雲生疊障。（蕭衍　〈直石頭詩〉）

新波拂舊石，殘花落故枝。（蕭衍　〈首夏泛天池詩〉）

金華紛荹若，瓊樹鬱青蔥。（王融　〈法樂辭之十一〉）

奄兮日采之既移，忽兮群景之將馳。（王融　〈風賦〉）

素志與白雲同悠，高情與青松共爽。（王融　〈為竟陵王與隱士劉書〉）

念負重於春水，懷御奔於秋駕。（王融　〈三月三日曲水詩序〉）

差池遠雁沒，颯沓群鳧驚。（謝朓　〈和劉西曹望海臺〉）

〔註 1〕參本書四章第三節〈二、類書編纂〉。
〔註 2〕參黃永武《字句鍛鍊法》之分類，頁 29～30。

池北樹如浮，竹外山猶影。（謝脁　〈新治北窗和何從事〉）

魚戲新荷動，鳥散餘花落。（謝脁　〈遊東田〉）

修幹垂陰，喬柯飛穎。（謝脁　〈高松賦〉）

風斷陰山樹，霧失交河城。（范雲　〈傚古詩〉）

撫戈金城外，解珮玉門中。白馬騰遠雪，蒼松壯寒風。（范雲　〈奉和齊竟陵王郡縣名詩〉）

越鳥憎北樹，胡馬畏南風。（范雲　〈贈沈左衛書〉）

綠樹懸宿根，丹崖頹久壞。（任昉　〈濟浙江詩〉）

弘洙泗之風，闡迦維之化。（任昉　〈齊竟陵文宣王行狀〉）

探三詩於河間，訪九師於惟曲。（任昉　〈答陸倕知己賦〉）

文參孔圉，玄遊老室。（陸倕　〈釋奠應令詩〉）

終南臨漢闕，高掌跨周京。（陸倕　〈和昭明太子鍾山解講詩〉）

入仕乘肥馬，出守擁高車。（陸倕　〈以詩代書別後寄贈詩〉）

奕奕工辭賦，翩翩富文雅。（蕭琛　〈和元帝詩〉）

此二句上下相對仗。

（三）偶對

赤松遊其上，飲足御輕鴻，蛟螭盤其下，驤首盼層穹。（沈約　〈和劉雍州繪博山香爐〉）

是故俛容青閣，願還慈於裂壤；竊步丹墀，希收寵於開賦。（沈約　〈爲柳世隆讓封公表〉）

春干秋羽，委曠而弗陳；西序東膠，寂寥而誰仰。（任昉　〈求爲劉瓛立館啓〉）

立不倚衡，遂均鴻毛之殞；傷足居憂，忘貽髮膚之痛。（任昉　〈爲王金紫謝齊武帝示太子律序啟〉）

九流七略，頗常觀覽；六藝百家，庶非牆面。（任昉　〈天監三年策秀才文三首〉）

此一、三，二、四隔句相對。

降紫皇於天闕，延二妃於湘渚，浮蘭煙於桂棟，召巫陽於南楚。（沈約　〈郊居賦〉）

夫眇汎滄流，則不識涯涘；雜陳鍾石，則莫辨宮商。（沈約　〈與范述曾論齊竟陵王賦書〉）

上與日月爭光，下與鍾石比韻。事同觀海，義等窺天：觀之而不測，遊之而不知者矣。(沈約 〈梁武帝集序〉)

聖主難逢，蒲柳先秋；光陰不待，貪及明時。(王融 〈求自試啟〉)

念夫危葉畏風，驚禽易落。無待干戈，聊用辭辯。片言而求三輔，一說而定五州。(王融 〈永明十一年策秀才文〉五首)

此兩兩相對。

二、句意

(一) 相背

崑山西北映，流泉東南流。(沈約 〈和劉中書仙詩〉二首之一)

故天機啟則律呂自調，六情滯則音律頓舛也。(沈約 〈答陸厥書〉)

舊嶼石若構，新洲花如織。(蕭衍 〈登北顧樓詩〉)

杳杳雲竇深，淵淵石溜淺。(謝朓 〈遊山〉)

新花對白日，故蕊逐行風。(謝朓 〈詠薔薇〉)

雲端楚山見，林表吳岫微。(謝朓 〈還丹陽道中〉)

清淺既漣漪，激石復奔壯。(任昉 〈嚴陵瀨詩〉)

離燭有窮輝，別念無終緒。歧言未及申，離目已先舉。(任昉 〈別蕭諮議詩〉)

獻君千里笑，紓我百憂顇。(任昉 〈答到建安餉杖詩〉)

分手信云易，相思誠獨難。(蕭琛 〈別蕭諮議前夜以醉乖例今晝由醒敬應教詩〉)

此句意一正一反。

(二) 相向

春貌既移紅，秋林豈停舊。(沈約 〈長歌行〉)

羅衣夕解帶，玉釵暮垂冠。(沈約 〈日出東南隅行〉)

開襟濯寒水，解帶臨清風。(沈約 〈遊沈道士館〉)

出則高陪千乘，入則仰司百揆。(沈約 〈為始興王讓儀同表〉)

來風南軒之下，負雪北堂之垂。(沈約 〈郊居賦〉)

瑤臺含碧霧，羅幕生紫煙。(蕭衍 〈七夕詩〉)

落英分綺色，墜露散珠圓。(蕭衍 〈遊鍾山大愛敬寺詩〉)

璧門涼月舉，珠殿秋風迴。(王融 〈遊仙詩〉五首之三)

舞袖逐花燭，歌聲繞鳳梁。（王融　〈奉和秋夜長〉）

坐銷芳草氣，空度明月輝。（王融　〈古意詩〉二首之一）

絲中傳意緒，花裏寄春情。（王融　〈詠琵琶詩〉）

直不繩而特秀，圓匪規而天成。（王融　〈桐樹賦應竟陵王教〉）

涼風吹月露，圓景動清陰。（謝朓　〈和王中丞聞琴〉）

天際識歸舟，雲中辨江樹。（謝朓　〈之宣城郡出新林浦向板橋〉）

獨鶴方朝唳，饑鼯此夜啼。（謝朓　〈遊敬亭山〉）

堅崿既峻嶒，迴流復宛澶。（謝朓　〈遊山〉）

集九天之羽儀，棲五鳳之光影。（謝朓　〈高松賦〉）

遠樹隱且見，平沙斷還緒。（范雲　〈餞謝文學離夜詩〉）

草低金城霧，木下玉門風。（范雲　〈別詩〉）

積恨顏將老，相思心欲燃。（范雲　〈閨思詩〉）

故能拯龜玉於已毀，導涸源於將塞。（任昉　〈為武帝追封丞相長沙王詔〉）

金雞忘曉，五羊失馭。（任昉　〈求為劉瓛立館啟〉）

平臺禮申穆，兔苑接卿雲。（蕭琛　〈和元帝詩〉）

此句意或正或反，相向而對。

（三）相聯

既薦巫山枕，又奉齊眉石。（沈約　〈夢見美人〉）

託意眉間黛，申心口上朱。（沈約　〈少年新婚為之詠詩〉）

野徑既盤紆，荒阡亦交互。（沈約　〈宿東園〉）

失泛天淵池，還過細柳枝。（沈約　〈八詠詩　會圃臨春風〉）

裾開臨舞席，袖拂繞歌堂。（沈約　〈腳下履〉）

既傷簷下菊，復悲池上蘭。（沈約　〈愍衰草賦〉）

悲與恨其俱興，涕雜血其如霰。（蕭衍　〈孝思賦〉）

芬芳與時發，婉轉迎節生。（蕭衍　〈紫蘭始萌詩〉）

已傷慕歸客，復思離居者。（謝朓　〈落日悵望〉）

此二對句之意義相貫，連成一氣。

（四）相偶

途艱行易跌，命舛志難逢。（沈約　〈傷王融〉）

　　殘朱猶曖曖，餘粉尚霏霏。(沈約　〈早行逢故人車中爲贈詩〉)

　　既含意於將曉，亦流妍於始旦。(沈約　〈反舌賦〉)

　　妙聲發玉指，龍音響鳳凰。(蕭衍　〈詠笛詩〉)

　　輕羅飛玉腕，弱翠低紅妝。(蕭衍　〈擣衣詩〉)

　　闢牖期清曠，開簾候風景。(謝朓　〈新治北窗和何從事〉)

　　功存漢冊書，榮並周庭燎。(謝朓　〈和蕭中庶直石頭〉)

　　平臺盛文雅，西園富群英。(謝朓　〈奉和隨王殿下〉十六首之二)

　　徒藉小山文，空掞章臺賦。(謝朓　〈奉和隨王殿下〉十六首之八)

　　凌風知勁節，負雪見貞心。(范雲　〈詠寒松詩〉)

　　寧知安歌日，非君撤瑟晨。(任昉　〈哭范僕射〉)

　　德音高下被，英聲遠近聞。(蕭琛　〈和元帝詩〉)

此兩對仗句意義相同或相似。

　　前舉諸多例證中，除其以句型或句意相對外，其辭意或以色彩相對，或以聲韻連綿相對，或以典故相對，皆可於以下各節中見出奧妙，茲不贅述。然由八友詩文辭句之整齊對偶，不難見其與律體之發展有密切關連；且儷辭之巧對，更是講究聲律諧美之重要特性之一。

第二節　藻彩穠麗

　　《文心雕龍・情采篇》云：「聖賢書辭，總稱文章，非采而何？」又曰：

> 夫鉛黛所以飾容，而盼倩生於淑姿；文采所以飾言，而辯麗本於情
> 性。故情者，文之經；辭者，理之緯。經正而後緯成，理定而後辭
> 暢，此立文之本也。

范文瀾注引黃侃札記云：

> 舍人處齊梁之世，其時文體方趨於縟麗，以藻飾相高，文勝質衰，
> 是以不得無救正之術。此篇旨歸，即在挽爾日之頹風，令循其本……
> 　　　　〔註3〕

由此知齊梁文風縟麗，致使彥和不得不正本清源，而有「情采」之篇。故身處齊梁中堅地位之竟陵八友，其詩文亦難免雕繢滿眼、藻彩穠麗，茲舉例以證之。〔註4〕

〔註3〕見范文瀾《文心雕龍注》，〈情采第三十一〉，頁2。

〔註4〕參王次澄《南朝詩研究》，頁331～344。

一、以「顏色」字作形容詞用者（顏色字旁加小圈，以下同）

（一）豐富仙境意象

「天矯乘絳仙」「玉鑾隱雲霧」「赤水正漣漪」（沈約　〈和竟陵王遊仙詩〉二首之一）

天倪臨紫闕，地道通丹竅。（沈約　〈遊金華山〉）

朝承紫露臺，夕潤玉池風。（沈約　〈江蘺生幽渚〉）

清旦發玄洲，日暮宿丹丘。（沈約　〈和劉中書仙詩〉二首之一）

瑤臺含碧霧，羅幕生紫煙。（蕭衍　〈七夕詩〉）

綠帙啓眞詞，丹經流妙説。（王融　〈遊仙詩〉五首之一）

金厄浮水翠，玉罌挹泉珠。（王融　之二）

朱霞拂綺樹，白雲照金盈。（王融　之四）

厭白玉以爲飾，霏丹霞而爲裳。（謝朓　〈七夕賦〉）

利用「絳」、「玉」、「赤」、「綠」、「金」、「朱」、「白」、「紫」、「丹」、「碧」等顏色變化，刺激人之視覺感受，進而強調仙境之富麗、華美。

（二）烘托女子嬌美

朱口發豔歌，玉指弄嬌絃。（蕭衍　〈子夜歌〉二首之一）

朱日光素冰，黃花映白雪。（蕭衍　〈子夜春歌〉四首之三）

江南蓮花開，紅光覆碧水。（蕭衍　〈夏歌〉四首之一）

江南稚女珠腕繩，金翠搖手紅顏興。（蕭衍　〈採菱曲〉）

輕羅飛玉腕，弱翠低紅妝，朱顏日已興，晒睇色增光。（蕭衍　〈擣衣詩〉）

獨倚金翠嬌，偏動紅綺情。（蕭衍　〈紫蘭始萌詩〉）

金華妝翠羽，鷁首畫飛舟。（王融　〈採菱曲〉）

玲瓏類丹檻，迢亭似玄關。（謝朓　〈鏡臺〉）

以「白」、「朱」、「玉」、「紅」、「金」、「丹」、「翠」等色澤，烘托出女子之嬌媚與情致。

（三）襯托自然美景

「鬱律構丹巘，崚嶒起青嶂。」「白雲隨玉趾，青霞雜桂旗。」（沈約　〈游鍾山詩應西陽王教〉）

青苔已結洧，碧水復盈淇。（沈約　〈春詠詩〉）

煙極希丹水，月遠望青丘。（沈約　〈秋晨羈怨望海思歸詩〉）

岸側青莎被，巖間丹桂叢。（沈約　〈被褐守山東〉）

碧沚紅菡萏，白沙青漣漪。（蕭衍　〈首夏泛天池詩〉）

風光綠野，日照青丘。（蕭衍　〈逸民詩〉）

白水凝澗谿，黃落散堆阜。（蕭衍　〈撰孔子正言竟述懷詩〉）

攀緣傍玉澗，褰陟度金泉。長途弘翠微，香樓間紫煙。（蕭衍　〈遊鍾山大愛敬寺〉）

「綠水纈清波，青山繡芳質。」「白沙澹無際，青山眇如一。」「白水田外明，孤嶺松上出。」（謝朓　〈還塗臨渚〉）

逶迤帶綠水，迢遞起朱樓。（謝朓　〈隋王鼓吹曲：入朝曲〉）

望山白雲裏，望水平原外。（謝朓　〈後齋迴望詩〉）

綠水豐漣漪，青山多繡綺。（謝朓　〈往敬亭路中〉）

陵翠山其如剪，施懸蘿而共輕。（謝朓　〈高松賦〉）

龍飛黑水，虎步西河。（陸倕　〈石闕銘〉）

以「紫」、「綠」、「白」、「青」、「黃」、「翠」、「丹」、「紅」、「朱」、「赤」等顏色，將大自然之山水景觀襯托得更爲出色。

（四）體現植物色彩

紫蘀開綠篠，白鳥映青疇。（沈約　〈休沐寄懷〉）

長枝萌紫葉，清源泛綠苔。（沈約　〈泛永康江〉）

網軒映珠綴，應門照綠苔。（沈約　〈應王中丞思遠詠月詩〉）

紫茄紛爛熳，綠芋鬱參差。（沈約　〈行園詩〉）

綠葉迎露滋，朱苞待霜潤。（沈約　〈園橘詩〉）

微風搖紫葉，輕露拂珠房。（沈約　〈詠杜若詩〉）

「黃荇綠蒲，動紅荷於輕浪，覆碧葉於澄湖」「其陸卉則紫蘁綠菰」

「開丹房以四照，舒翠葉而九衢，抽紅英於紫蒂，銜素蕊於青跗」

「紫蓮夜發，紅荷曉舒」（沈約　〈郊居賦〉）

芊茸臨紫桂，蔓延交青苔。（蕭衍　〈雍臺〉）

金華紛苚若，瓊樹鬱青蔥。（王融　〈法樂辭〉之十一）

紫庭風日好，青槐枝葉新。（王融　〈雜辭報范通直詩〉）

離軒思黃鳥，分渚蔓青莎。（王融　〈餞謝文學離夜〉）

素志與白雲同悠，高情與青松共爽。（王融　〈爲竟陵王與隱士劉虯書〉）

靡輕筠之碧葉，汎會松之翠枝。（王融　〈風賦〉）

朝光映紅荂，微風吹好音。（謝朓　〈和何議曹郊遊詩〉二首之一）

朱臺鬱和望，青槐紛馳道。（謝朓　〈永明樂〉十首之三）

白蘋望已騁，緗荷紛可襲。（謝朓　〈夏始和劉潺陵詩〉）

丹纓猶照樹，綠筠方解籜。（謝朓　〈紀功曹中園〉）

紫葵窗外舒，青荷池上出。（謝朓　〈閒坐〉）

紅蓮搖弱荇，丹藤繞新竹。（謝朓　〈出下館〉）

「蔭綠竹以淹留，藉幽蘭而容與。」「廁金枝於芳叢，夕舒榮於潺露。」（謝朓　〈杜若賦〉）

江皋綠草，曖然已平。（謝朓　〈高松賦〉）

折柳青門外，握蘭翠疏中。綠蘋騁春日，碧洵澹時風。（范雲　〈四色詩〉四首之一）

綠樹懸宿根，丹崖頹久壞。（任昉　〈濟浙江詩〉）

綠條發丹檻，翠葉映雕梁。（任昉　〈靜思堂秋竹賦〉）

用「紫」、「綠」、「青」、「白」、「紅」等字眼體現植物色彩，使其意象更爲鮮明。

（五）突顯動物形象

綠綺試一彈，玄鶴方鼓翼。（沈約　〈相逢狹路間〉）

雖復金鑣復騁，玉軫並馳，妍媸優劣，參差相間。（沈約　〈上注制旨連珠表〉）

朱騏步躑躅，玄鶴舞蹉跎。（王融　〈明王曲〉）

青禽承逸軌，文驪鏡重川。（王融　〈法樂辭〉之七）

青鳥飛層隙，赤鯉泳瀾隈。（謝朓　〈祀敬亭山春雨〉）

差池珠燕去，繽翻赤雁歸，瀺灂丹魚聚，聯翻血鳥飛。（范雲　之二）

烏林葉將實，墨池水就乾。玄豹藏暮雨，黑豹凌夜寒。（范雲　之四）

蒼龍玄武之制，銅爵鐵鳳之工。（陸垂　〈石闕銘〉）

以「翠」、「朱」、「玄」、「青」、「丹」、「黑」、「紫」等色澤描繪動物，使形象更見突出。

（六）增飾器物建築

寶瑟玫瑰柱，金羈瑇瑁鞍。（沈約　〈登高望春詩〉）

若若青組紆，煙煙金鐺色。（沈約　〈相逢狹路間〉）

白露欲凝草已黃，金管玉柱響洞房。（沈約　〈秋白紵〉）

但令入玉枰，金衣非所客。（沈約　〈園橘詩〉）

丹墀上颯沓，玉殿下趨鏘。（沈約　〈腳下履〉）

青玉冠西海，碧石彌外區。（沈約　〈麥李詩〉）

青槐金陵陌，丹轂貴遊士。（沈約　〈長安有狹斜行〉）

白馬紫金鞍，停鑣過上蘭。（沈約　〈白馬篇〉）

綠編方委閣，素簡日盈輈。（沈約　〈和竟陵王抄書詩〉）

青綢雖長復易解，白雲誠遠詎難依。（沈約　〈晨征聽曉鴻〉）

俯結玄陰，仰成翠屋。乍髣髴於行雨，時徘徊於丹轂，遠齊絲於碧林，豈慚光於若木。（沈約　〈桐賦〉）

翠鬣紫纓之飾，丹冕綠襟之狀。（沈約　〈天淵水鳥應詔賦〉）

是故俛容青閣，願還慈於裂壤，竊步丹墀，希收寵於開賦。（沈約　〈爲柳世隆讓封公表〉）

玉盤著朱李，金杯盛白酒。（蕭衍　之三）

七彩紫金柱，九華白玉梁。（蕭衍　〈秋歌〉四首之二）

碧玉奉金杯，綠酒助花色。（蕭衍　〈碧玉歌〉）

龍馬紫金鞍，翠眊白玉羈。（蕭衍　〈襄陽蹋銅鐵啼歌〉三首之三）

朱絲玉柱羅象筵，飛琯促節舞少年。（蕭衍　〈白紵辭〉二首之一）

綠耀剋碧彫琯笙，朱脣玉指學鳳鳴。（蕭衍　〈江南弄：鳳笙曲〉）

金書發幽會，碧簡吐玄門。（蕭衍　〈上雲樂：方丈曲〉）

青城接丹霄，金樓帶紫煙。（蕭衍　〈乾闥婆詩〉）

翠壁絳霄際，丹樓青霞上。（蕭衍　〈直石頭詩〉）

白日映丹羽，赤霞文翠旆。（王融　〈從武帝琅邪城應詔〉）

翠柳陰通街，朱闕臨高城。（王融　〈長歌引〉）

丹榮藻玉墀，翠羽文珠闕。（王融　〈法樂辭〉之二）

振玉噩丹墀，懷芳步青閣。（王融　〈永明樂〉十首之四）

言炳丹青，道潤金壁。（王融　〈三月三日曲水詩序〉）

纓劍紫複，趨步丹墀。（王融　〈求自試啓〉）

青礎崛起，丹樓間出。翠葆隨風，金戈動日。（謝朓　〈侍宴華光殿曲水奉敕爲皇太子作九章之七〉）

青精翼紫軑，黃旗映朱邸。（謝朓　〈始出尚書省詩〉）

事紫泥密勿，腰青緺而容與。（謝朓　〈酬德賦〉）

碎文錦之丹臆，裂雕綺之翠襟。（謝朓　〈野鶩賦〉）

草低金城霧，木下玉門風。（范雲　〈別詩〉）

素鱗颺北渚，白水杜南宛。獻環潤玉塞，歸珠照瓊轅。(范雲 之三)

彼白玉之雖潔，此幽蘭之信芳。(任昉 〈答陸倕知己賦〉)

海岳黃金，河庭紫貝。(陸垂 〈石闕銘〉)

以「白」、「丹」、「赤」、「金」、「青」、「翠」、「玉」等顏色形容器物或建築，增加其細致與華麗。

二、以「顏色」字作名詞用者

列茂河陽苑，蓄紫濫觴隈。翻黃秋沃若，落葉春徘徊。(沈約 〈西地梨詩〉)

春貌既移紅，秋林豈停舊。(沈約 〈長歌行〉)

「或異林而分丹青，乍因風而雜紅。」「欲令紛披蓊鬱，吐綠攢朱」(沈約 〈郊居賦〉)

「銜花分佩實，垂綠分散紅」「霜奪莖上紫，風銷葉中綠」(沈約 〈愍衰草賦〉)

曖平湖而漾青綠，拂繒綺而籠丹素。(沈約 〈高松賦〉)

大婦理金翠，中婦事玉觴。(蕭衍 〈長安有狹斜行〉)

輕露炫珠翠，初風搖綺羅。(王融 〈永明樂〉十首之九)

霜奪莖上紫，風銷葉中綠。(王融 〈歲暮愍衰草〉)

發翠斜漢裏，蓄寶宕山峰。(謝朓 〈雜詠 燈〉)

舞衣襞未縫，流黃覆不織。(謝朓 〈贈王主簿詩〉二首之一)

芳條結寒翠，圓實變霜朱。(范雲 〈園橘〉)

散葩似浮玉，飛英若總素。(任昉 〈同謝朓花雪詩〉)

開紅春灼灼，結實夏離離。(任昉 〈詠池邊桃詩〉)

以「紫」、「黃」、「綠」、「翠」、「朱」、「紅」、「素」等顏色字擬代花木，增添詩文之畫意。

三、以「顏色」字作狀詞用者

春風搖雜樹，葳蕤綠且丹。（沈約　〈登高望春詩〉）

「弱草半抽黃，輕條未全綠。」「早發散凝金，初露泫成玉。」（沈約　〈傷春〉）

卷簾天自高，海水搖空綠。（蕭衍　〈西洲曲〉）

桃花初發紅，芳草尚抽綠。（蕭衍　〈楊叛兒〉）

眾花雜色滿山林，舒芳耀綠垂輕陰。（蕭衍　〈江南弄〉）

瓊樹落晨紅，瑤塘水初淥。（王融　〈淥水曲〉）

日汩山照紅，松映水華碧。（王融　〈棲玄寺聽講畢遊邸園七韻應司徒教〉）

憮然坐相思，秋風下庭綠。（王融　〈巫山高〉）

塘邊草雜紅，樹際花猶白。（謝朓　〈送江水曹還遠館詩〉）

發萼初攢紫，餘采尚扉紅。（謝朓　〈詠薔薇詩〉）

中池所以綠，待我泛紅光。（謝朓　〈詠杜若詩〉）

山中芳杜綠，江南蓮葉紫。（謝朓　〈往敬亭路中〉）

以「綠」、「丹」、「黃」、「紅」、「白」、「紫」等字眼作狀詞，不僅體現物色，更使其神彩展露無遺。

　　前舉一百二十四例中，沈約詩文共佔三十七例；蕭衍二十五例；王融二十二例；謝朓二十六例；范雲六例；任昉五例；陸倕三例；蕭琛無。其中沈約以綠字最多，其次為丹、青、紫，再其次為金、玉、紅、白；蕭衍以金、玉二字最多，其次為綠、碧、紫、紅、朱、白，再其次為青、翠；謝朓以青、綠二字最多，其次為白、丹，再其次為紅、紫、翠；王融以青、翠二字最多，其次為丹、金再其次為白、紫、朱、綠；范雲以朱、玉字較多；任昉以綠、丹字較多；陸倕則無特色。總而言之，八友篇什中之色彩，以綠（包括青、翠、碧）色最多，其次為紅（包括丹、朱、絳、赤）色，再其次為白（包括玉、素）、紫、金等色。以此穠豔之色澤，用於摹景寫物，不僅使意象益形鮮明突出，更使文風趨向華靡，其中以宮體詩最為顯著。

第三節　四聲制韻

　　聲韻可謂詩賦之靈魂。詩人爲求音調活潑、文句靈動，常藉聲韻之轉換，以增詩歌語言之音樂性，以及增廣文路之所必需。如《詩經》早有古詩轉韻之例：「陟彼『岵』兮，瞻望『父』兮，父曰嗟予『子』（轉韻）行役夙夜無『已』。上愼旃哉，猶來無『止』。」又漢古詩十九首，「行行重行行，⋯⋯相去日已遠」以下，由支韻轉爲阮韻。惟晉以前，古詩換韻之間隔與韻腳之聲調皆未講求，〔註5〕迨南朝聲律論興起，聲韻要求才越趨嚴密。

　　四聲八病爲沈約等人聲律論之重要主張，當時將此一理論具體化之結果，爲「永明體」之產生，而永明體之重要原則即是「四聲制韻」（《南史・陸倕傳語》）。四聲理論已於本論文第五章作過探討，至於如何應用於實際創作，以及其成效如何，此乃值得關切之問題。八友諸人躬逢其時，且其中數位又是聲律論之創始者，其作品是否有此一理論之具體實踐？許東海曾針對沈約、謝朓、王融三人之作加以考察，發現其四聲制韻之原則，不僅用於避忌聲病，亦著力於韻腳與其餘句尾音調之變化與和諧。〔註6〕其謂：

> 在大多數的五言詩中，亦即除押平聲韻之句子外，其餘各句的尾字，皆爲仄聲字，且包括上、去、入三聲。（當然四句式，不可能包括這三種聲調）而且亦避免連續使用同一聲調的字詞，以達到突顯韻腳之音樂效果，且富於變化，免於落入呆板。〔註7〕

說明除押韻字外，其餘句尾亦注重聲調變化之效果。因此「韻」字之涵蓋範圍，當及於聲病之避忌與韻腳之押韻。〔註8〕以沈約〈悼亡詩〉爲例：

> 去秋三五月（入），今秋還照梁。（平聲陽韻）
> 今春蘭蕙草（上），來春復吐芳。
> 悲哉人道異（去），一謝永銷亡。
> 簾屏既毀撤（入），帷席更施張。
> 遊塵掩虛座（去），孤帳覆空床。
> 萬事無不盡（去），徒令存者傷。

〔註5〕參王次澄《南朝詩研究》，第四章〈南朝詩之特殊體製〉，頁208。
〔註6〕見許東海《永明體之研究——以沈約文論及其作品爲主》，第三章三節〈四聲理論之具體實踐〉，頁154。
〔註7〕見許東海《永明體之研究——以沈約文論及其作品爲主》，頁149。
〔註8〕見許東海《永明體之研究——以沈約文論及其作品爲主》，頁145。

此詩押平聲「陽」韻，其單數句之句尾分別爲入聲、上聲、去聲、入聲、去聲、去聲，極盡聲調之變化，且與雙數句之句尾（即韻腳）平仄相間，頗符合沈約聲律論「若前有浮聲，則後須切響」及「兩句之中，輕重悉異」（《宋書·謝靈運傳論》）之原則。不僅如此，且要避忌病犯，此詩除第一、二句之第二字同爲「秋」，犯平頭之一小疵外，餘皆無觸及。〔註9〕長篇猶且如此，短篇更是。如〈詠餘雪〉：

　　　　陰庭覆素芘（上），南階襄綠葹。（平聲支韻）

　　　　玉臺新落構（去），青山已半虧。

押平聲「支」韻。首句「芘」字爲上聲，第三句「構」字爲去聲，前後句尾平仄相間。且不犯平頭、上尾、蜂腰、鶴膝四病。八友除沈約外，其餘諸人亦是。茲各舉一例如左：

　　　　薄遊朱明節（入），泛漾天淵池。（平聲支韻）

　　　　舟楫互容與（上），藻蘋相推移。

　　　　碧芷紅菡苕（上），白沙青漣漪。

　　　　新波拂舊石（入），殘花落故枝。

　　　　葉軟風易出（入），草密路難披。（蕭衍　〈首夏泛天池詩〉）

押平聲「支」韻。舊石，前後句尾平仄相間。且不犯平頭、上尾、蜂腰、鶴膝四病。

　　　　所知共歌笑（去），誰忍別笑歌。（平聲歌韻）

　　　　離軒思黃鳥（上），分渚愛青莎。

　　　　翻情結遠旆（去），灑淚與行波。

　　　　春江夜明月（入），還望情如何。（王融　〈餞謝文學離夜〉）

押下平聲「歌」韻。單句句尾之聲調有變化，亦不犯平頭、上尾、蜂腰、鶴膝等四病。

　　　　低枝詎勝葉（入），輕香幸自通。（平聲東韻）

　　　　發萼初攢紫（上），餘采尚霏紅。

　　　　新花對白日（入），故蕊逐行風。

　　　　參差不俱曜（去），誰肯盼薔叢。（謝朓　〈詠薔薇〉）

押平聲「東」韻。包尾聲調平、上、去、入皆備，前後平仄相間。且不犯上

尾、蜂腰、鶴膝之病。

> 乃鑒長林曲（入），有浚廣庭前。……………先（平聲先仙同用韻）
> 即源已爲浪（去），因方自成圓。……………
> 兼冬積溫水（去），疊暑泌寒泉。……………仙
> 不甘未應竭（入），既涸斷來翻。……………（范雲　〈詠井詩〉）

平聲先仙韻同用。〔註10〕句尾聲調平、上、入有變化。除犯平頭外，餘皆不犯。

> 旭旦煙雲卷（上），烈景入東軒。……………（平聲元痕同用）
> 傾光望轉蕙（去），斜日照西垣。……………
> 既卷蕉梧葉（入），復傾葵藿根。……………痕元
> 重簟無冷氣（去），挾石似懷溫。……………
> 瀧霖類珠綴（去），喘赫狀雷奔。（任昉　〈苦熱詩〉）

平聲元痕韻同用。單句句尾上、去、入有變化，前後平仄相間。僅犯平頭之病。

> 和風雜美氣（去），下有眞人遊。（平聲尤韻）
> 壯矣荀文若（入），賢哉陳太丘。
> 今則蘭臺聚（上），萬古信爲酬。
> 任君本達識（入），張子復清修。
> 既有絕塵到（去），復見黃中劉。（陸倕　〈贈任昉詩〉）

押下平聲「尤」韻。單句句尾上、去、入有變化，前後平仄相間。皆不觸病犯。

> 執手無還顧（去），別渚有西東。（平聲東韻）
> 荊吳眇無際（去），煙波千里通。
> 春筍方解籜（入），弱柳向低風。
> 相思將安寄（去），悵望南飛鴻。（蕭琛　〈餞謝文學詩〉）

押平聲「東」韻。單句句尾去、入有變化，前後平仄相間。僅觸犯平頭。

由前面舉例分析，可見八友作詩頗能注重韻律之和諧，而此和諧關係並非古人之妙手偶得，乃是根據一套聲病避忌之原則。日人高木正一曾作過研究，晉宋以前，詩犯上尾之病很多，但沈約一百五十首詩中，卻僅有三首。而犯鶴膝之比率，沈約等人已逐漸減少。至於既犯上尾又觸鶴膝者，齊梁以

<hr>

〔註10〕韻部分合乃依王力〈南北朝詩人用韻考〉之分析，以下同：《清華學報》十一卷 3 期。

後已相當少見。〔註11〕郭德根所作之調查亦同於此。〔註12〕而許東海則加以補充，〔註13〕列表如左：（有〝＊〞者爲許氏補充，其餘爲高木正一所統計。數目表示：調查詩數／犯規數）

人　名	平　頭	上　尾	蜂　腰	鶴　膝
沈約	＊一三／四	一五〇／三	＊一三／九	一五一／三三
王融	＊八六／二六	＊八六／二		＊八六／一七
謝朓	二五／一九	＊二六／四		一三四／六八

因此可見，三人在上尾之病幾能避免，平頭、鶴膝比率亦不高，而犯蜂腰者，以沈約之比率最嚴重。此統計雖不夠完整，但卻頗符合《文鏡秘府論》之引語：「此上尾齊梁以前時有犯者，齊梁以來無有犯者，此爲巨病，若犯者，文人以爲未涉文途者也。」〔註14〕並表明出蜂腰之不易避忌，以及統計上之困難。

　　然由八友詩中換韻或同用之例，亦可見四聲在韻腳參差出現之情形。如沈約〈爲南郡王侍皇太子釋奠宴二首之二〉：（轉韻處，平韻用〝。〞表示，仄韻用〝＊〞表示）

　　　　義重師匡，業貴虛受。裏野順風，西河杜帚。表跡虧光，降情迴首。

　　　　道御百靈，神行萬有。尊學尚矣，繼列傳徽。旗章或夛，茲道莫違。

　　　　自堂及室，異軫同歸。洋洋聖範，楚楚儒衣。

全篇四言十六句，自「神行萬有」以下換韻，共用「有」、「微」二韻，平、仄遞用。又：

　　　　愍衰草，衰草無容色。憔悴荒徑中，寒荄不可識。昔時兮春日，昔日兮春風。銜花兮佩實，垂綠兮散紅。氛氳鳲鵲石，照耀望仙東。送歸顧慕泣淇水，嘉客淹留懷上宮。嚴取兮海岸，冰多兮霰積。爛熳兮容根，攢幽兮寓隙。布綿密于寒皋，吐纖疏於危石。既惆悵於君子，倍傷心於行役。露縞枝於初旦，霜紅天於始夕。彫芳卉之九衢，賈靈茅之三脊。風急嶠道難，秋至客衣單。既傷簷下菊，復悲池上蘭。飄落逐風盡，方知歲早寒。流螢暗明燭，雁聲斷纓續。委

〔註11〕參高木正一〈六朝律詩之形成〉下，頁27～28；《大陸雜誌》十三卷10期。
〔註12〕參郭德根《謝玄暉詩研究》，頁152～155；臺大中文碩士論文，民國74年。
〔註13〕參許東海《永明體之研究——以沈約文論及其作品爲主》，頁167～179。
〔註14〕或指初唐元兢之語。參許東海《永明體之研究——以沈約文論及其作品爲主》，頁178。

絕長信宮，蕪穢丹墀曲。霜奪莖上紫，風銷葉中綠*。山變分青薇，
水折分兼葦。秋鴻分疏引，寒鳥分聚飛。徑荒寒草合，桐長舊巖危。

園庭漸蕪沒，霜露日沾衣。願逐晨征鳥，薄暮共西歸。(八詠詩之三
〈歲暮愍衰草〉)

全篇雜言四十六句，換韻之間隔為四句、八句、六句、六句、十句，共用「職」、
「陌」、「寒」、「沃」、「微」等五韻，平、仄遞用。而王融〈古意〉：

霜氣下孟津，秋風度函谷。念君淒已寒，當軒卷羅縠。纖手廢裁縫，
曲鬢罷膏沐*。千里不相聞，寸心鬱氳氲。況復飛螢夜，木葉亂紛紛。
(二首之二)

全篇五言十句，前六句押入聲「屋」韻，後四句押平聲「文」韻，亦平、仄遞用。

另外，蕭琛〈和元帝詩〉，五言十六句，前六句押上聲「馬」韻，後十句
押平聲「文」韻，平、仄遞用；陸倕〈以詩代書別後寄贈〉，五言八十四句，
換韻之間隔為二十句、四句、十二句、四句、二十六句、十句、八句、共用
「魚」、「寘」、「侵」、「皓」、「陽」、「禡」、「支」等七韻，平、仄遞用，其仄
韻則上、去二聲互用。

而賦作方面，隔句押韻即兩漢以來賦體普遍現象，[註15] 至此不僅用韻
漸趨嚴格，隔句押韻及換韻幾成定式。[註16] 如謝朓〈杜若賦〉：[註17]

　　○伫　○渚　○與　○禦 …………………………語韻
　　　　(清)　(清)　　　(清)

　　○英　○清　○傾　○平　○情…………………庚清合用

　　○叢　○風　○蓬 ………………………………東韻

及沈約〈高松賦〉：

　　○地　○翠…………………………………………至韻

　　○奇　○枝　○雌　○知　○池…………………支韻

　　○漢　○路　○暮○素……………………………暮韻
　　　　　(仙)　(仙)　(仙)

　　○天　○懸　○焉　○泉　○篇○…………………先仙合用

其韻腳亦平仄相間，使文章之聲調顯現抑揚頓挫之效果。

〔註15〕參簡宗梧《司馬相如揚雄及其賦之研究》，頁374。
〔註16〕參李嘉玲《齊梁詠物賦研究》，頁148。
〔註17〕 "○"表非韻之句，參李嘉玲《齊梁詠物賦研究》，頁149。

　　觀上述諸例，雖離「四聲制韻」之理想與目標，尚有一段距離，但以其草創階段所展現之成績，實屬難得。又沈約等人韻腳多用仄聲韻之現象，[註18] 何以至唐反喜用平聲韻？如許氏所言：「……以仄聲押韻的詩，似乎有其困難，蓋平聲韻的作品，與上、去、入三聲句尾相間，自符合音調之變化與和諧原則，且能產生『眾星拱月』般烘托韻腳的效果，但若押仄聲韻，依上述之理，爲求四聲變化則必然會有句尾仄聲與仄聲相間的頻繁現象，一方面容易干擾到韻腳的主要地位，再者也不符合音韻上輕重抑揚之變化，亦即不合於後人所謂平仄相間之變化。」又曰：「何況他們所謂的仄聲韻詩，都明顯地強調以入聲押韻，四聲之中，入聲之字數量最少，以入聲押韻，無異於自尋苦惱，……」[註19] 殆因唐人已察覺齊梁文人以仄聲協韻之困難及限制。

第四節　雙聲疊韻

　　自齊永明沈約、王融、謝脁等倡四聲八病之理論後，聲韻之講求更加注重。如沈約所謂「前有浮聲，則後須切響」，以及劉勰「聲有飛沈，響有雙疊」，即要求詩文聲律之和諧悅耳，亦即要能平仄相間，以盡抑揚變化之美。由八友五言詩之趨於律化，知其大體頗能遵照此一原則。除此之外，善用雙聲疊韻，亦是八友詩文音韻諧美之主要來源。雙聲疊韻於修辭學上屬「聯綿詞」，包括雙聲、疊韻及疊字三類，[註20] 與「八病」之論並不相牴觸，而八友亦樂於用之，尤其用於儷句中，不僅使對仗益顯精巧，且增加音調之宛轉鏗鏘。茲舉例說明之：[註21]

一、雙聲詞相對（雙聲詞旁加小圈）

　　　　蝶逢飛搖颺，燕值羽參差。（沈約　〈八詠詩　會圃臨春風〉）

　　　　淒鏘笙管遒，參差舞行亂。（沈約　〈樂將殫恩未已應詔詩〉）

　　　　鵾雞已啁哳，棗下復林離。（沈約　〈詠笙詩〉）

〔註18〕參許東海《永明體之研究——以沈約文論及其作品爲主》，頁147～152。據許氏統計，沈約五言詩中押仄聲韻者，佔百分之五七；王融佔百分之一七；謝脁佔百分之四二。

〔註19〕見許東海《永明體之研究——以沈約文論及其作品爲主》，頁155。

〔註20〕參胡楚生《訓詁學大綱》，頁58～62。

〔註21〕參王次澄《南朝詩研究》，頁364～370。

紫茄紛爛熳，綠芋鬱參差。(沈約　〈行園詩〉)

想像屠釣，踟蹰板築。(蕭衍　〈逸民〉)

參差列鳳館，容與起浮塵。(蕭衍　〈桐柏曲〉)

玲瓏類丹檻，苕亭似元闕。(謝朓　〈雜詠三首之一　鏡臺〉)

二、疊韻詞相對（疊韻詞旁加小圈）

氤氳非一香，參差多異色。(沈約　〈芳樹〉)

風動露滴瀝，月照影參差。(沈約　〈詠簷前竹詩〉)

照曜三爵臺，徘徊九華殿。(沈約　〈八詠詩：登臺望秋月〉)

氛氳鳲鵲石，照耀望仙東。(沈約　〈八詠詩：歲暮愍衰草〉)

上瞻既隱軫，下睇亦溟濛。(沈約　〈八詠詩：被褐守山東〉)

爛熳蜃雲舒，嶔崟山海出。(沈約　〈奉華陽王外兵詩〉)

紫茄紛爛熳，綠芋鬱參差。(沈約　〈行園詩〉)

稜層疊嶂遠，迤邐鄧道懸。(蕭衍　〈遊鍾山大愛敬寺〉)

蒼龍發蟠蜿，青旂引窈窕。(蕭衍　〈藉田詩〉)

繾綣故舊，綢繆宿昔。(蕭衍　〈贈逸民詩〉)

悵望心已極，倘怳魂屢遷。(謝朓　〈宣城郡內登望〉)

徘徊發紅萼，葳蕤動綠荍。(謝朓　〈詠風〉)

葉既生婀娜，葉落更扶疏。(謝朓　〈遊東堂詠桐〉)

三、雙聲、疊韻詞錯綜對（雙聲旁加小圈、疊韻旁加 "＊" 號）

輕舞信徘徊，前歌且遠衍。(沈約　〈從齊武帝瑯琊城講武〉)

綠幘文照耀，紫燕光陸離。(沈約　〈三月三日率爾成章〉)

沃若動龍驂，參差凝鳳管。(沈約　〈侍宴樂遊苑餞徐州刺史應詔詩〉)

乍髣髴於行雨，時徘徊於丹轂。(沈約　〈桐賦〉)

霡霂裁欲垂，霏微不能注。（沈約　〈庭雨應詔詩〉）

大息組絪縕，中息佩陸離，小息尚青綺。（蕭衍　〈長安有狹邪行〉）

丈人少徘徊，鳳吹方參差。（同上）

飛鳥發差池，出雲去連綿。（蕭衍　〈遊鍾山大愛敬寺〉）

待我光泛灩，爲君照參差。（蕭衍　〈詠燭詩〉）

疏散謝公卿，蕭條依掾史。（謝朓　〈始之宣城郡〉）

玲瓏結綺錢，深沈映朱網。（謝朓　〈直中書省〉）

惆悵清管，徘徊輕俏。（謝朓　〈侍宴華光殿曲水奉敕爲皇太子作詩〉）

朱騏步躑躅，玄鶴舞蹉跎。（王融　〈明王曲〉）

蒼翠望寒山，崢嶸瞰平陸。（謝朓　〈冬日晚郡事隙〉）

潺湲石溜瀉，綿蠻山雨聞。（王融　〈移席琴室應司徒教〉）

四、疊字相對（疊字旁加小圈）

齊梁詩人善用疊字摹形、擬態、壯聲，竟陵八友亦不例外。例如：

峨峨德傅，灼灼英臺。（沈約　〈侍皇太子釋奠宴詩〉）

岌岌貂冕，轔轔華轂。（沈約　〈贈沈錄事江水曹二大使詩〉）

洋洋聖範，楚楚儒衣。（沈約　〈爲南郡王侍皇太子釋奠宴詩二首〉）

靡靡神襟，鏘鏘群彥。（沈約　〈爲臨川王九日侍太子宴詩〉）

曈曈螢入霧，離離雁出雲。（沈約　〈秋夜詩〉）

綠階已漠漠，汎水復綿綿。（沈約　〈詠青苔詩〉）

殘朱猶曖曖，餘粉尚霏霏。（沈約　〈早行逢故人車中爲贈詩〉）

嗷嗷夜猿鳴，溶溶塵霧合。（沈約　〈石塘瀨聽猿詩〉）

灼灼上階綠，勤勤敘別離。慊慊道相思，相看常不足。（沈約　〈六憶詩〉四首之一）

故枝雖遼遼，新葉頗離離。（沈約　〈八詠詩：夕行聞夜鶴〉）

歸海流漫漫，出浦水濺濺。（沈約　〈早發定山詩〉）

聽騷騷於既曉，望隱隱於將暮。（沈約　〈高松賦〉）

「任重悠悠，生涯浩浩」「綠竹猗猗，紅桃夭夭。」（蕭衍　〈贈逸民詩〉）

飛飛雙蛺蝶，低低兩差池。（蕭衍　〈古意詩〉二首之一）

容容寒煙起，翹翹望行人。（王融　〈青青河畔草〉）

亭亭宵月流，朏朏晨霜結。（王融　〈法樂辭〉之八）

春盡風颯颯，蘭凋木脩脩。（王融　〈思公子〉）

悠悠九土各異形，擾擾四聲非一情。（王融　〈迴向門詩〉）

膒膒膊膊烏迷曛，磊磊落落玉石分。（王融　〈奉和纖纖詩〉）

「可謂巍巍弗與，蕩蕩誰名。」「轟轟隱隱，紛紛軫軫。」（王融　〈三月三日曲水詩序〉）

遠樹曖阡阡，生煙紛漠漠。（謝朓　〈遊東田〉）

鏘鏘玉鑾動，溶溶金障旋。（謝朓　〈郊祀曲〉）

眇眇蒼山色，沈沈寒水波。（謝朓　〈出藩曲〉）

從風既嬝嬝，映日頗離離。（謝朓　〈秋竹曲〉）

絡絡結雲騎，奕奕泛戈船。（謝朓　〈永明樂〉十首之六）

杳杳雲竇深，淵淵石流淺。（謝朓　〈遊山詩〉）

輕蘋上靡靡，遒雜石下離離。（謝朓　〈將遊湘水尋句溪詩〉）

遠樹曖阡阡，生煙紛漠漠。（謝朓　〈遊東田詩〉）

秋河曙耿耿，寒渚夜滄滄。（謝朓　〈暫使下都夜發新林至京邑贈西府同僚詩〉）

渫雲已漫漫，夕雨亦淒淒。（謝朓　〈遊敬亭山詩〉）

西京藹藹，東都濟濟。（謝朓　〈侍宴華光殿曲水奉敕爲皇太子作詩〉）

景奕奕以自照，枝靡靡而葉傾。（謝朓　〈杜若賦〉）

上蕪蕪兮陰景，下田田兮被谷。（謝朓　〈遊後園賦〉）

滔滔積水，裊裊霜風。（謝朓　〈臨楚江賦〉）

望蕭蕭而既閒，即微微而方靜。（謝朓　〈高松賦〉）

靄靄朝雲去，溟溟暮雨歸。（范雲　〈巫山高〉）

竹花何莫莫，桐葉何離離。（范雲　〈古意贈王中書〉）

懷情徒草草，淚下空霏霏。（范雲　〈贈張徐州稷詩〉）

盈盈一水邊，夜夜空自憐。（范雲　〈望織女詩〉）

三楓何習習，五渡何悠悠。（范雲　〈酬修仁水賦詩〉）

黝黝桑柘繁，芃芃麻麥盛。（任昉　〈落日泛舟東溪詩〉）

開紅春灼灼，結實夏離離。（任昉　〈詠池邊桃詩〉）

濟濟橫經，祁祁負衮。（陸倕　〈釋奠應令詩〉）

風颸颸以吹鄴，燈黯黯而無光。（陸倕　〈思田賦〉）

奕奕工辭賦，翩翩富文雅。（蕭琛　〈和元帝詩〉）

由前述諸例見出，八友喜用用雙聲疊韻詞，增加詩文聲調之宛轉諧美，尤其沈約與謝朓之疊字相對者甚多，使文字風格益顯清新。另外，以重言增加音韻美之單句比比皆是，因繁多，故不列出。

第五節　練字度句

　　傅庚生《中國文學欣賞舉隅》云：「字必練而始工，句因度而能穩。練字度句，太輕出則意淺，意淺則一覽便盡；過深入則意晦，意晦而難覓知音，所謂過猶不及也。」〔註 22〕因此為使字句產生活潑靈動感，遣詞造句必經一番推敲。尤其詩句中動詞與形容詞之安排，若能使意象鮮明，語意警策，並能增加趣味，提昇境界此「關鍵」字即後人所謂之「句眼」。〔註 23〕又八友詩

〔註22〕見傅庚生《中國文學欣賞舉隅・二十二練字度句》，頁 187。

〔註23〕參王次澄《南朝詩研究》，第五章〈南朝詩之修辭特色〉，頁 306～312 及盧清青《齊梁詩探微》，第四章〈齊梁詩的藝術成就（下）〉，頁 212 ～216。

中亦多比擬，﹝註24﹞由此可見其匠心獨運。茲舉例說明之。

一、句眼（關鍵字方加小圈，下同。）

（一）句眼居於第二字者

坐銷芳草氣，空度明月輝。（王融　〈古意〉）

魚戲新荷動，鳥散餘花落。（謝朓　〈遊東田〉）

風斷陰山樹，霧失交河城。（范雲　〈傚古〉）

草低金城霧，木下玉門風。（范雲　〈別詩〉）

此類詩句於八友詩中不多，前舉三例之句眼皆為動詞所在。首例以「銷」「度」二字將作者與自然融為一體；後二例用「斷」「失」「低」「下」之動詞，使自然景物擬人化，而具動態之美。

（二）句眼居於第三字者

微風搖紫葉，輕露拂朱房。（沈約　〈詠芙蓉詩〉）

山光浮水至，春色犯寒來。（沈約　〈泛永康江〉）

瑤臺含碧霧，羅幕生紫煙。（蕭衍　〈七夕詩〉）

輕羅飛玉腕，弱翠低紅妝。（蕭衍　〈擣衣詩〉）

霜氣下孟津，秋風度寒谷。（王融　〈古意詩〉二首之二）

舞袖拂花燭，歌聲繞鳳梁。（王融　〈奉和秋夜長〉）

巖垂變好鳥，松上改陳蘿。（謝朓　〈和王長史臥病詩〉）

餘雪映青山，寒霧開白日。（謝朓　〈高齋視事詩〉）

荒隩被葳莎，崩壁帶苔蘚。（謝朓　〈遊山詩〉）

桂葉競穿荷，蒲心爭出波。（范雲　〈貽何秀才詩〉）

端綏挹宵液，飛音承露清。（范雲　〈詠早蟬詩〉）

白馬騰遠雪，蒼松壯寒風。（范雲　〈奉和竟陵王郡縣名詩〉）

風條振風響，霜葉斷霜枝。（范雲　〈贈俊公道人詩〉）

﹝註24﹞參盧清青《齊梁詩探微》，頁219～222。

此亦用「擬人」法，將無知事物，託爲有情，〔註25〕而「搖」「拂」「浮」「犯」等字，即賦予詩句靈動之關鍵，如「微風搖紫葉，輕露拂朱房」，將微風及輕露寄以靈性，使其能微搖紫葉，輕拂朱房，極盡輕盈曼妙之致。

（三）句眼居於第五字者

　　朝光灼爍映蘭池，春風婉轉入細枝。（沈約　〈上巳華光殿詩〉）

　　春貌既移紅，秋林豈停蒨。（沈約　〈長歌引〉）

　　色隨夏蓮變，態與秋霜臺。（沈約　〈長歌引〉）

　　歲宴東光弭，景仄西華收。（王融　〈奉和竟陵王郡縣名〉）

　　日華川上動，風光草際浮。（謝朓　〈和徐都曹出新亭渚〉）

　　差池遠雁沒，颯沓群鳧驚。（謝朓　〈和劉西曹望海臺〉）

　　澄澄明浦媚，衍衍清風爛。（謝朓　〈和劉中書〉）

　　雲端楚山見，林表吳岫微。（謝朓　〈還丹陽道中〉）

　　秋風兩鄉怨，秋月千里分。（范雲　〈送沈記室夜別詩〉）

前舉諸例詩句之第五字，即「警句」所在。如「日華川上動，風光草際浮」，以「動」「浮」二字將陽光於水上流動，以及微風掠過草間之景致點染出來。

（四）一句二眼者

　　眾花雜色滿上林，舒芳耀綠垂輕音。（蕭衍　〈江南弄〉）

　　雲生樹陰遠，軒廣月容開。（謝朓　〈奉和隨王殿下〉十六首之十）

　　情多舞態遲，意傾歌弄緩。（謝朓　〈夜聽妓〉二首之一）

　　葉低知露密，崖斷識雲重。（謝朓　〈移病還園示親屬詩〉）

此類詩句之妙，即運用動詞或狀詞之特性，使字句靈動活潑，如「眾花雜色滿上林，舒芳耀綠垂輕音」，其「雜」對「耀」，「滿」對「垂」，增添熱鬧喧騰之氣氛。

〔註25〕參黃永武《字句鍛鍊法》，頁79。

二、比擬

漢池水如帶，巫山雲似蓋。（沈約　〈餞謝文學離夜詩〉）

非煙復非雲，如絲復如霧。（沈約　〈庭雨應詔詩〉）

微根如欲斷，輕絲似更聯。（沈約　〈詠青苔詩〉）

豔豔金樓女，心如玉池蓮。（蕭衍　〈歡聞歌〉）

赤如城霞起，青如松霧澈。黑如幽都雲，白如瑤池雪。（王融　〈四色詩〉）

雪崖似留月，蘿徑若披雲。（王融　〈詠女蘿詩〉）

三受猶絕雨，八苦若浮雲。（王融　〈淨行詩〉十首之五）

花樹雜爲錦，月池皎如練。（王融　〈別王丞孺詩〉）

萬戶如不殊，千里反相似。車馬若飛龍，長衢無極已。（王融　〈望城行〉）

空濛如薄霧，散漫似輕埃。（謝朓　〈觀朝雨詩〉）

玲瓏類丹檻，苕亭似玄闕。（謝朓　〈詠鏡臺〉）

銜光似燭龍，飛蛾再三繞。（謝朓　〈詠燈〉）

花枝聚如雪，蕪絲散猶網。（謝朓　〈與江水曹至干濱戲詩〉）

夏木轉成帷，秋荷漸如蓋。（謝朓　〈後齋迴望詩〉）

昔去雪如花，今來花似雪。（范雲　〈別詩〉）

丹如桓公廟，青如夕郎門，黑如南巖礑，白如東山猿。（范雲　〈擬古四色詩〉）

思君如蔓草，連延不可窮。（范雲　〈自君之出矣〉）

霢霂類珠綴，喘嚇狀雷奔。（任昉　〈苦熱詩〉）

散葩似浮玉，飛英若總素。（任昉　〈同謝朓花雪詩〉）

敬之重之，如蘭如芷。（任昉　〈贈王僧孺詩〉）

麗藻若龍雕，洪才類河瀉。（蕭琛　〈和元帝詩〉）

前舉諸例，除「思君如蔓草」，以蔓草之連綿不絕比擬相思之情；「喘嚇狀雷奔」，將人氣喘之狀比喻雷之急速；及「敬之重之，如蘭如芷」，用蘭芷之高潔比喻人品，有虛實相比之意外，其餘悉以實物比實物，陳意不高，但卻予讀者更多想像空間。范雲「昔去雪如花，今來花似雪」，雖沿用漢人古詩：「步出城東門，遙望江南路。前日風雪中，故人從此去。……」（佚名）然其意境極類似《詩經》：「昔我往矣，楊柳依依；今我來思，雨雪霏霏」，於短短數語中，不僅點出時節之流轉，亦涵蓋情景之交融。

第六節　用典繁富

南朝因受魏晉清談與玄學之影響，作品中多事理之鋪陳，故用典隸事興盛。但因爭相競作，遂使文章殆同書抄。無怪蕭子顯《南齊書·文學傳論》云：「今之文章，作者雖眾，總而爲論，略有三體。……次則緝事比類，非對不發，博物可嘉，職成拘制。或全借古語，崎嶇牽引，直爲偶說。」乃其來有自。

所謂用典隸事，如《文心雕龍·事類篇》云：「事類者，概文章之外，據事以類義，援古以證今也。」即運用典故，使文學作品言簡意賅，而適情切意。成惕軒先生曾於〈中國文學裏的用典問題〉一文，詳言文學何須用典之四項理由：一「用典可以減少文字上的累贅」、二「爲議論找根據」、三「便於比況和寄託」、四「用以充足文氣」。〔註26〕此乃用典所以受文人喜愛之故。觀八友之沈約、王融、謝朓、任昉諸人，正多堆砌新事僻典，變其本而新其貌之作。茲即分明用、暗用、反用、借用四類，擇要舉例如左：〔註27〕

一、明用

直書古人古事，意義簡明可解。如：

寧思柏梁宴，長戢兔園情。（沈約　〈長歌行〉）

邅淪班姬寵，夙空賈生墳。（沈約　〈怨歌行〉）

秦皇御宇宙，漢帝恢武功。（沈約　〈遊沈道士館〉）

〔註26〕參成惕軒〈中國文學裏的用典問題〉，頁 92～93；《東方雜誌》復刊一卷 10 期。

〔註27〕分類乃參照盧清青《齊梁詩探微》，第三章〈三、用典的方法〉分類，頁 132 ～143；而用典與說明除筆者個人闡釋外，並參考盧氏之論文、洪順隆《謝宣城集校注》、《文選》李善注，及《玉臺新詠注》。

羞言趙飛燕，笑殺秦羅敷。（沈約　〈少年新婚爲之詠〉）

楚妃思欲絕，班女淚成行。（沈約　〈翫庭柳〉）

先過飛燕戶，卻照班姬床。（沈約　〈八詠詩　登臺望秋月〉）

文姬泣胡殿，昭君思漢宮。（同上）

魯連揚一策，陳平出六奇。（沈約　〈出重圍和傅昭詩〉）

宓妃生洛浦，遊女出漢陽。（蕭衍　〈戲作〉）

和璧荊山下，隋珠漢水濱。（王融　〈雜體報范通直〉）

清吹要碧玉，調弦命綠珠。（謝朓　〈贈王主簿二首〉）

王孫尚遊衍，蕙草正萋萋。（謝朓　〈登山曲〉）

洞庭張樂地，蕭湘帝子遊。（謝朓　〈新亭渚別范零陵雲詩〉）

兔園文雅盛，章臺冠蓋多。（謝朓　〈和王長史臥病詩〉）

懷珠被褐，韜玉待價。（謝朓　〈爲東海餉楚士教〉）

捨耒場圃，奉筆兔園。（謝朓　〈拜中軍記室辭隋王牋〉）

不辭精衛苦，河流未可塡。（范雲　〈望織女〉）

逸翮臨北海，摶飛出南皮。（范雲　〈古意贈王中書詩〉）

還飲漁陽水，歸轉杜陵蓬。（范雲　〈奉和竟陵王郡縣名詩〉）

不學梁父吟，唯識滄浪詠。（任昉　〈落日泛舟東溪詩〉）

定是湘妃淚，潛灑逐鄰彬。（任昉　〈答到建安餉杖詩〉）

燕沒鄭鄉，寂寞楊家。參差孔樹，毫末成拱。（任昉　〈劉先生夫人墓銘〉）

平臺禮申穆，兔苑接卿雲。（蕭琛　〈各元帝詩〉）

二、暗用

徵引典實，渾然天成，別有深意。如：

＊夢中不識路，何以慰相思。（沈約　〈別范安成詩〉）

按：《文選・李善注》引《韓非子》：「六國時張敏與高惠二人爲友，每相思不能得見，敏便於夢中往尋，但行至半道，即迷不知路，遂回，如此者三。」

＊願以潺湲水，霑君纓上塵。（沈約　〈新安江至清淺深見底貽京邑遊好詩〉）

按：此用《楚辭・漁夫》：「滄浪之水清兮，可以濯吾纓；滄浪之水濯兮，

可以濯吾足」之典。

　＊游女不可求，誰能息空陰。（蕭衍　〈歡聞歌〉二首之二）

按：此用《詩經‧周南‧漢廣》：「南有喬木，不可休息，漢有游女，不
　　可求思」之典。

　＊懷春發下蔡，含笑向陽城。（王融　〈陽翟新聲〉）

按：此指齊楚士五十未娶，見雉雄雌相隨而飛，意動心悲一事。〔註28〕

　＊廣平聽方籍，茂陵將見求。（謝朓　〈新亭渚別范零陵雲詩〉）

按：此用鄭袤及司馬相如事。上句出於王隱《晉書列傳》第十四鄭袤傳：
　　「……袤在廣平以德化爲先，善作教條，郡中愛之，徵拜侍中，百
　　姓戀慕泣涕。」又《漢書》江都易王傳云：「國中口語籍籍。」下句
　　出自《漢書‧司馬相如傳》下：「相如既病免，家居茂陵，天子曰：
　　『司馬相如病甚，可往從，悉取其家書，若後之矣。』使所忠往，
　　而相如已死，家無遺書。問其妻，對曰：『長卿未嘗有書也，時時著
　　書，人又取去，長卿未死時，爲一卷書曰：有使來求之，奏之。』」
　　意謂范雲此去如廣平之聽方籍，己卻如相如之臥病家居。〔註29〕

　＊寧希廣平詠，聊慕華陰市。（謝朓　〈始之宣城郡詩〉）

按：廣平同前按。華陰爲東漢張楷隱居之地。如《後漢書‧張楷傳》云：
　　「楷，字公超，隱居弘農山中，學者隨之，所居成市，後華陰山南，
　　遂有公超市。」言宣城不欲求治績，但求隱退。〔註30〕

　＊玉座猶寂寞，況乃妾身輕。（謝朓　〈同謝諮議詠銅爵臺〉）

按：此暗用《漢書‧揚雄傳》：「惟寂寞自投閣。」及潘岳〈寡婦賦〉：「懼
　　身輕而施重。」言君王玉座尚自虛無若此，況臣妾身微，何以久長。
　　〔註31〕

　＊寄言蔚羅者，寥落已高翔。（謝朓　〈暫使下都夜發新林至京邑贈西
　　府同僚詩〉）

按：洪順隆注云：「司馬相如喻蜀父老：『猶鷦鵬之翔寥廓之宇，而羅者
　　猶視乎藪澤』。廣雅釋詁：『占寥，深也。廓，空也。』謂讒人已將

〔註28〕參吳兆宜《玉臺新詠注》，頁524。
〔註29〕參洪順隆《謝宣城集校注》，頁236。
〔註30〕參洪順隆《謝宣城集校注》，頁244。
〔註31〕參洪順隆《謝宣城集校注》，頁205。

　　遠去，莫再設計陷害也。」〔註32〕

　　＊朱邸方開，效蓬心於秋實。（謝朓　〈拜中軍記室辭隨王牋〉）

按：《莊子・逍遙遊》云：「夫子猶有蓬之心也夫。」蓬心非特達，秋實喻實用。此乃謂己將有所報於王。

　　＊思寒泉於罔極，託彤管於遺詠。（謝朓　〈齊敬皇后哀策文〉一首）

按：上句指《詩經・邶風・凱風》：「爰有寒泉，在浚之下，有子七人，母氏勞苦，欲報之德，昊天罔極。」謂思親之情無極。下句源於〈靜女〉：「靜女其孌，貽我彤管」傳古代后婦人，必有女史彤管之法。言慕思親情，託此遺詠而增其哀。〔註33〕

　　＊儐從皆珠玳，裘馬悉輕肥。（范雲　〈贈徐州稷〉一首）

按：上句源於《史記》：「趙平原君使人於春申君，春申君舍之於上舍，趙使欲夸楚，為玳瑁簪，刀劍並以珠飾之，請春申君客。」下句源於《論語》：「赤之適齊也，乘肥馬，衣輕裘。」兩句形容張稷主從衣飾之盛貌。〔註34〕

　　＊成功退不處，為名自此收。（范雲　〈建除詩〉）

按：暗喻老子功成身退之襟懷。

　　＊開渠納秋水，相土播春疇。（同上）

按：暗用《莊子・秋水篇》：「秋水時至，百川灌河，涇流之大，兩涘渚崖之間，不辯牛馬。」有廣大之包容性。

　　＊形應影隨，曩行今止。（任昉　〈贈王僧孺詩〉）

按：此出於《莊子・齊物論》：「罔兩問影曰：『曩者行，今子止；曩子坐，今子起，何其無特操與？』」喻王僧孺言行一致。

三、反用

　　隸事用典，反用其意，以充足文氣。如：

　　＊雖無玄豹姿，終隱南山霧。（謝朓　〈之宣城郡出新林浦向板橋〉）

按：兩句反用陶荅子事。《列女傳・賢明篇》云：「陶荅子治陶三年，名譽不興，家富三倍，其妻抱兒而泣，姑怒，以為不祥，妻曰：『妾聞

〔註32〕參洪順隆《謝宣城集校注》，頁220。
〔註33〕參洪順隆《謝宣城集校注》，頁515。
〔註34〕參盧清青《齊梁詩探微》，頁137。

南山有玄豹，霧雨七日而不下食者，何也，欲以澤其毛而成文章也。故藏而遠害，至於犬豕，肥以取之，逢禍必矣。』期年，苔子之家，果被立盜誅。」此言己雖不如玄豹，隱霧遠害，卻也有歸隱南山之志。〔註35〕

> ＊還邛歌賦似，休汝車騎非。（謝朓　〈休沐重還丹陽道中〉）

按：《漢書》曰：「梁孝王薨，相如歸而家貧，無以自業，素與臨邛令王吉相善，……於是相如往舍都亭。……是時卓王孫有女新寡，好音，相如……以琴心挑之。相如時從車騎，雍容閑雅甚都，……文君……心悅而好之」。言己之歌賦尚可比擬相如，人卻未必有其幸運。

> ＊恨不具雞黍，得與故人揮。（范雲　〈贈張徐州稷〉一首）

按：兩句反用范巨卿事。謝承《後漢書》云：「山陽范氏，字巨卿，與汝南張元伯為友。春別京師，以秋為期，至九月十五日，殺雞作黍，二親笑曰：『山陽去此幾千里，何必至。』元伯曰：『巨卿信士，不失期者。』言未絕而巨卿至。」此言徐稷來訪未遇，深怠悵然。

> ＊兼復相嘲謔，常與虛舟值。（任昉　〈出郡傳舍哭范僕射三章之二〉）

按：《莊子・山木篇》云：「方舟而濟於河，有虛船來觸舟，雖有褊心之人不怒；有一人在其上，則呼張歙之，……」此喻友人雖已遠去，但彼此嘻戲之景卻依稀可見。

四、借用

借其典而喻之，以增詩文之典則。如：

> ＊朋來握石髓，賓至駕輕鴻。（沈約　〈遊沈道士館詩〉）

按：《文選》李善注曰：「袁彥伯《竹林名士傳》曰：王烈服食養性。嵇康甚敬信人，隨入山。烈嘗得石髓，柔滑如飴，即自服半，餘半取以與康，皆凝而為石。」知上句以石髓代朋友情誼之深厚。下句則脫胎於郭璞〈遊仙詩〉：「駕鴻乘紫煙」。

> ＊檀欒之竹可詠，鄒枚之客存焉。（沈約　〈高松賦〉）

按：借鄒枚梁園之典，反射自身遭逢之境。

> ＊不有至言揚，終滯西山老。（謝朓　〈奉和竟陵王同沈右率過劉先生墓詩〉）

按：西山老乃借伯夷叔齊隱於首陽山一事，引喻劉瓛入齊不仕。

× 寄書雲間雁，爲我西北飛。（范雲 〈贈張徐州稷〉一首）

按：上句借用《漢書》所載雁足事：「帝思蘇武，使謂單于，天子射上
林，中得雁，足有係帛書。」謂托囑雲雁，飛向徐州，傳相思之情。
〔註36〕

× 既稱萊歸，亦曰鴻妻。（任昉 〈劉先生夫人墓誌〉）

按：兩句乃借老萊子及梁鴻妻之事稱喻劉氏。《列女傳》曰：「老萊子逃
世，耕於蒙山之陽。或言之楚王，楚王遂駕車至老萊之門。楚王曰：
『守國之孤，願變先生。』老萊曰：『諾。』妻曰：『妾聞之，居亂
世爲人所制，此能免於患乎？』投其畚而去。老萊乃隨之。」又曰：
「梁鴻妻者，同郡孟氏之女也。德行甚脩，鴻納之，共逃遁霸陵山
中。後復相將至會稽，賃春爲事。雖主雜傭保之中，妻每進食，常
舉案齊眉，不敢正視。以禮脩身，所在敬而慕之。」〔註37〕

因八友用典繁多，前面所列僅其部分，然或可以此窺探全貌。

〔註36〕參盧清青《齊梁詩探微》，頁 142。

〔註37〕參《文選》李善注下冊，頁 1460。

第八章　結　論

　　總以上各章所述，竟陵八友所處之時代背景，具有地理、經濟、文化上之優勢，利於貴遊文學集團之組成與發展。如濟梁偏安江左之地理形勢，以及間歇出現之小康治世，爲集團發展提供有利之條件；加上帝室王侯之倡導，及士族文人之推動，使當時社會彌漫崇文好佛之風尚；而貴族園宅之經營，除提供文人遊宴賦詩之場所及題材外；園林美感之追求，更提昇當時之審美層次。又此期因受佛教梵唄之啓發，以及四聲之提倡，聲律理論於焉形成。但政治之詭譎多變，則爲文人幸而躍登龍門，不幸而身繫囹圄之主因；八友之際遇，則爲此之最佳寫照。

　　關於竟陵八友同遊竟陵王西邸之時間，以永明五年始，但彼此之交往可能更早。而當時之年齡，沈約四十七歲、蕭衍與謝朓同爲二十四歲、王融二十一歲、范雲三十七歲、任昉二十八歲、沈陸十八歲皆無問題。但蕭琛之年齡，國內學者則有三種說法：一說八歲；〔註1〕一說九歲；〔註2〕另一說則爲十歲。〔註3〕日本學者網祐次亦以爲十歲，〔註4〕則八友中琛最年少。然大陸學者有以爲二十歲左右，則陸倕實最年少。〔註5〕筆者以爲，蕭琛少而朗悟，有縱橫才辯，其以十歲之年同遊西邸，非無可能。但是否有此學力編纂類書

〔註1〕如劉漢初。參本書一章一節附註6。
〔註2〕如葉慶炳。參氏著《中國文學史》上冊，頁210。
〔註3〕參呂光華《南朝貴遊文學集團研究》，頁148。其以琛以生卒年爲西元478～529年，筆者以此推算，琛遊西邸之年爲十歲。
〔註4〕參網祐次〈南齊竟陵王蕭子良の文學活動について〉，頁1；《東方學論集》二，1954年。其以琛之生年爲西元478年，筆者以此推算，琛遊西邸之年爲十歲。
〔註5〕如劉躍進等。參本書三章一節〈八、蕭琛生平〉附註43。

或考文審音則有問題；且以此推算，琛七歲即任王儉丹陽尹主簿，十四歲即出使外交，實不合常理，故其生卒年仍未能確考，有待來茲。〔註6〕

　　於論述竟陵八友之交遊中，分析其遇合經過及交遊經歷，發現其聚合因緣，實因於竟陵王之恩寵、彼此交情深厚，以及思想相近等。然政治上之意圖，亦為其契合不可輕忽之要素。沈約、蕭衍、王融、范雲等人，皆有強烈之政治企圖。而其文學活動，則以遊宴賦詩為主，大多為奉和、侍宴應詔、同詠應詔、酬答贈別之詩作。其中以酬答類最富情致，有別於沈約〈藥名詩〉等遊戲之作。其次為類書編纂及考文審音，其耗費之人力較多，非僅八友。又因竟陵王及文惠太子皆奉佛甚虔，數於邸園內營齋戒，並大集朝臣眾僧。故研佛談義則為其文學活動之外，更常研習之事。

　　論及文學觀念及主張，以沈約為首之聲律論，其四聲八病於當時有極大之迴響，並成為「永明體」之重要主張；其於聲律講求之嚴密，影響當時文學風格之新變、文筆觀念之確立，甚至後來唐詩格律之成立。而沈約論歷代文學之觀念，其後《南齊書・文學傳論》顯然承襲此法，《文心雕龍》與《詩品》亦受其影響。任昉論文章起源及文體分類，頗值得參考。另沈約亦有三易說，其「用事不使人覺」，足為時人之當頭棒喝。

　　八友之文學，主要表現於詩、文兩大類。關於其詩體，因齊梁之際，多文人擬作，古詩與樂府逐漸合流，分類並不嚴格，故其詩與樂府合計共有六百四十八首之多；其餘文體合計亦有五百五十四篇，如此之創作數量，不可謂不豐。八友於此各有所長，如沈約、謝朓長於詩；陸倕、任昉工於筆；王融擅長駢文；蕭衍用心於樂府；范雲之詩「如流風迴雪」（詩品語）；蕭琛因作品不多，則略為遜色。

　　八友之詩文內涵總體呈現遊仙、玄言、山水、行旅、詠物、宮體、贈答、傷別等內涵，其中山水、詠物、宮體之描寫手法十分類似，顯現詩人之關注集點已由大自然轉移至眼前之景及身邊之物，甚至對美人之一舉一動加以刻畫。而其形式上表現體製模擬、五言律化、詩賦合流等特色；以及技巧上儷辭巧對、藻彩穠麗、四聲制韻、雙聲疊韻、練字度句、用典繁富等特點，此不僅為八友文學集體風格之呈顯，正是永明文學風格之特色。其中「四聲制韻」即「永明體」之具體實踐，不僅用於避忌聲病，亦著力於韻腳與其餘句尾音調之變化與和諧，頗符合沈約聲律論中「若前有浮聲，則後須切響」及

〔註6〕參本書三章一節〈八、蕭琛生平〉附註43。

「兩句之中,輕重悉異」之原則。雖離理想目標尚有一段距離,且喜用仄聲押韻,無疑是自我設限,但以其草創階段所展現之成績,實屬難得。

再者,雖齊梁文學批評盛行,然八友除沈約撰四聲譜,與王融、謝朓、范雲倡導聲律論有功,及任昉有〈文章緣起序〉之留傳外,其餘並未見有特殊之文學觀念,故第五章或許涵蓋面不足。又八友文集中,有些體裁文學價值不高,或影響不大,故第六、七兩章雖為詩文之全面研究,但主要以文學性較高者為探討對象。此固為本論文之所限,但亦是群體研究之不得不然。故八友在文學史上,仍有一定程度之影響與價值。茲嘗試論之:

一、竟陵八友上承貴遊文學傳統,於南朝眾多集團中異軍突起,為後世傳誦不絕,此正因其於文學上恰如其分地表現貴遊文學之風格與特色。如詩文性質多遊宴唱酬;題材內涵多山水、詠物、宮體、贈答;文字技巧多麗辭、藻彩、用典等風貌;以及體製模擬之特色等,在在反映齊梁風格麗靡之特徵。如《詩品》言沈約「長於清怨」;《詩鏡總論》稱王融:「好為豔句,然多語不成章,則塗澤勞而神色隱矣」;亦謂謝朓:「詩至於齊,情性既隱,聲色大開。謝玄暉豔而韻,如洞美人,芙蓉衣而翠羽旗,絕非世間物色」;而武帝亦為豔曲高手。

二、竟陵八友於聲律理論之倡導,及「永明體」之形成功不可沒。如四聲、八病之提出,不僅講究文字聲律音韻之諧美,並影響八友五言詩體形式之律化。如八友之五言詩,不僅篇幅短小,五言四句、八句之句式佔多數,且其聲調格律亦十分接近唐律,如《滄浪詩話》云:「謝朓之詩,有全篇似唐人者」;《詩譜》稱沈約詩為:「佳處斲削,清瘦可愛,自拘聲病,氣骨蕭然。唐諸家聲律,皆出此。」故八友詩文「四聲制韻」之具體實踐,雖未盡完美,但對唐律詩之諧韻有承先啟後之影響。

三、竟陵王與八友之編纂類書,對當時文化事業有推廣作用,且促使典故之運用大增。王夢鷗先生言:

> 自蕭子良的四部要略、劉孝標的類苑、徐勉等之華林遍略、劉杳的壽光書苑;論其卷數,都是以百以千計算的。而且這風氣還擴及北方,連北齊也編出三百六十卷的修文殿御。此外,私人所作小規模的類書,如皇覽抄、珠叢、采壁之類,還不計在內。〔註7〕

〔註7〕 見王夢鷗〈漢魏六朝文體變遷之一考察〉,頁123,收入氏著《傳統文學論衡》,時報文化出版,民76年。

又曰：

> 有了這麼多而且巨的載籍與類書，於是又形成了文人讀書與寫作的
> 兩種奇怪現象。讀書方面，……另一面就是掉書袋的寫作法，而被
> 鍾嶸說作「拘攣補衲，蠹文已甚」的文章。〔註8〕

所謂「掉書袋」即是隸事用典，八友詩文中有大量之使用。

四、竟陵八友彼此之交遊與情誼亦反映當時士族文化南北交融之特質。
正如劉躍進所言，沈約，吳興人；陸倕，吳郡人，同屬東南望族；王融，琅
邪人；謝朓，陳郡人，同屬僑姓頭等士族；蕭衍、蕭琛，蘭陵人，係渡江後
起世族；范雲南鄉人；任昉樂安人，亦為渡江大族，其所以「匯聚西邸成為
摯友。從某種意義上說，我們似乎有理由把竟陵八友之結交看作是南北士族
逐漸從對立走向融合的一個縮影。」〔註9〕故於歷史定位上，其可謂南北文化
交流之一大表徵。

由此可知，竟陵八友之於文學史，雖不等同於「永明體」或永明文學，
但三者之關係十分密切，因捨竟陵八友無以言「永明體」；捨「永明體」則竟
陵八友之意義與價值將大減；然若無竟陵八友之倡導「永明體」，則永明文學
將無由展現其文學史上之光輝，更遑論唐代律體之成立與發展。

〔註 8〕 見王夢鷗〈漢魏六朝文體變遷之一考察〉，頁 123～124。
〔註 9〕 見劉躍進《永明文學研究》，頁 62；1991 年大陸博士論文，文津出版社，民
國 81 年 3 月初版。

主要參考書目

一、史傳、文集（序依朝代先後）

1. 《宋書》，梁沈 約撰、楊家駱主編，鼎文書局，民國 64 年 6 月初版。
2. 《南齊書》，梁蕭子顯著、楊家駱主編，鼎文書局，民國 63 年 10 月初版。
3. 《梁書》，唐姚察・姚思廉合著、楊家駱主編，鼎文書局，民國 64 年 1 月一版。
4. 《隋書》，唐魏徵等撰，鼎文書局，民國 63 年 3 月初版。
5. 《南史》，李延壽撰、楊家駱主編，鼎文書局，民國 65 年 11 月初版。
6. 《漢魏六朝一百三家集》（全五冊），明張溥，新興書局，民國 52 年。
7. 《全漢三國晉南北朝詩》，丁福保編，世界書局，民國 67 年 10 月三版。
8. 《先秦漢魏晉南北朝詩》，逯欽立輯校，木鐸出版社，民國 72 年。
9. 《全上古三代秦漢三國六朝文》，清嚴可均編，世界書局，民國 50 年。

二、注本（序依朝代先後）

1. 《楚辭補注》，宋洪興祖撰，漢京文化事業有限公司，民國 72 年 9 月初版。
2. 《樂府詩集》，余貫榮選注，華正書局，民國 76 年 10 月初版。
3. 《謝宣城詩註》，齊謝朓撰・郝立權注，藝文印書館，民國 65 年 6 月再版。
4. 《謝宣城集校注》，齊謝朓撰・洪順隆校注，臺灣中華書局，民國 58 年 10 月初版。
5. 《謝宣城詩注》，李直方注，萬有圖書公司，民國 57 年 5 月初版。
6. 《文選》，梁蕭統編・唐李善注，五南出版公司，民國 80 年 10 月初版。
7. 《文心雕龍注》，梁劉勰著・范文瀾注，臺灣開明書店，民國 74 年 10 月臺十六版。
8. 《詩品》，梁鍾嶸著・廖棟樑撰述，金楓出版社，民國 75 年 12 月初版。
9. 《金樓子校注》，許德平注，嘉新水泥公司文化基金會，民國 58 年 8 月初版。

10. 《玉臺新詠箋注》，陳徐陵編、清吳兆宜注、程琰刪補，明文書局，民國77年7月10日初版。

11. 《漢魏六朝百三家集題辭注》，明張溥題辭，殷孟倫輯注，木鐸出版社，民國71年。

12. 《六朝文絜箋註》，清許槤評選・黎經誥箋註，廣文書局，民國66年7月再版。

三、文學史、文學批評史（序依出版先後）

1. 《文筆考・中古文學史》，清阮福・劉師培撰，楊家駱主編，世界書局，民國51年3月初版。

2. 《插圖本中國文學史》，鄭振鐸，新欣出版社，民國59年9月初版。

3. 《中古文學史》，劉師培編輯，文海出版社，民國61年。

4. 《中國五千年文學史》，日本・古城貞吉著，王燦譯，廣文書局，民國65年。

5. 《魏晉南北朝文學思想史》，張仁青，文史哲出版社，民國67年12月初版。

6. 《中國文學批評史大綱》，朱東潤，臺灣開明書店，民國68年8月臺六版。

7. 《漢魏六朝樂府文學史》，蕭滌非，長安出版社，民國70年11月二版。

8. 《中國文學批評史》，郭紹虞，文史哲出版社，民國71年9月再版。

9. 《新校本中國文學發展史》，劉大杰，華正書局，民國73年8月版。

10. 《中國文學史》（上下冊），葉慶炳，學生書局，民國76年8月出版。

11. 《魏晉南北朝文學批評史》，王運熙・楊明合著，上海古籍出版社，民國78年6月一版。

12. 《中國文學批評史》，羅根澤，學海出版社，民國79年2月再版。

13. 《中國文學批評史》，劉大杰，文匯堂，未注明。

四、文學、文學論文集（序依出版先後）

1. 《中古文學思想》，王瑤，上海：棠棣出版社，1953年六版。

2. 《中古文人生活》，同前。

3. 《中古文學風貌》，同前。

4. 《竹林七賢研究》，何啓民，中國學術著作獎著委員會，民國55年。

5. 《南北朝樂府詩研究》，周誠明，文大中文碩士，民國60年。

6. 《明人詩社之研究》，黃志民，政大中文碩士，民國61年。

7. 《兩晉詩論》，鄧仕樑，香港中文大學研究院語文學部碩士論文，民國61年1月初版。

8. 《中國文學概說》，日·青木正兒著隋樹森譯，開明書店，民國 63 年 2 月四版。

9. 《司馬相如揚雄及其賦之研究》，簡宗梧，政大中文博士，民國 64 年。

10. 《漢魏六朝樂府研究》，陳義成，輔大中文碩士，民國 65 年。

11. 《嘉新水泥公司文化基金會研究論文》，民國 65 年 10 月出版。

12. 《建安文學研究》，柯金虎，文史哲出版社，民國 65 年。

13. 《山水與古典》，林文月，純文學出版社，民國 65 年 10 月初版。

14. 《中國文體通論》，張榮輝，民國 66 年 7 月。

15. 《中古文學概論等五書》，徐嘉瑞等，鼎文書局，民國 66 年。

16. 《論六朝詩之巧構形似之言》，王文進，臺大中文碩士，民國 67 年。

17. 《六朝詩論》，洪順隆，文津出版社，民國 67 年 5 月出版。

18. 《宋沈休文先生約年譜》，鈴木虎雄著·馮導源譯，商務印書館，民國 69 年 6 月初版。

19. 《漢賦源流與價值之商榷》，簡宗梧，文史哲出版社，民國 69 年 12 月初版。

20. 《中國文學概論》，前野直彬等著洪順隆譯，成文出版社，民國 69 年 9 月初版。

21. 《文鏡秘府論探原》，王晉江，天地圖書有限公司，民國 69 年 12 月初版。

22. 《建安七子學術》，江建俊，文史哲出版社，民國 71 年 2 月初版。

23. 《照隅室古典文學論集》（上、下冊），郭紹虞，上海古籍出版社，民國 72 年 9 月、10 月。

24. 《中國文學史論文選集》（二），羅聯添，學生書局，民國 72 年 9 月再版。

25. 《中國文學史論文選集》（二），羅聯添編，學生書局，民國 72 年 9 月再版。

26. 《六朝詩發展述論》，劉漢初，臺大中文博士，民國 72 年。

27. 《六朝賦之抒情傳統與藝術表現》，林麗雲，師大國文碩士，民國 72 年。

28. 《六朝宮體詩研究》，黃婷婷，師大國文碩士，民國 72 年。

29. 《南朝詩研究》，王次澄，東吳中文博士，民國 71 年。

30. 《私立東吳中國學術著作獎助委員會叢書之九三》，民國 73 年 9 月初版。

31. 《古典文學論探索》，王夢鷗，正中書局，民國 73 年。

32. 《庾信生平及其賦之研究》，許東海，文史哲出版社，民國 73 年 9 月初版。

33. 《六朝小賦研究》，譚澎蘭，文大中文碩士，民國 73 年。

34. 《古典文學第六集》，中國古典研究會主編，學生書局，民國 73 年。

35. 《齊梁詩探微》，盧清青，文史哲出版社，民國 73 年 10 月初版。

36. 《謝玄暉詩研究》，郭德根，臺大中文碩士，民國 74 年。

37. 《六朝文筆說析論》，廖宏昌，文大中文碩士，民國 74 年。

38. 《中國文學史論文選集續編》，羅聯添編，學生書局，民國 74 年 2 月初版。

39. 《中國歷代文論選》（上中下），木鐸出版社編，民國 74 年 4 月再版。

40. 《蕭統兄弟的文學集團》，劉漢初，臺大中文碩士，民國 75 年。

41. 《齊梁麗辭衡論》，陳松雄，文史哲出版社，民國 75 年 1 月初版。

42. 《漢魏六朝樂府詩》，王運熙・王國安，上海古籍出版社，1986 年 9 月一版。

43. 《中國山水詩研究》，王國瓔，聯經出版事業公司，民國 75 年 10 月出版。

44. 《荊雍地帶與南朝詩歌關係之研究》，王文進，臺大中文博士，民國 76 年。

45. 《古典文學研究叢稿》，王達津，巴蜀書社，民國 76 年。

46. 《毛子水先生九五壽慶論文集》，幼獅文化事業公司，張蓓蓓等，民國 76 年。

47. 《傳統文學論衡》，王夢鷗，時報文化出版，民國 76 年。

48. 《齊梁詠物賦研究》，李嘉玲，政大中文碩士，民國 77 年。

49. 《字句鍛鍊法》，黃永武，商務印書館，民國 77 年 2 月十一版。

50. 《沈約及其學術探究》，姚振黎，文史哲出版社，民國 78 年 3 月初。

51. 《顏延之及其詩文研究》，黃水雲，文史哲出版社，民國 78 年 5 月初版。

52. 《文學與美學》，淡大中文所主編，文史哲出版社，民國 79 年元月初版。

53. 《建安七子集》，俞紹初輯校，文史哲出版社，民國 79 年 4 月初版。

54. 《南朝貴遊文學集團研究》，呂光華，政大中文博士，民國 79 年。

55. 《唐代文人的園林生活——以全唐詩文的呈現爲主》，侯迺慧，政大中文博士，民國 79 年。

56. 《魏晉南朝江東世家大族述論》，方北辰，文津出版社（四川大學博士論文），民國 80 年 1 月初版。

57. 《六朝哀挽詩研究》，吳炳輝，政大中文碩士，民國 80 年。

58. 《永明體之研究——以沈約文論及其作品爲主》，許東海，政大中文博士，民國 80 年。

59. 《永明文學研究》，劉躍進，文津出版社（西元 1991 年中國社科院博士論文），民國 81 年 3 月初版。

五、詩學、韻文（序依出版先後）

1. 《中國詩律研究》，王力，文津出版社，民國 59 年 9 月出版。

2. 《音韻學通論》，楊家駱主編，鼎文書局，民國 61 年 9 月初版。

3. 《中國語言學論文集》，周法高，聯經出版事業公司，民國 64 年 9 月初版。

4. 《文學與音律》，謝雲飛，東大圖書公司，民國 67 年 11 月出版。

5. 《中國詩學設計篇》，黃永武，巨流圖書公司，民國 67 年 6 月一版。

6. 《古典詩的形式結構》，張夢機，尚友出版社，民國 70 年 12 月出版。

7. 《中國韻文通論》，傅隸樸，正中書局，民國 71 年 10 月初版。

8. 《詩文聲律論稿》，啓功，明文書局，民國 71 年 10 月初版。

9. 《中國韻文通論》，陳鍾凡，臺灣中華書局，民國 73 年 9 月二版。

10. 《漢語音韻學》，董同龢，文史哲出版社，民國 74 年 9 月八版。

11. 《中國語文學史》，王力，谷風出版社，民國 76 年 8 月。

12. 《律詩研究》，簡明勇，文史哲出版社，民國 79 年 9 月五版。

13. 《六朝駢文聲律探微》，廖志強，天工書局，民國 80 年 12 月出版。

14. 《中國詩史》，陸侃如・馮淑蘭，未注明。

六、史學、史學論文集（序依出版先後）

1. 《中國史學論文選集》第一輯，杜維運等編，文史哲出版社，民國 65 年 11 月出版。

2. 《中國史學論文選集》第二輯，杜維運等編，文史哲出版社，民國 66 年 12 月出版。

3. 《史學方法論》，杜維運，華世出版社，民國 70 年。

4. 《六朝時代的建康》，劉淑芬，臺大歷史博士，民國 71 年。

5. 《魏晉南北朝政治史》，張儐生，文化大學出版部印，民國 72 年 2 月出版。

6. 《中國史學論文選集》第三輯，杜維運等編，文史哲出版社，民國 72 年 2 月再版。

7. 《中國史學論文選集》第六輯，杜維運等編，文史哲出版社，民國 75 年 5 月出版。

8. 《兩晉南北朝歷史論文集》（上中下），李則芬，臺灣商務印書館，民國 76 年 3 月初版。

9. 《兩晉南朝的士族》，蘇紹興，聯經出版社，民國 76 年初版。

10. 《梁武帝「皇帝菩薩」理念的形成與政策的推展》，顏尚文，師大歷史博士，民國 78 年。

11. 《魏晉南北朝史》，林瑞翰，國立編譯館主編，五南圖書出版公司，民國 79 年 5 月初版。

七、工具書、輔助資料（序依出版先後）

1. 《百種詩話類編》（上中下），臺靜農編，藝文印書館，民國 63 年 5 月初版。

2. 《中國文學年表》，敖士英纂輯，文海出版社，民國 65 年初版。

3. 《中國歷史紀年表》，華世出版社編輯印，民國 67 年 1 月初版。

4. 《東晉南北朝學術編年》，劉汝霖，長安出版社，民國 68 年 10 月一版。

5. 《中國歷代詩文聯合書目》，王民信主編，聯合報文化基金會國學文獻館出版，民國 70 年初版。

6. 《魏晉南北朝文學史參考資料》，北大文學史研究室創作，泰順書局，民國 70 年 12 月初版。

7. 《詩韻集成》，陳仕華編，學海出版社，民國 71 年 12 月初版。

8. 《中國歷史大學年表》（上冊），華世出版社編輯印，民國 75 年 3 月初版。

9. 《宋本廣韻》，宋陳彭年等重修・林尹校訂，黎明文化事業公司，民國 75 年 7 月八版。

10. 《四庫全書總目》（全二冊），清永瑢等撰，中華書局編，1987 年 7 月北京四版。

11. 《中外六朝文學研究文獻目錄》，洪順隆編，文津出版社，民國 76 年 9 月出版。

12. 《中國古代職官辭典》，李成華編，常春樹書坊，民國 77 年 5 月出版。

八、國內、大陸期刊論文（序依期刊首字筆畫少繁）

1. 〈再論永明聲律——八病〉，馮承基，《大陸雜誌》十二卷 4 期。

2. 〈有關謝朓詩文注正誤〉，洪順隆，《大陸雜誌》三十五卷 9 期，1967 年 11 月。

3. 〈論永明聲律——四聲〉，馮承基，《大陸雜誌》三十一卷 9 期。

4. 〈六朝律詩之形成〉（上下），高木正一著、鄭清茂譯，《大陸雜誌》十三卷 9、10 期。

5. 〈梁武帝研究〉，劉淑芬，《中山學術文化集刊》二十五，1980 年 5 月。

6. 〈沈約年譜〉，伍俶，《中山大學文史研究所輯刊》第一卷一冊 20.7。

7. 〈鍾嶸詩品與沈約〉，柴非凡，《中外文學》三卷 10 期。

8. 〈魏晉南北朝文學之發展〉（上中下），王夢鷗，《中華文化復興月刊》十四卷 7、8、9 期。

9. 〈梁武帝與佛法〉，樸庵，《中華文化復興月刊》十七卷 7 期。

10. 〈魏晉南北朝文化的特色〉，劉亮，《中華文化復興月刊》十二卷 9 期。

11. 〈論永明聲律——八病〉，馮承基，《中國文學史論文選集（二）》。

12. 〈中古詩壇三領袖論〉，胡大雷，《中國古代、近代文學研究》1990 年 11 期。

13. 〈初唐四傑與齊梁文風〉，葛曉音，《中國古代、近代文學研究》1990 年 12 期。

14. 〈真實與形似——南朝山東詩派興起的原因、特徵及意義〉，王仲陵，《中國古代、近代文學研究》1990 年 11 期。

15. 〈謝朓詩歌繫年〉，陳慶元，《文史》第二十一輯。

16. 〈雙聲疊韻的應用及其流弊〉，王力，《文學年報》1937 年第 3 期。

17. 〈文筆再辨〉，郭紹虞，《文學年報》1937 年第 3 期。

18. 〈格律論〉，董璠，《文學年報》1936 年第 2 期。

19. 〈南朝文學三題〉，曹道衡・沈玉成，《文學評論》1990 年 1 期。

20. 〈論蕭綱的文學思想〉，王運熙・楊明，《文學評論》1990 年 2 期。

21. 〈論蕭綱和中國中古文學〉，吳光興，《文學評論》1990 年 1 期。

22. 〈文學史的史學啟示〉，熊黎輝，《文學評論》1990 年 1 期。

23. 〈謝朓詩歌藝術簡論〉，張宗原，《文學評論》1984 年 6 期。

24. 〈研究方法上的三個境界〉，楊義，《文學評論》1984 年 6 期。

25. 〈《先秦漢魏晉南北朝詩》評介〉，曹道衡，《文學評論》1984 年 4 期。

26. 〈論魏晉至唐關於藝術形象的認識——兼論佛學輸入對於藝術形象的影響〉，敏澤，《文學評論》1980 年 1 期。

27. 〈永明體藝術成就概說〉，王鍾鈴，《文學遺產》1989 年 1 期。

28. 〈六朝詩歌聲律說的形成問題〉，戴燕，《文學遺產》1989 年 6 期。

29. 〈梁代宮體詩新論〉，吳雲・董志廣，《文學遺產》1990 年 4 期。

30. 〈論沈約的文學觀念——以《宋書・謝靈運傳論》為主據〉，顏崑陽，收入《文學與美學》論文集，淡大中文系編，1990 年 1 月。

31. 〈文學研究的心理學方法〉，陳昌文，《四川大學學報》1990 年 2 期。

32. 〈簡論唐代古文運動中的文學集團〉，何寄澎，收入《古典文學》第六集（詳前四）。

33. 〈貴遊文學與六朝文體的演變〉，王夢鷗，收入《古典文學論探索》（詳前四）。

34. 〈沈約評傳〉，王達津，收入《古典文學研究叢稿》（詳前四）。

35. 〈近年來文學史觀與方法論問題研究述評〉，莫道才，《江海學刊》1991 年 2 期。

36. 〈論南朝賦的詩化趨勢〉，程章燦，《江海學刊》1991 年 4 期。

37. 〈南朝家庭嬗變與江左文學特徵〉，李柄海，《江海學刊》1991 年 4 期。

38. 〈略論齊梁文學之風的形成〉，宋效永，《江淮論壇》1987 年 4 期。

39. 〈蜂腰鶴膝解〉，郭紹虞，《社會科學戰線》1979 年 3 期。

40. 〈蕭衍父子與江左文學〉，李則芬，《東方雜誌》十九卷 2 期。

41. 〈試論上古四聲〉，張日昇，《香港中文文化研究所學報》1968 年 9 月。

42. 〈論謝朓詩歌的藝術成就〉，沈松勤，《杭州大學學報》十一卷 4 期。

43. 〈玄暉詩變有唐風〉，陳慶元，《南京師院學報》1983 年 4 期。

44. 〈沈約劉勰鍾嶸三家詩論之比較研究〉，舒衷正，《政大學報》第 3 期。

45. 〈沈約「四聲」辨〉，林明波，《師大國文學報》第 5 期，1976 年 6 月。

46. 《文鏡秘府論》六朝聲律說佚書佚文考〉，劉渼，《師大國文學報》第 20 期，1991 年 6 月。

47. 〈蕭梁父子的文學〉，陳怡君，《哲學與文化月刊》七卷 8 期，1980 年 8 月。

48. 〈四聲三問〉，陳寅恪，《清華學報》九卷 2 期，1934 年 4 月。後收入《金明館叢稿初編》。

49. 〈南北朝詩人用韻考〉，王力，《清華學報》第十一卷 3 期。

50. 〈南朝宮體詩研究〉，林文月，《臺大文史哲學報》15 期，1966 年 8 月。

51. 〈魏晉南朝之清談〉，林瑞翰，《臺大文史哲學報》36 期，1988 年 12 月。

52. 〈齊梁詩與齊梁詩人〉，鄭雷夏，《臺北市立女子師範專科學報》第 9 期，1977 年 5 月。

53. 〈從永明體到律體〉，郭紹虞，收入《照隅室古典文學論集》（上冊）（詳前四）。

54. 〈論〝齊梁體〞及其與五言聲律形式的關係〉，吳小平，《遼寧大學學報》1987 年 2 期。

九、日文期刊論文（序依出版先後）

1. 〈南齊竟陵王の八友に就いて〉，網祐次，《お茶の水女子大學人文科學紀要》四卷 1953 年 12 月。

2. 〈梁の武帝〉，森三樹三郎，《東洋の文化と社會》（京大）二，1952 年 3 月。

3. 〈南齊竟陵王蕭子良の文學活動について〉，網祐次，《東方學論集》二，1954 年 3 月。

4. 〈南朝の貴族と豪族〉，越智重明，《史淵》第六十九輯，昭和三十一年六月十五日。

5. 〈梁初の文學集團南朝文化の象徵〉，森野繁夫，《中國文學報》（京大）二十一，1966 年 10 月。

6. 〈謝脁詩の抒情〉，興善宏，《東方學》三十九，1970 年 3 月。

7. 〈謝脁の作品に對する其の先祖の投影〉，洪順隆，《東方學》第五十二輯，1976 年 7 月。

8. 〈謝脁詩論〉，井波律子，《中國文學報》三十冊，1979 年 4 月。